*Mein Schutzengel fragte mich: »Was ist dein
Wunsch?«*

*Ich antwortete: »Pass gut auf den auf, der
gerade diese Zeilen liest. «*

Guardian Angel:

Michaya Angel

Ich widme allen diese Geschichte, die noch an Wunder glauben wollen. Doch besonders widme ich dieses Buch meinem verstorbenen Kaninchen Uriel. Durch seinen Tod wurde ich zu Guardian Angel inspiriert. Du wirst immer in meinem Herzen sein …

Lektorat: Lektorat Engelsfeder
Korrektorat: Lektorat Engelsfeder
Buchsatz: Lektorat Engelsfeder
Coverdesign: LAB Buchdesign

Michaya Angel im Netz:
Homepage: www.michayaangel.de
Email: michaya.angel@mailbox.org

Verlag: BoD · Books on Demand GmbH,
In de Tarpen 42, 22848 Norderstedt,
bod@bod.de
Druck: Libri Plureos GmbH,
Friedensallee 273, 22763 Hamburg
ISBN: 978-3-7693-5389-1

Hintergrund zu Guardian Angel:

Mein erstes Werk hat eine sehr große Bedeutung für mich, denn es hat mein Leben von Grund auf verändert. Es war der erste Schritt, um meinen Kindheitstraum zu verwirklichen. Tja ..., dass der Grund ein so Trauriger sein sollte, konnte ich nicht ahnen. Mein Mann und ich überlegten uns schon länger Kaninchen zuhalten, immerhin hatten wir einen schönen Balkon, auf dem die kleinen Hoppler viel Platz zum Toben haben würden. Eine Züchterin war schnell ausfindig gemacht und es wirkte so, als ob sie viel Erfahrung von der Materie hatte, obwohl das Zwischenmenschliche überhaupt nicht stimmte. »Kauf da nicht!«, rief mir meine innere Stimme zu, doch ich verwarf den Gedanken. Ich dachte, dass es nur daran lag, weil mir die Züchterin unsympathisch war. An einem schönen Sommertag durften wir Eliana und Uriel -wie wir die Kaninchen nannten-, abholen und in unserem liebevoll eingerichteten Gehege willkommen heißen. Die Züchterin sagte uns, dass die Häschen etwas Magenprobleme haben, aber wir es mit Kamillentee in den Griff bekommen sollten. So schien es am Anfang auch. Eliana hoppelte fröhlich durch die Wohnung und Uriel war besonders gut aufgelegt. Sein Mut kannte keine Grenzen, nichts war ihm zu hoch, um einen Absprung zu wagen. Seine Anhänglichkeit war sogar so groß, dass er uns überall hin folgte, uns abschleckte und mit uns kuschelte. Doch am vierten Tag, an dem er bei uns war, änderte sich alles. Als wir am Abend das Gehege sauber machten, lag er nur noch auf dem Boden. Wir wunderten uns, denn ganzen Tag ging es ihm ausgezeichnet. Plötzlich strampelte er wie wild, stieß einen markerschütternden Schrei aus, und dann ist er eingeschlafen. Ich konnte es nicht glauben, was passiert war. Wir hatten nicht mal die Chance bekommen, zum Tierarzt zu fahren. Doch mein kleiner Engel hatte mir etwas hinterlassen, denn sein Tod schenkte mir die Idee zu Guardian Angel, eine Geschichte, die ich mit sehr viel Gefühl geschrieben habe. Doch er schenkte mir nicht nur die Idee zu meinem Erstlingswerk, sondern ein neues Leben. Erst nachdem ich das Schreiben wieder aufgenommen hatte, fand ich den Mut, meinen verhassten Job zu kündigen. Ich wünsche dir viel Spaß beim Lesen von Guardian Angel.

Kapitel 1

»Eliana, beeil dich, wir kommen zu spät zur Schule, du machst deiner besten Freundin Minako schon Konkurrenz«, neckte Uriel seine Zwillingsschwester. Die dunkelhaarige Schönheit eilte in ihrem Zimmer hin und her und zog sich hastig ihre Uniform über die Schultern. In Windeseile stopfte sie ihre Schulsachen in die Tasche.

»Wenn du dich nicht beeilst, gehe ich ohne dich!«, hörte sie ihren Bruder rufen und konnte sich sein verschmitztes Grinsen vorstellen.

»Du bist gemein! Jetzt warte gefälligst auf mich! Bin ja schon fertig!«, schimpfte Eliana. Im Schweinsgalopp stürmte das Mädchen aus ihrem Zimmer und stolperte dabei über ihre eigenen Füße, so dass es mit ihrem Hintern Stufe um Stufe herunterhoppelte und direkt vor Uriels Füßen landete.

»Aua!«, klagte Eliana, der Schmerz füllte

ihre Augen mit Tränen. Der Krach erschreckte ihre Eltern. Sofort sprangen sie auf und stürmten aus der Küche. Es tat ihnen leid, ihre Tochter auf dem Boden liegen zu sehen. Uriel half ihr auf, er unterdrückte es, laut loszulachen. »Alles in Ordnung, Schwesterchen?«, fragte er. Elianas dunkelbraune Augen funkelten vor Wut, sie wusste, dass er sie am liebsten auslachen würde. »Du brauchst nicht so blöd zu grinsen! Das ist alles deine Schuld!«, keifte sie und rieb sich den schmerzenden Hintern. Uriel strich sich die welligen Haare zur Seite und äußerte: »Meine Schuld? Wer muss sich denn neuerdings immer so aufbrezeln und braucht Stunden, um sich einen einfachen Haarreif ins Haar zu machen? Dann steh halt früher auf!« Uriels Art amüsierte die Eltern. Eliana hingegen wurde puterrot und sagte gar nichts mehr. Ich mache das alles nur für ihn, damit er mich mag, dachte sie und hatte ihren Schwarm vor Augen.

»So nun wird es aber Zeit. Ihr müsst los. Aviel wartet bestimmt schon und will nicht zu spät kommen«, mahnte ihre Mutter liebevoll. Bei dem Namen geriet Elianas Blut in Wallung, sie musste unwillkürlich lächeln. Die Zwillinge verließen das Haus. »Bis später«, verabschiedeten sie sich.

»Bis später und passt gut im Unterricht auf«, sagte ihre Mutter. Die Eltern legten viel Wert auf gute Noten, deshalb waren Eliana und

Uriel gute Schüler.

Die Zwillinge schlenderten zur Schule. Das erste Grün zeigte sich in der Kirschbaumallee und tauchte die Sicht auf die Häuser in eine rosa Blumenidylle. Der Frühling erwachte aus seinem Schlaf und Uriel nutzte die Gelegenheit, um Eliana nach ihrem geheimnisvollen Schwarm zu fragen. »Also, wer ist der Glückliche, dem es gelungen ist, das Herz meiner wilden Schwester zu erobern? « Er grinste.

»Wie kommst du denn darauf, dass ich verliebt bin?«, stammelte Eliana.

»Meinst du ernsthaft, ich hätte nicht gemerkt, dass du in letzter Zeit stundenlang das Bad belagert hast, nur um dir einen Haarreif ins Haar zu schieben?«

»Das stimmt überhaupt nicht«, erwiderte sie mit geröteten Wangen.

Uriel kicherte. Es war lustig, wie leicht sich seine Schwester aus der Fassung bringen ließ.

»Guten Morgen, ihr zwei«, ertönte plötzlich eine Stimme. Sie gehörte Aviel, Uriels bestem Freund. Er war ein Jahr älter, als die Zwillinge und lehnte lässig an einer Wand, die Schultasche war unter den Arm geklemmt. Seine Haare, die etwas länger als schulterlang waren, durchstreifte eine sanfte Brise. Sie schimmerten silberweiß. Seine ungewöhnliche Haarfarbe schenkte ihm viele Verehrerinnen. Ein Blick in seine grünbraunen Augen und es war um Eliana geschehen. Wieder stieg ihr die Röte ins Gesicht, und um ihre Nervosität zu verbergen, fuhr sie sich durch ihr taillenlanges Haar.

»Tut mir leid, dass du warten musstest, meine Schwester hatte Krieg mit ihrem Haarreifen.« Ein breites Grinsen zierte Uriels Gesicht.

»Wir schaffen es noch rechtzeitig«, lenkte Aviel ein, dann wandte er sich Eliana zu. »Du siehst wunderschön aus.«

»Danke«, quietschte sie wie eine Bremse, was ihr sehr peinlich war. Das Letzte, was sie wollte, war, ihren Schwarm durch unkontrollierte Laute in die Flucht zu schlagen. Die drei Freunde schritten durch das Tor der Sankt Engelsschule. Das war eine Privatschule für Gläubige. Eine Allee blühender Kirschbäume schmückte den Weg zum Schulgebäude. Es glich einer großen Kirche und strahlte trotz der schlichten Einrichtung viel Wärme aus. Die Menschen sollten sich geborgen fühlen – so wie im Haus Gottes.

Im Gegensatz zu anderen Schulen trugen die Schüler Schuluniformen und der Unterricht war etwas anders strukturiert. Neben Fächern wie Mathematik und Naturwissenschaften gab es auch Ethikunterricht. Dort wurde die Schöpfungsgeschichte mit wissenschaftlichen Erkenntnissen verglichen. Man sollte den Mut haben, beide Seiten zu hinterfragen, denn nur dem Fragenden offenbart sich sein persönlicher Weg.

Besonderen Wert legte die Schule auf das Erlernen von Sprachen und die Förderung individueller Talente. Durch ihre weitreichenden Beziehungen gab es nichts, was die Schüler nicht lernen konnten. Die Hausordnung orientierte sich an den Zehn Geboten und pünktliches Erscheinen war Pflicht. Verstöße gegen die Hausordnung wurden mit Nachsitzen oder zusätzlichen Hausaufgaben bestraft. Ansonsten genossen die Schüler viele Freiheiten. Die Sankt Engelschule beherbergte auch einen Kindergarten und bot alle Schulformen von der Grundschule bis zum Abitur an. Die Sankt Engelschule wurde mit strenger, aber liebevoller Hand geführt. Sie war für die Schüler wie ein zweites Zuhause.

»Aviel! Mein hübscher Aviel!«, krakeelte plötzlich eine Feuermelderstimme über den Schulflur. Aviel zuckte zusammen und Eliana verdrehte die Augen, denn sie wusste genau, wem sie gehörte. Lydia Behrends. Sie war ein Mädchen, was immer alles aus sich herausholte. Jeden Morgen legte sie mindestens drei Schichten Make-up auf, bevor sie das Haus verließ. Ihr blondgesträhntes Haar trug sie als Bob. Ihre Augen waren wie Eiskristalle und schauten immer leicht arrogant durch die Gegend. Lydia war die Anführerin von Aviles Fanclub und tat alles, um ihn für sich zu gewinnen. Sie klimperte mit den Wimpern und hakte sich bei ihm ein.

»Hey, nicht so stürmisch!«, sagte er bestimmt. Es ärgerte Lydia, dass er nicht auf ihre Verführungskünste ansprang. Er war dafür bekannt, dass er eine harte Nuss war.

Sie kannte seine Schwachstelle ganz genau. Seine Gutmütigkeit. »Wir schreiben gleich den Mathetest und ich verstehe die Gleichungen nicht. Bitte, du musst mir helfen!«, flehte sie mit ihrem Dackelblick. Aviel war viel zu sehr Gentleman, er konnte einem verzweifelten Mädchen nicht die Hilfe verweigern. »Dann sag das doch gleich, trotzdem musst du dich nicht so an mich klammern«, erwiderte er. Sie ignorierte den ersten Satz und zerrte ihn einfach ins Klassenzimmer. Ihrer Erzfeindin Eliana schenkte sie einen triumphierenden Blick.

Eliana schaute ihrem Angebeteten hinterher, dabei setzte sich eine Klammer um ihr Herz. Sie hatte das Gefühl, mit der hübschen Lydia niemals mithalten zu können. Sie sah nicht nur aus wie ein Topmodel, sie war auch viel reifer als sie. In der Schule hatte sie gelernt, dass Gott sie so liebt, wie sie ist, jedoch die Liebe eines Menschen zu gewinnen, ist etwas ganz anderes.

Eliana spürte eine Hand auf ihrem Rücken. »Hey, Kopf hoch. Lydia hat ihn zwar gerade für sich beansprucht, aber er hat dir heute Morgen ein Kompliment gemacht, erinnerst du dich? Und dafür musst du dich nicht mal schminken«, sagte Uriel und zwinkerte ihr zu. Wieder breitete sich die Röte in Elianas Gesicht aus. »Wie kommst du darauf, dass mir das etwas ausmacht? Ich wünschte nur, ich wäre auch so groß wie Lydia.« Sie verschränkte die Arme vor der Brust. Uriel tätschelte ihren Kopf und grinste. »Ach, Schwesterherz ... du kannst mir nichts vormachen. Ich weiß schon die ganze Zeit, dass du in meinen besten Freund verknallt bist. Wir haben uns ein Mutterleib geteilt. Ich weiß genau, was du fühlst und was in dir vorgeht. Gib nicht auf, ich bin sicher, Aviel lässt sich nicht so leicht von Lydia bezirzen. Wie gesagt, er hat dir seine Anerkennung ausgesprochen, und glaub mir, er ist sehr sparsam mit direkten Komplimenten an Mädchen«, munterte er seine Schwester auf.

Eliana merkte, dass sie ihre Gefühle nicht länger verleugnen musste. Uriel wusste immer, was seinen Mitmenschen durch den Kopf ging. Sie fragte sich seit langem, woher er diese Gabe hatte.

»Elli, kommst du oder träumst du weiter?«, neckte Uriel, der inzwischen schon vor der Klassenzimmertür stand, seine Schwester.

»Nein ...«, antwortete sie geistesabwesend und setzte sich auf ihren Platz. Sie dachte an ihre beste Freundin Minako und hoffte, dass sie es pünktlich zur Schule schaffen würde.

»Ich glaube, das wird knapp«, sagte ihr
Bruder. Ihr fiel die Kinnlade herunter, diese
Gabe war echt unheimlich.

Kapitel 2

Bei Minako klingelte bereits der fünfte Wecker. Mit einem Schrei sprang das Mädchen aus dem Bett. »O nein, ich komme zu spät!« Sie duschte und schlüpfte in ihre Schuluniform. »Mist«, fluchte sie, während sie die vorderen Strähnen ihres hüftlangen Haares zurücksteckte. Minako hatte himmelblaue Augen und eine schlanke, athletische Figur. Die verdankte sie der rhythmischen Sportgymnastik.

Ihre Haare waren gezähmt und sie stürmte in die Küche. »Warum hast du mich nicht geweckt, Mama?« Ihre Mutter Tomoyo erwiderte nur: »Das habe ich mindestens achtmal, aber du bist einfach nicht aus den Federn gekommen.« Minako blies ihre Backen auf. »Willst du nicht frühstücken?«, ärgerte Tomoyo sie. »Es ist so lecker«, schwärmte sie und roch an ihrer Reisschale.

Grinsend steckte sie sich die Stäbchen in den Mund.

»Du bist so gemein!«, moserte Minako und schnappte sich einen Toast mit Marmelade. Mit dem Brot im Mund rannte sie wie ein Gepard zur Schule, jedoch läutete die Glocke zum Unterricht, noch bevor sie das Tor erreicht hatte. Es gab keinen Tag, an dem sie sich erbarmte und später klingelte.

Jetzt muss ich improvisieren, dachte Minako, die noch vor dem Klassenzimmer stand. Zeitlupenartig öffnete sie die Tür und spähte vorsichtig hinein. Sie konnte sich unbemerkt hineinschleichen, denn Herr Schafskopp schrieb einige Matheaufgaben an die Tafel. Die Schüler schauten verdutzt, als sie auf allen vieren zu ihrem Platz kroch. »Wie schön, dass du auch zum Unterricht kommst, Minako«, sagte der Lehrer. Er war noch der Tafel zugewandt. Plötzlich drehte er sich um und befahl: »Steh auf und setz dich auf deinen Platz! Als Sonderaufgabe schreibst du hundertmal Ich darf nicht zu spät kommen in dein Strafheft!«. Der weißhaarige Mann mit den kurzen Locken sah aus wie ein Schaf, doch sein Verhalten glich eher einem störrischen Esel.

»Was? Aber ich habe heute Training!«, flehte Minako.

»Okay, dann bis übermorgen einhundertfünfzig Mal!«, sagte Herr Schafskopp, ohne eine

Miene zu verziehen. »Das kannst du dann ja nach dem Training machen und jetzt hinsetzen und Hausaufgaben raus! Minako, du rechnest die Matheaufgabe aus Block eins vor!«

Das Mädchen wurde kreidebleich. Zu allem Überfluss hatte sie die Hausaufgaben für heute vergessen – wieder einmal. Sie fand, dass es wichtigere Dinge gab, wie zum Beispiel in den Tag hineinzuträumen und sich die große Liebe vorzustellen. Schuldbewusst guckte sie zu Boden.

»Du hast also auch keine Hausaufgaben gemacht.« Herr Schaffskopp seufzte. »Dann wird Uriel den ersten Block vorrechnen und du holst sie nach!«, sagte er und rückte seine Nickelbrille zurecht.

Eliana sah ihre beste Freundin mitleidig an. Warum müssen die Lehrer immer übertreiben? »Sei nicht traurig«, versuchte sie Minako zu trösten. »Ach Elli, der Unterricht ist mir nicht so wichtig, mein Traum ist es, Sportgymnastin zu werden.«

»Auch Sportgymnastinnen müssen sich an die Regeln halten und ihre Hausaufgaben machen! Außerdem wird in meinem Unterricht nicht gequatscht!«, schimpfte Herr Schafskopp. Die Mädchen zogen peinlich berührt die Köpfe ein. Uriel, der inzwischen mit dem Vorrechnen fertig war, zwinkerte Minako aufmunternd zu. Ihr Herz schlug einen Takt schneller.

16

Eliana bemerkte, dass ihre beste Freundin sich merkwürdig verhielt, sie beschloss sie in der großen Pause danach zu befragen.

Der Schulhof der Sankt Engelschule sah aus wie ein Biotop. Es standen viele Bäume auf der Wiese herum. Eliana und Minako saßen auf ihrer orangefarbenen Picknickdecke, unter ihrer Lieblingstanne. Sie hatte den besten Blick auf die Cafeteria und den Springbrunnen. Der Wasserspeier an der Spitze war ein Engel mit einem Krug in der Hand. »Dieser Herr Schafskopp ist so furchtbar! Der könnte sich auf die Weide stellen und mit den Schafen um die Wette blöcken«, murrte Minako und äffte ein paar Blöcklaute nach. Eliana hielt sich die Seite vor Lachen. Minako war zu lustig. Trotz ihres strengen Trainingsplans hatte sie sich das Kindliche in sich bewahrt. Das mochte sie besonders an ihr. Auch in Liebesangelegenheiten wusste sie immer Rat und schaffte es mit ihrem reinen Herzen, Menschen wieder aufzurichten. Sie war eine Optimistin, die an die große Liebe glaubte.

Apropos Liebe, ich wollte doch ..., dachte Eliana und grinste verschwörerisch. »Sag mal, Minako, bist du in meinen Bruder Uriel verliebt?«, fragte sie. Sie hasste es, Dinge unklar auszusprechen. Ihre Freundin verschluckte sich vor Schreck an ihrem Sandwich und bekam einen Hustenanfall. Eliana klopfte ihr auf den Rücken.

»Mensch, du musst deswegen nicht gleich sterben.« Ein argloses Grinsen huschte über ihr Gesicht. Minako riss entsetzt die Augen auf. »Sag mal, musst du immer so mit der Tür ins Haus fallen?«, zeterte sie. Es war ihr unangenehm, direkt mit solchen Dingen konfrontiert zu werden. Eliana schnaubte. »Wie soll ich denn sonst fragen? Nun sag schon, ich bin immerhin deine beste Freundin.«

Minako sah sie ertappt an, sie wusste nicht, was sie sagen sollte. Sie schätzte Eliana sehr. Niemals würde sie die Freundschaft aufs Spiel setzen, indem sie etwas mit ihrem Bruder anfing. »Ich konzentriere mich auf meine Sportkarriere«, antwortete sie und streckte ihr Näschen in den Himmel.

Plötzlich kam Uriel angerannt, in der Hoffnung, ein paar von Minakos Sandwiches zu ergattern – sie waren einfach die besten. »Oh man, sehen die lecker aus!«, rief er, während ihm das Wasser im Mund zusammenlief. Eliana schimpfte: »Geh woanders schnorren, die sind für uns!« Sie machte eine Handbewegung, um ihm zu zeigen, dass er verschwinden sollte. Uriel schaute sie enttäuscht an. »Ach Schwesterherz, du bist schon wieder so unbarmherzig. Minako, sieh nur, wie gemein sie ist. Bitte, bitte, nur ein Sandwich.« Die Röte färbte Minakos Wangen und sie reichte ihm die Bentobox hin. Uriel bedankte sich mit einem Lächeln.

Dann setzte er sich neben Aviel an den Brunnen. »Hey Aviel, ich bin so ein Glückspilz, ich habe das leckerste Sandwich von der besten Köchin der Welt ergattert«, äußerte er.

Von wegen Karriere, Eliana schaute schelmisch. Jeder Blinde würde merken, dass du in mein Brüderchen verliebt bist. Und ich werde euch verkuppeln, dachte sie.

»Was hast du?«, riss Minakos Frage sie aus ihren Gedanken. Eliana schüttelte den Kopf. »Nichts.«

»Hast du wieder an Herrn Silberrücken gedacht?« Ein Grinsen breitete sich auf Minakos Gesicht aus. Eliana lag vor Lachen fast auf der Picknickdecke, doch dann wurde sie ernst. »Ach Mina, wenn ich ihm so einfach sagen könnte, was ich fühle. An Aviel heranzukommen, ist so leicht wie den Himalaya zu erklimmen. Außerdem weiß man nie, woran man bei ihm ist.« Ein Seufzer entwich ihr. Auch als sie in seine Richtung schaute, besserte sich ihre Stimmung nicht, denn wie in jeder Pause scharten sich seine Groupies um ihn. Lydia war wieder besonders aufdringlich und setzte sich auf seinen Schoß. Natürlich hatte sie keine Hemmungen, ihre Vorzüge zu präsentieren. Das war zu viel! Eliana drehte sich weg und kämpfte mit den Tränen. Ein stechender Schmerz breitete sich in ihrer Brust aus. Minako drückte sie an sich: »Ach, Elli-Maus, er wird schon merken, dass du die Richtige für ihn bist.«

»Lydia, ich habe dich nicht um Körperkontakt gebeten. Wärst du so nett, von meinem Schoß zu gehen?« Aviel verdrehte die Augen. Die anderen Groupies tuschelten vor Schadenfreude und bei Lydia zog sich eine Zornesfalte über die Stirn. Wortlos kam sie seiner Aufforderung nach, es war ihr völlig unverständlich, dass er nicht auf ihre Reize ansprang. Das würde er noch bereuen.

Nach Schulschluss begleitete Eliana ihre Freundin in die Turnhalle. »Also Elli, ich habe eine Idee! Aviel hat in zwei Wochen Geburtstag. Wie wäre es, wenn wir eine Party für ihn organisieren? Ich wette, dein Bruder hilft uns bestimmt, Mr. Unnahbar einzuladen. Du wirst selbstverständlich das Essen zubereiten. Ach ja, ein Kuchen darf natürlich auch nicht fehlen«, sagte Minako und war so begeistert von ihrer Idee, dass sich ihre Stimme fast überschlug. Eliana verzog das Gesicht. Sie war immer noch sauer, dass Aviel Lydia auf seinem Schoß sitzen ließ, anstatt ihr in ihren knöchernen Hintern zu treten. »Aviel, dieser Weiberheld ist der Letzte, für den ich mich an den Herd stellen würde! Soll er doch seine Haremsdamen fragen!« Minako wurde kreidebleich und fuchtelte wie wild mit den Händen herum. Trotzdem schimpfte Eliana weiter: »Und einen Kuchen backe ich für diesen Silberrücken erst recht nicht!«

»Ach das ist aber schade, ich hätte gerne deinen Kuchen probiert«, hörte sie plötzlich eine Männerstimme sprechen. Es war Aviel, der lässig an der Eingangstür der Turnhalle lehnte und Eliana einen tiefen Blick schenkte. Sie erstarrte vor Schreck. O nein, wie peinlich, Gott steh mir bei!

Er grinste Eliana frech an. »Und das mit dem Silberrücken, habe ich überhört, Kleines.« Oje, was jetzt? Ihr Herz galoppierte vor Panik. Hilfesuchend sah sie Minako an, in der Hoffnung, dass ihre Freundin die Situation noch irgendwie retten konnte.

Kapitel 3

Minako überlegte in Millisekunden, wie sie Eliana retten konnte. Aviel hatte alles gehört. »Ach, du auch hier?« Sie setzte ihr charmantestes Lächeln auf. »Elli und ich proben gerade für ein Theaterstück«, behauptete sie, was Eliana mit einem Nicken bestätigte. Die beiden Mädchen lachten verlegen und versuchten, so unschuldig wie möglich auszusehen.

»Oh, das ist ja interessant, wie heißt das Stück?« Aviel grinste verschmitzt.

Beide Mädchen wurden puterrot und sahen den Jungen nur an. Eliana wünschte sich, dass die Erde sich auftun und sie verschlingen würde. Aviel schlenderte auf die Mädchen zu und zog Eliana sanft an sich. Er schaute ihr tief in die Augen und sagte: »Ich erwarte von dir einen Kuchen als Entschuldigung!«

Aus der Turnhalle drang Gelächter nach

draußen. Uriel hatte alles mitbekommen und kringelte sich hin und her. In diesen Moment mutierte auch Minako zur Tomate, seine Zwillingsschwester hingegen starrte ihn wie eine Gift speiende Kobraschlange an.

»Tja, kleine Sünden bestraft der liebe Gott sofort. Erst denken, dann handeln, liebe Schwester«, sagte er.

»Uriel …« Eliana ballte ihre Hand zur Faust, am liebsten hätte sie ihn angeschrien und einen Idioten genannt. Jedoch wollte sie sich nicht noch weiter blamieren, also rannte sie nach Hause. Uriel tat es leid, dass er sich auf ihre Kosten amüsiert hatte, und sah ihr nach.

Minako stemmte die Arme in die Hüften und baute sich vor den Jungs auf. »Was habt ihr in der Sporthalle zu suchen?« »Die Basketball AG ist auf heute verlegt worden. Weil das Wetter so schön ist, spielen wir draußen. Uriel und ich haben noch ein paar Bälle geholt«, erklärte Aviel, während Uriel den Ball in der Hand hielt.

Das Mädchen nickte nur. Plötzlich packte Uriel sie am Arm und zog sie ein Stück von seinem Freund weg. Seine Berührung war wie Softschokolade für sie. »Hey, wegen Aviels Party. Ich finde die Idee gut, wie wär's, wenn wir das bei dir machen? Deine Eltern haben ein großes Haus, vielleicht können wir Eliana mit ihm verkuppeln«, schlug er vor.

»Das kriegen wir schon hin. Jetzt muss ich aber rein, das Training fängt gleich an«, antwortete Minako.

Die Gymnastinnen hatten sich in der Halle verteilt und übten ihre Kür. Auch Minako tanzte ihre Kür mit dem Band, Uriel beobachtete sie dabei. Sie bewegte sich zur Musik, als hätte sie Flügel. Das Band flog ein paar Mal in die Luft und wirbelte dann geschmeidig um ihren Körper. Es sah wunderschön aus, er konnte verstehen, warum sie bei den Jungs so beliebt war. Ach Minako, du hast so viel Talent, es wäre schön, wenn du dich ganz der rhythmischen Sportgymnastik widmen könntest, dachte Uriel. Er und seine Freunde kritisierten das System scharf. Warum wurden sie in der Schule mit unnützem Wissen gefüttert, anstatt ihre individuellen Talente zu fördern? Mehr als die Grundrechenarten, ein bisschen Englisch, Lesen und Schreiben braucht doch niemand, um in dieser komischen Welt zurechtzukommen. Alles Wissen, das dann noch gebraucht wird, eignet man sich an, wenn man seinen Weg geht.

Uriel klopfte an Elianas Zimmertür. Ein Wolfsschild hing davor. »Darf ich reinkommen?«, fragte er. »Ja«, antwortete sie.

»Aber die Hausaufgaben lasse ich dich nicht abschreiben.« Uriel trat ein und sah sie an ihrem Schreibtisch sitzen. Sie löste die verhassten Matheaufgaben. »Keine Sorge, die habe ich schon in der Schule gemacht, während ich Minako beim Sport zugesehen habe«, erklärte ihr Bruder. Eliana horchte auf. »Aha«, äußerte sie mit einem schiefen Grinsen.

»Sag mal, magst du Minako? Findest du sie hübsch?«

»Ja, natürlich mag ich sie, genauso wie dich, Schwesterchen«, antwortete er.

Das ist typisch Uriel. Er gab immer solche Antworten und verbarg seine Gefühle. Trotzdem wird sie die beiden verkuppeln, koste es, was es wolle.

»Sag mal, Brüderchen, hast du Lust, am Samstag mit mir Schlittschuh zu laufen? Das Ice World hat ja auch im Frühling geöffnet. Minako wird auch da sein, um ihren Gleichgewichtssinn fürs Turnen zu trainieren und ich hätte auch Lust, mal wieder über das Eis zu jagen«, fragte sie.

»Okay, wir können ja Aviel fragen«, antwortete Uriel. Eliana nickte. Uriel verließ den Raum und drehte sich nochmal um. »Wenn du mit deinen Aufgaben fertig bist, backen wir einen Kuchen für Aviel. Du schuldest ihm noch eine Entschuldigung für den Silberrücken.« Er zwinkerte ihr zu.

Prompt landete ein Kissen in seinem Gesicht: »Okay, okay. Ich bin in einer halben Stunde unten«, sagte Eliana.

In der Küche duftete es nach frisch gepressten Zitronen, Uriel hatte schon mit der Arbeit begonnen. Plötzlich zog es in seinem Magen. Es fühlte sich wie ein Messerstich an. Er krampfte zusammen und glich einer Kalkwand.

»Uriel, was ist los?«, fragte Eliana, die in der Küchentür stand. Ihre Augen waren weit aufgerissen. »Nichts, ich habe nur ein bisschen Bauchweh«, keuchte Uriel und lehnte sich an die Küchenzeile.

»Ist dir Minakos Sandwich nicht bekommen?« Sie legte den Kopf schief.

Uriel zwang sich zu einem Lächeln. Sein Darm fühlte sich an, als würde er zerreißen.

»Nimm Platz, ich mache dir einen Kamillentee«, sagte Eliana, und er kam ihrer Bitte nach. Sie setzte sofort heißes Wasser auf. Nachdem der Tee seine Wirkung getan hatte, sagte ihr Bruder: »Ich helfe dir, den Kuchen fertig zu machen, dann lege ich mich hin.«

»Okay ...«, konnte Eliana nur antworten. Große Sorgen plagten sie, Uriel hatte in letzter Zeit öfter blass ausgesehen. Es war nicht das erste Mal, dass ihn diese Schmerzen heimsuchten. Seltsamerweise verschwanden sie, wenn er seinen Tee trank. Aber die Abstände wurden immer kürzer. Trotzdem ging er nicht zum Arzt.

Auch Eliana litt seit kurzem unter diesen
Schmerzen, ohne zu ahnen, welch böser Feind
in ihr lauerte.

Kapitel 4

Der Wecker riss Eliana aus ihren Träumen. Nachdem sie ihre morgendliche Routine erledigt hatte, klopfte sie an die Tür ihres Bruders. Sie hörte ein leises »Herein«. Eliana betrat das Zimmer und kniete sich an die Bettkante. »Wie geht es dir?«, fragte sie. »Ich fühle mich noch etwas schlapp, außerdem hatte ich heute Morgen Durchfall«, stöhnte er, sein Blick war matt. »Am besten, du gehst zum Arzt«, äußerte Eliana.

»Das finde ich auch«, hörten die Zwillinge ihre Mutter sprechen, sie war inzwischen ins Zimmer gekommen. Ein paar graue Strähnen schmückten ihr schwarzes Haar. »Ich bringe dich nachher hin«, fügte Frau Ava hinzu, dann küsste sie Uriel auf die Stirn. »Ich mache jetzt Frühstück«, sagte sie und verließ das Zimmer wieder.

»Hey Elli, vergiss nicht, Aviel den Kuchen zu geben«, äußerte Uriel. Seine Mundwinkel fühlten sich wie Blei an, trotzdem hob er sie zu einem Grinsen. Seine Schwester schnalzte mit der Zunge. »Das vergesse ich ganz bestimmt nicht. Oder glaubst du wirklich, dass ich mir umsonst den Allerwertesten aufgerissen habe?« Mit gerötetem Gesicht verschwand auch sie aus dem Zimmer.

Ein violetter Ball glitt an ihrem Körper entlang. Er wurde kräftig auf den Boden geworfen, damit er hochfliegen konnte. Minako rollte sich elegant auf der Matte ab und fing den Ball mit den Füßen auf. Er schien mit ihr zu verschmelzen. Sie warf ihn hoch und sprang hinterher. Er landete perfekt in ihrer Hand. Das Mädchen war außer Atem, aber zufrieden mit seiner Leistung. Bevor Minako ihre Schuluniform anzog, machte sie sich frisch. Zufrieden schaute sie in den Spiegel und ging dann in die Schulcafeteria.

Ein paar Jungen kamen ihr entgegen. Minako strahlte sie an und wünschte ihnen ein »Guten Morgen«. Ihre Mitschüler guckten ihr sehnsüchtig hinterher. »Ach, sie ist immer so fröhlich und lieb. Ich wünschte, sie wäre meine Freundin«, schwärmte einer der Jungs.

»Nein, wenn, dann wird sie meine Freundin. Sie ist viel zu hübsch für dich«, antwortete sein Kumpel.

Minako hörte das Gespräch nicht mehr. Sie war schon in der Cafeteria. Jeder war willkommen und durfte zu den Öffnungszeiten dort essen und trinken. Von hier aus hatte man einen atemberaubenden Blick auf den Pausenhof und den Springbrunnen, der der ganze Stolz der Schule war. Minako studierte die Speisekarte, die am Kiosk aushing, und entschied sich für eine Johannisbeerschorle.

Sie erstarrte, als sie sich umdrehte, plötzlich stand Lydia hinter ihr. Ihre eisigen Augen musterten das Mädchen verächtlich. Der Kloß im Hals schnürte Minako die Kehle zu, nach einem kurzen Räuspern brachte sie ein »Guten Morgen« hervor und schlenderte an ihr vorbei.

»Oh, guten Morgen Minako-Liebes«, begrüßte Lydia sie. »Du siehst bezaubernd aus. Aber du siehst ja eh immer schön aus. Und deine Körperbeherrschung beim Turnen ist einfach himmlisch. Der liebe Gott muss wirklich gute Laune mit dir gehabt haben«, schleimte sie ihre Mitschülerin voll. Minako fuhr es durch Mark und Bein. Diese gespielte Freundlichkeit konnte nichts Gutes bedeuten.

»Ich verstehe nicht, warum sich ein Mädchen aus gutem Hause mit einer Person wie Eliana abgibt. Häng´ doch lieber mit uns ab.

Wir sind die viel bessere Partie. Eliana benimmt sich wie ein Schlachtschiff.« Lydias Stimme triefte vor Spott. »Elli ist meine beste Freundin. Ich verbiete dir, auf ihr rumzuhacken! – Und nein danke, ich verzichte auf dein nettes Angebot!«, entgegnete Minako todesmutig, ihre Augen funkelten vor Entschlossenheit. Trotzdem zitterte das Mädchen, es hatte Angst vor Lydias Zorn. Etwas abseits standen die zierliche Lea und die blond gelockte Jessica. Lea lästerte: »Na die traut sich ja was, niemand wagt es so mit uns zu sprechen. Ich kann das Engelchen sowieso nicht leiden.« Sie schaute hasserfüllt in Minakos Richtung.

Jessica sagte: »Ich verstehe nicht, warum sich Lydia das gefallen lässt.«

»Hey, du Sumpfhuhn. Hast du mich gerade Schlachtschiff genannt?«, ertönte plötzlich Elianas Brüllen. Sie stampfte auf Lydia zu, die sich erschrocken umdrehte. »Na, habe ich dich erschreckt? Du solltest dich besser vergewissern, ob jemand hinter dir steht, bevor du lästerst«, sagte sie frech. Lydia zischte: »Nein, mit dir habe ich wirklich nicht gerechnet. Dabei muss man mit solchen Pestbeulen wie dir leider immer rechnen. Man will sie nicht, aber sie kommen immer wieder.« Eliana erwiderte: »Lieber bin ich eine Pestbeule als eine Fakebarbie.« Jetzt mischten sich auch Lydias Freundinnen ein.

»Du hässliche Kuh wagst es?«, fauchte Jessica und durchbohrte sie mit ihrem Blick. Lea musterte ihre Mitschülerin höhnisch und umkreiste sie einmal. »Na, Eliana, du hast dich ja neuerdings ganz schön herausgeputzt. Willst wohl mit uns mithalten, was? Die Mühe kannst du dir sparen. Du siehst immer noch hässlich aus.« Sie lächelte Eliana herablassend an.

Lydia entdeckte den Kuchen und lachte hämisch. »O nein! Auch noch ‚nen ganzen Kuchen essen, was? Verfressen sind wir auch noch. Ich kann dich bestens verstehen, Aviel findet dich nämlich auch hässlich und will mit mir zusammen sein. Aber so fett wie du bist, kannst du dir nicht mal ein Stück Kuchen leisten.« Der Zorn bebte in Eliana.

Minako stellte sich schützend vor ihre Freundin und sagte:

»Lydia, du bist gemein! Eliana ist nicht dick – ganz im Gegenteil! «

»Ach Kinners, wisst ihr was, ich habe keine Zeit mit euch zu spielen. Ich bin mit Aviel verabredet.«, antwortete sie. Dann schlenderte sie mit ihren Freundinnen an den beiden Mädchen vorbei. Sie drehte sich noch einmal um und warf ihnen noch einen verächtlichen Luftkuss zu. Lea und Jessica taten es ihrer besten Freundin gleich, bevor sie im Schulgebäude verschwanden.

»Du hast also ab und zu Bauchschmerzen?«, fragte Dr. Daubt desinteressiert. Er war einer dieser überheblichen Ärzte, die völlig von sich überzeugt waren. »Ja«, antwortete Uriel und schilderte ihm, was gestern passiert war. »Ach, das ist nur ein gereizter Magen. Am besten ein bisschen mehr auf die Ernährung achten, ein bisschen Kamillentee und dann wird das schon wieder. Es ist jedenfalls nichts Ernstes, worüber du dir jetzt Sorgen machen musst«, beruhigte der Arzt den Jungen und fügte hinzu: »Ich verschreibe dir noch ein paar Magentropfen, falls die Schmerzen stärker werden. Wenn es nicht besser wird, kannst du wiederkommen.« Uriel nickte und verließ das Zimmer. Draußen seufzte er. Das ist leider die Masche vieler Ärzte. Sie hören nicht zu, untersuchen ihre Patienten nur halbherzig und haben keine Lust, Ursachenforschung zu betreiben. Selbst wenn sie eine Diagnose stellen, packen sie das Übel nicht an der Wurzel. Das ganze System ist darauf ausgerichtet, dass der Patient immer wieder kommt, um die Kassen der Ärzte und Pharmakonzerne zu füllen.

Frau Ava saß im Wartezimmer. »Und?«, fragte sie mit gekräuselter Stirn.

»Keine Sorge! Es ist nur eine Magenverstimmung«, beruhigte er sie. Er wollte nicht, dass sie sich noch mehr Gedanken machte.

Es war große Pause in der Sankt Engelschule. »Hey, Mausi, wolltest du Aviel nicht deinen Kuchen geben?«, fragte Minako, während sie die Bentoboxen in ihrem Korb verstaute.

»Mensch Mina, wie soll ich das denn machen? Der ist immer so belagert. Vielleicht haben Lydia und die anderen Mädchen recht, und er mag mich wirklich nicht«, sagte sie. Ein dunkler Abgrund baute sich vor ihr auf.

»Du bist doch sonst nicht auf den Mund gefallen«, erwiderte Minako.

Eliana knurrte nur, wenn es um Aviel ging, war das etwas anderes. Sie schaute zum Brunnen herüber. Der Anblick erschwerte ihr Herz. Die Mädchen umzingelten ihn, und Lydia hatte wieder einen Platz in der ersten Reihe ergattert. »Es hat keinen Zweck«, murrte Eliana, »du siehst ja, was los ist.«

»Vielleicht sollten wir sie weg beten.« Minako grinste wie ein Breitmaulfrosch.

Elianas Augenbraue schoss in die Höhe. »Na, du hast ja Ideen.«

»Einen Versuch ist es wert«, sagte Minako

und betete im Stillen.

Aviel war in sein Buch vertieft und ignorierte seine Anhängerinnen. Er wünschte, Uriel wäre jetzt hier, denn der half ihm immer, die Mädchen von sich fernzuhalten.

»Duhu Aviel, was liest du da?«, fragte Lydia mit klimpernden Wimpern. »Ein Buch«, antwortete er knapp, in der Hoffnung, sie würde sein Desinteresse bemerken. Lydia schaute fassungslos und biss sich gleichzeitig vor Wut auf die Lippen. Wie konnte er es wagen, sie abzuweisen? Aber so schnell würde sie nicht aufgeben, schwor sie sich und fragte: »Und was steht drin?« »Buchstaben und Wörter«, antwortete er.«

»Das weiß ich auch!«, fauchte sie und dampfte beleidigt davon. Die anderen Mädchen folgten ihr, sie trauten sich nicht, ihn anzusprechen.

»Wow, es hat geklappt«, sagte Minako. Auch Eliana staunte nur. Hat das wirklich Gott bewirkt? Er manipuliert doch keine Menschen. »Jetzt aber schnell, das ist deine Chance, Elli«, drängte Minako. Eliana nahm all ihren Mut zusammen und ging auf Aviel zu. Ihre Beine zitterten, als sie vor ihm stand, und ihr Herz schlug einen Takt schneller. Sie umklammerte die Schachtel mit dem Kuchen fester. Am liebsten hätte sie sich sofort wieder umgedreht und wäre davongelaufen.

Sie wusste nicht, was sie ihrem Schwarm sagen sollte. Er sah einfach toll aus, wie er so konzentriert und vertieft in seinem Buch las. Wenn Uriel hier wäre, wäre alles einfacher.

Aviel fühlte sich beobachtet und löste sich von seinem Buch. »Oh, Eliana.« Er lächelte verführerisch. Das Mädchen mutierte zur Tomate. »Äh, hallo Aviel, ich hoffe, ich störe dich nicht«, stotterte sie.

Und wie du störst, dachte Lydia, die mit ihren Freundinnen auf der anderen Seite des Brunnens stand und jedes Wort mithörte.

»Nein, du störst nie«, sagte Aviel sanft zu Eliana. »Setz dich doch zu mir«, bot er ihr an, und sie ließ sich nicht zweimal bitten. »Ach, du hast Zitronenkuchen gebacken?«, bemerkte Aviel.

»Ja, ich wollte mich bei dir für gestern entschuldigen«, stotterte sie und sah verlegen zu Boden. Ein Grinsen breitete sich auf Aviels Lippen aus. »Och, ich fand das eigentlich ganz lustig. Du hast es ja nicht böse gemeint.« Hach, er war so nett und erwachsen, dachte sie. Eliana liebte ihn einfach. Jetzt oder nie, sprach sie sich innerlich Mut zu und fragte: »Hast du Lust, deinen Geburtstag mit Minako und Uriel zu feiern? Bis dahin ist er bestimmt wieder gesund.«

Sie schaffte es nicht, seinem Blick standzuhalten.

Wie peinlich, ich kann ihm nicht einmal richtig in die Augen sehen, sprachen ihre Gedanken zu ihr. »Gerne, aber jetzt möchte ich erst einmal deinen Kuchen probieren.« Aviel schmunzelte. O mein Gott, er hat zugesagt. Eliana hoffte, dass es kein Traum war.

Als Aviel ein Stück von ihrem Kuchen probierte, war das Glück für sie perfekt. Der Moment hätte für sie ewig dauern können, doch leider läutete die Glocke zum Unterricht. Unbarmherziges Ding, fluchte Eliana innerlich, es war gerade so schön. Aviel gab ihr einen Handkuss. »Danke für den Kuchen, my Lady, er war wirklich sehr lecker«, sagte er, dann zwinkerte er ihr zu und ging zum Schuleingang.

Lydia kochte vor Eifersucht. »Hast du das gesehen, die blöde Gans hat sich einen Kuss ergattert?«, schimpfte Jessica entsetzt, was Lydias Wut noch mehr anheizte. »Der Spaß an ihrem Kindergeburtstag wird der blöden Kuh noch vergehen, dafür werde ich sorgen.«, höhnte sie.

Kapitel 5

Endlich war Samstag! Die Woche hatte sich für Eliana wie Kaugummi gezogen und sie hatte die Tage im Kalender gezählt. Sie probierte jedes Outfit an, das sie besaß. Es sah so aus, als hätte ein Tornado in ihrem Zimmer gewütet. Überall lagen Kleider herum. Am Ende hatte sie sich für eine Leggings und ein lilafarbenes Chiffonoberteil entschieden, das ihre weiblichen Rundungen gut zur Geltung brachte.

Die Zwillinge betraten die Küche. Der Frühstückstisch war mit Kerzen gedeckt, es duftete nach Kaffee und frischen Brötchen. Es war das Wochenendritual der Familie Ava. »Super Brötchen!«, quietschte Eliana und sprang in die Luft. Ihre Freude war doppelt groß, denn ihr Vater war gestern von einer Geschäftsreise zurückgekehrt. Er goss seiner Frau Kaffee ein, bevor er sich selbst eine Tasse einschenkte. Eliana war so glücklich, ihren Vater wieder zu haben, dass sie ihm um den Hals fiel. Herr Ava war so groß wie ein Bär. Sie musste sich strecken, um ihm einen Kuss auf die Wange zu geben.

Das Ice World befand sich in der Stadt. Die Zwillinge mussten den Bus nehmen, um es zu erreichen. Während der Fahrt bewunderten sie die schöne Landschaft, die der Bus auf seiner Fahrt zeigte. Aviel stieg ein und Elianas Herz machte einen Sprung. Das graue Oberteil stand ihm besonders gut, einfach zum Dahinschmelzen. »Eliana hat sich so aufs Schlittschuhlaufen gefreut, dass sie ihr Zimmer in ein Schlachtfeld verwandelt hat«, plapperte Uriel drauf los. »Und sie hat von nichts anderem geredet.« Er grinste breit. Eliana sprang wie von der Tarantel gestochen von ihrem Sitz auf: »Das stimmt nicht!«, schimpfte sie mit hochrotem Kopf. Die Leute im Bus starrten sie an. Das Mädchen war verlegen und rutschte auf ihren Platz zurück.

Der Bus hielt zwei Haltestellen weiter am Ice World an.

»Guck mal, da ist Minako!«, rief Eliana, nachdem sie die Eisbahn erreicht hatten. Sie und die Jungs blieben am Rand stehen, um ihrer Freundin zuzusehen. Minako glitt wie ein Engel über das Eis. Ihre Pirouetten waren so anmutig, dass sie viele Bewunderer anzogen. Minako entdeckte ihre Freunde und schlitterte auf sie zu. »Hallo, da seid ihr ja!« Das fröhliche Lächeln auf ihrem Gesicht steckte ihre Freunde sofort an.

»Es ist nicht viel los, wie wär's, wenn wir Fangen spielen?«, schlug Eliana vor.

»Oh ja, ich bin dabei«, äußerte Minako und tickte Uriel an. Noch bevor Eliana reagieren konnte, wurde sie von ihrem Bruder getickt. Eliana wollte Aviel anstupsen. Sie versuchte, besonders elegant zu wirken, aber stattdessen knallte sie auf ihren Hintern und landete vor Aviels Füßen.

»Was sollte das denn werden, Kleine?«, fragte Aviel mit einem amüsierten Grinsen. Uriel lachte laut. Nur Minako sah ihre Freundin mitfühlend an.

O Mann, warum muss das immer mir passieren? dachte Eliana verärgert. »Hast du dir wehgetan?«, fragte Aviel und streckte ihr die Hand entgegen.

»Nein, es geht schon«, murrte Eliana und nahm die Hand.

»Ich glaube, du brauchst erst mal eine heiße Schokolade. Ich lade dich ein«, sagte Aviel. Dann nahm er sie sanft, aber bestimmt am Handgelenk und zog sie zum Kiosk.

Minako sah ihnen hinterher und freute sich für ihre Freundin. »Wollen wir ein paar Runden drehen?«, riss Uriel sie aus ihren Gedanken. Ihr Herz wirbelte sich im Kreis, ob sie vielleicht doch mehr als nur Freunde sein könnten? Es war schön, neben ihm her zu gleiten. Sollte sie nach seiner Hand greifen? Je näher sie seiner Hand kam, desto schneller schlug ihr Herz. Plötzlich fing Uriel ein Gespräch mit ihr an, so dass sie ihre Hand schnell wieder zurückzog. »Du bist echt super auf dem Eis und bei der Gymnastik sowieso«, äußerte er.

»Findest du?« Minako war geschmeichelt.

»Vielleicht können wir den Direktor überzeugen, dass du dich mehr auf den Sport konzentrieren kannst.«

»Das wäre echt schön, jedoch würden meine Eltern das nie erlauben. Sie sagen, Sport taugt nichts und ich soll endlich bessere Noten nach Hause bringen.« Minako verdrehte die Augen. »Verstehe ...«, sprach Uriel nachdenklich. »Wir können ja morgen mit dem Rektor reden und dann sehen wir weiter.« In seinen Worten lag so viel Kraft, dass auch Minako nicht daran zweifelte, dass es einen Weg für sie gab, sich ganz ihrer Leidenschaft, der Sportgymnastik zu widmen.

Bitte, himmlischer Vater, mach es möglich!, betete sie für sich.

»Gott wird es möglich machen, vertrau

einfach darauf«, sprach Uriel ihre Gedanken aus. Minako wäre vor Schreck fast ausgerutscht. Wie konnte er ihre Gedanken lesen?

»Danke für den Kakao.« Eliana lächelte, dann nippte sie an ihrem Getränk. Die harten Plastikstühle, die neben dem Kiosk standen, boten keinen Komfort für ihren blauen Fleck am Hintern.

»Gern, geht es dir schon besser?«, fragte Aviel fürsorglich, dann nippte auch er an seinem Kakao.

»Ja, ja!«, murmelte Eliana, am liebsten würde sie sich immer noch in Luft auflösen. Aviel unterdrückte mit Mühe ein Lachen. Es sah zu komisch aus, wie Eliana auf ihren süßen Hintern gefallen war. Leider fiel ihm nichts ein, um das Thema zu wechseln. Das Schweigen stresste Eliana und ihre Gedanken kreisten um sie. Toll, Eliana, jetzt bist du endlich mit ihm allein und schweigst, weil du auf dein Poschi gefallen bist. Wie dumm von mir, warum habe ich nicht mehr gesagt, als nur ja, ja ... Wie soll man da ein Gespräch aufbauen?

»Schmeckt dir der Kakao?«, fragte Aviel.

»Ja, sehr.« Ihre Augen strahlten mit ihren Lippen um die Wette. O Mann, Eliana, nicht schon wieder.

Du musst schon etwas mehr sagen! Die Anspannung in ihr stieg mit jeder Minute weiter an. Lachend deutete Aviel auf ihre Oberlippe. »Okay, man sieht es, du hast einen Schokoladenbart.« Eliana sah aus wie eine Tomate. Wäre sie Lydia gewesen, hätte sie verführerisch gesagt: »Dann küss ihn doch weg!« Aviel zog ein Taschentuch aus seiner Tasche und überreichte es ihr.

»Danke«, sagte sie und er schaute sie zärtlich an.

»Wollen wir wieder zu Minako und Uriel auf die Eisbahn?«, fragte Aviel. Eliana nickte.

Auf dem Weg zum Bus entfernten sich die Mädchen von den Jungs und unterhielten sich. »Wie war der Kakao mit Aviel?«, fragte Minako.

»Schrecklich ...«, stöhnte Eliana und ließ ihren Körper hängen.

Minako schaute sie groß an. »Schrecklich?«

»Ja. Ich habe kaum ein Wort herausgebracht«, antwortete Eliana. »Bei dir lief es wohl besser. Du und Uriel habt auf dem Eis ein hübsches Paar abgegeben«, fügte sie hinzu und zog eine Augenbraue hoch. Minako fuchtelte mit den Händen. »Äh, äh, das war nicht das, wonach es aussah«

»Nein, natürlich nicht.« Ein freches Grinsen breitete sich auf Elianas Gesicht aus.

»Ich habe schließlich Augen im Kopf. Du kannst es mir ruhig sagen«, äußerte sie und Minako presste die Lippen zusammen.

»Du hast also Gefühle für meinen Bruder«, äußerte Eliana.

Ihre Freundin nickte.

»Ich würde mich sehr freuen, wenn meine beiden Lieblingsmenschen zusammenkämen.« Ein Schmunzeln erhellte Elianas Gesicht.

»Wirklich?«, fragte Minako, Eliana nickte erneut. Eine Last fiel von Minakos Schultern. Sie fühlte sich beschwingt.

»Hey Mädels beeilt euch, der Bus kommt gleich!«, rief Uriel und winkte.

»Ist ja gut!«, fauchte seine Schwester.

Das Grundstück der D'Amores war so groß, dass es mit einem hohen Eisenzaun gesichert war. Minako tippte den Zahlencode der Pforte ein. Sie achtete kaum auf die Rosen, die über ihr rankten. Ihr Vater betrieb eine Biomarktkette namens Bio Mercado D´Amore. Ihre Mutter hatte ihn immer unterstützt, und so wurde seine Kette zu einer der erfolgreichsten in ganz Anron. Der Weg zum Grundstück war mit bunten Blumen geschmückt.

Das Anwesen sah wie eine Finca aus. Efeu schlängelte sich an der Mauer empor.

»Hallo Minako, du kommst gerade rechtzeitig, es ist noch Kuchen da, möchtest du ein Stück?«, fragte ihre Mutter, als sie den Flur betrat. »Gerne«, antwortete das Mädchen und schlüpfte aus den Schuhen.

»Wie war dein Tag?«, erkundigte sich Tomoyo und brachte ihr ein Stück Schokoladenkuchen an den Tisch. Nachdem sie sich gesetzt hatte, erzählte Minako von ihren Erlebnissen. »... Und stell dir vor, Eliana ist auf den Hintern gefallen«, beendete sie den Satz, und dann brachen beide Frauen in Gelächter aus.

»Du kannst Eliana ja mal wieder einladen«, äußerte Tomoyo.

»Ja, das werde ich, wir wollen nächsten Sonntag Aviels Geburtstag hier feiern.«

»Ja, das könnt ihr gerne machen, wir helfen euch beim Kochen.« Frau D´Amore lächelte.

Minako war froh, dass ihre Eltern so entspannt waren. Vielleicht sollte sie es wagen und ihrer Mutter von Uriels Plänen erzählen. »Mama?«, fragte sie. Tomoyo sah sie groß an. »Nichts?«, sagte sie und verließ die Küche. Seufzend ließ sie sich aufs Bett fallen.

»Wenn du groß bist, wirst du den Bio Mercado D´ Amore übernehmen«, hallte die Stimme ihres Vaters im Ohr. Niemals würde er erlauben, dass sie rhythmische Sportgymnastin wird.

Kapitel 6

Minako starrte ins Leere und lauschte dem Ticken der Uhr. Herr Schafskopps Gleichungen, waren für sie nur Gekritzel an der Tafel. Ihre Gedanken galten nur dem Gespräch mit dem Schulleiter, was sie in der großen Pause führen wollte. Noch dreißig Minuten, der Unterricht verging quälend langsam. »Minako D'Amore!« Zum fünften Mal! Würdest du bitte die nächste Matheaufgabe an der Tafel vorrechnen?!«, maulte Herr Schafskopp. Sie schreckte zusammen und fiel fast vom Stuhl. »Äh, ja ,tschuldigung.«

»Los, an die Tafel!«, befahl Herr Schafskopp. Mit hängenden Schultern erhob sich Minako von ihrem Platz. Dieses Mädchen ...,
kein Wunder, dass ihre Noten so miserabel sind,
Herr Schafskopp schüttelte mit dem Kopf.

Minako kämpfte sich durch die Gleichungen. Die Zahlen drehten sich wie ein Karussell in ihrem Kopf, bis ihr schwindelig wurde. Uriel meldete sich und fragte, ob er die nächste Aufgabe lösen dürfe, was der Lehrer mit einem Nicken bestätigte. Er schlenderte zur Tafel und zeigte Minako heimlich einen Zettel mit der richtigen Lösung. Sie schmunzelte und schrieb das Ergebnis hastig an die Tafel.

Herr Schafskopp guckte misstrauisch. Wie konnte seine schlechteste Schülerin plötzlich diese Aufgabe lösen? Mit einem triumphierenden Grinsen setzte sich Minako auf ihren Platz.

»Ich muss noch kurz auf die Toilette«, sagte Minako, als es zur großen Pause läutete. Eliana wartete auf dem Flur auf sie. Einige Schüler schlenderten an ihr vorbei und schwatzten. Plötzlich stand Aviel vor ihr. »Hey Elli, ich wollte euch viel Glück wünschen. Ich hoffe ihr findet eine Lösung für Minako«, sagte er.

»Danke, das ist lieb von dir«, erwiderte sie.

»Aviel!«, ertönte Lydias schrille Stimme. Er verdrehte die Augen.

»Ist dein Fanclub wieder da?«, fragte Eliana.

»Sieht so aus«, antwortete er mit einem gequälten Lächeln, dann entfernte er sich von Eliana. Sofort kam Lydia auf ihn zu.

»Lydia, ich möchte heute die Pause für mich haben«, sprach Aviel mit hochgezogener Augenbraue.

»Sei nicht so schüchtern«, flötete sie, »heute ist so ein schöner Tag. Ich lade dich auf einen Snack in die Cafeteria ein.« Ohne dass er etwas erwidern konnte, zog sie ihn mit sich. Lydia drehte sich noch einmal zu Eliana um und grinste sie triumphierend an. Ein Kloß bildete sich in ihrem Hals, hoffentlich schaffte sie es nicht, sein Herz zu gewinnen.

Minako und die Zwillinge warteten im Zimmer des Schulleiters auf Herrn Abraham. Er betrat den Raum und setzte sich mit seinen Schülern an einen Holztisch. »Wollt ihr etwas trinken?«, fragte er, was seine Schüler verneinten. Seine weißen Haare und der Bart erinnerten ein wenig an Väterchen Frost. »Nun, Kinder, was kann ich für euch tun?«, fragte Herr Abraham, sein Gesicht war voller Güte.

Uriel sagte: »Also, Minako träumt davon, Sportgymnastin zu werden, aber das Training nimmt so viel Zeit in Anspruch, dass sie im Unterricht kaum noch mitkommt.«

»Ja, das zeigt sich auch im Notendurchschnitt von Fräulein D'Amore.«

Der Schulleiter schmunzelte, daraufhin grinste Minako verschämt.

»Wäre es möglich, dass sie sich nur auf den Sport konzentriert?«, warf Eliana nun ein. Minakos Herz klopfte wie ein Presslufthammer. Sie zitterte am ganzen Körper, wird ihr Traum zerplatzen?

»Mmmh ...« Der Rektor stand auf und trat an das große Fenster, von dem er den Schulhof überblicken konnte. Mit gekräuselter Stirn strich er sich über den Bart, dann wandte er sich Minako zu. »Dir ist klar, dass ein solider Schulabschluss wichtig für deinen weiteren Lebensweg ist? Was ist, wenn du die Sportgymnastik irgendwann nicht mehr ausführen kannst?«, fragte er und schaute sie prüfend an.

»Wenn ich ehrlich bin, weiß ich das nicht. Aber es ist mein größter Traum, rhythmische Sportgymnastin zu werden. Dafür würde ich alles tun.« Ihre Augen loderten wie Feuer.

»Verstehe ...«, antwortete Herr Abraham ruhig. »Du liebst die Sportgymnastik wirklich sehr, oder? Ich kann mir vorstellen, dass du das beruflich machen willst. Du hast uns schon einige Medaillen nach Hause gebracht«, äußerte der Schulleiter. »Wir wären nicht die Sankt Engelschule, wenn wir nicht jedes Problem lösen könnten. Schließlich haben wir uns auf die individuelle Förderung unserer Schülerinnen und Schüler spezialisiert.

Beim nächsten Wettkampf wird ein Gremium anwesend sein, das auf der Suche nach sportlichen Talenten ist. Wenn du gewinnst, werden sie sicher auf dich aufmerksam und leiten weitere Schritte ein, um dein Talent zu fördern.«

»Das ist super! Ich werde auf jeden Fall mein Bestes geben«, erwiderte Minako.

»Das habe ich mir gedacht«, sagte Herr Abraham lächelnd, dann wurde sein Blick ernst. »Du solltest das jedoch vorher mit deinen Eltern besprechen, sie müssen ihr Einverständnis dafür geben.«

In der Schulcafeteria rauschten Lydias Worte nur durch Aviels Ohren. »Momentan hetze ich von einem Casting zum anderen. – Aviel, hörst du mir überhaupt zu?«, fragte sie plötzlich. Er zuckte zusammen. »Tut mir leid, ich war in Gedanken«, antwortete er. Hoffentlich nicht bei Eliana, dachte Lydia naserümpfend. Höchste Zeit, härtere Geschütze aufzufahren. Mit Latina-Hüftschwung wackelte sie auf ihn zu und setzte sich auf seinen Schoß. Die pure Verführung lag in ihren Augen, als sie wisperte: »Ich habe dir noch ein Dessert versprochen.« Dann spitzte sie die rot getuschten Lippen und kam seinem Gesicht gefährlich nahe.

»Lydia, ich will ...«

»Psst«, sie legte ihm den Zeigefinger auf den Mund. Aviel war wie gelähmt, es war unmöglich, ihrem Kuss auszuweichen.

»Aviel!«, ertönte eine Stimme. Es war Uriel, er kam noch rechtzeitig. Lydia sprang erschrocken von Aviels Schoß hoch. Verdammt! Nur wenige Zentimeter und ich hätte ihn geküsst, dachte sie ärgerlich. »Oh, störe ich?«, fragte Uriel unschuldig. Lydias Blick durchbohrte ihn wie ein Pfeil. »Nein, ich wollte sowieso gerade gehen«, zischte sie. Auch wenn sie Uriel am liebsten verjagt hätte, war Rückzug die beste Verteidigung. Sie war Uriel unterlegen und das spürte sie. Außerdem wäre es dumm, es sich mit Aviels bestem Freund zu verscherzen.

Auf dem Heimweg bewunderte Minako das satte Rot-Orange der untergehenden Sonne. Die Wolken sahen wie rosa Zuckerwatte aus. Ein Seufzer entfuhr ihr.

»Wie romantisch.«

Sofort dachte sie an Uriels sanfte Augen, zu gerne hätte sie diesen Moment mit ihm genossen. Zu Hause angekommen, verabschiedete sie sich von ihren sentimentalen Träumen.

Sie musste einen Kampf gegen ihre Eltern gewinnen. Bitte, hilf mir, betete sie zu Gott, jeder Beistand war nötig.

»Minako, da bist du ja, gleich gibt es Abendessen, wasch dir die Hände und setz dich an den Tisch«, begrüßte ihre Mutter sie. Frau D´Amore lächelte. Ihr langes, gewelltes Haar wippte kurz in der Luft, als sie wieder in die Küche ging. Nachdem Minako sich die Hände gewaschen und etwas Bequemes angezogen hatte, setzte sie sich an den gedeckten Tisch.

Ihr Vater saß bereits am Tisch und begrüßte sie. Auch ihre Mutter setzte sich dazu, nachdem sie den Salat in die Mitte des Tisches gestellt hatte.

»Wie war das Training?«, fragte Frau D'Amore.

Perfektes Timing, dachte Minako. »Oh, super. Die Trainerin hat mich gelobt. Ich bin wieder für die Jugendmeisterschaften nominiert worden«, erzählte sie und nahm einen Bissen von ihrem Salat.

»Das ist ja toll! Luigi, hast du das gehört? Unsere Tochter scheint wirklich sportlich talentiert zu sein«, sagte ihre Mutter.

»Mmmh!«, knurrte Herr D'Amore und kaute säuerlich auf seinem Essen herum.
Minako ließ sich nicht beirren. »Hört mal kurz zu«, äußerte sie. Die gespannten Blicke der Eltern ruhten auf ihr, während sie die Worte

des Rektors wiederholte.

»Um Himmels willen, bist du von allen guten Geistern verlassen, Minako?«, brüllte ihr Vater und knallte beide Hände auf den Tisch. Ihre Mutter schaute sie nur mit offenem Mund an.

»Wie stellst du dir das vor, mit einem Abschluss von einer Abendschule?«, fragte Tomoyo.

»Nix Abendschule, kommt gar nicht in die Tüte, Sport nix taugen, du wirst deinen Abschluss machen und dann meinen Laden übernehmen!«, sprach Luigi mit italienischem Akzent.

»Aber Papa, das ist mein Traum!« Minako fuhr von ihrem Platz hoch.

»Nix Traum, ich dulde keine Widerrede, Bambina!«, erwiderte Luigi D'Amore.

»Ach, es ist immer dasselbe mit dir. Nie verstehst du mich!« Sturzbäche von Tränen liefen ihr über die Wangen und sie rannte aus dem Haus.

Kapitel 7

Minako lief ziellos umher. Ihr Schluchzen begleitete sie. Sie rannte in den Wald. Bäume und Felder kreuzten ihren Weg, doch sie nahm sie nicht wahr. Keine Menschenseele war zu sehen. Sie stolperte über eine Baumwurzel und fiel zu Boden. Dabei stieß sie einen Schmerzensschrei aus. Minako hatte keine Kraft aufzustehen, zu groß war die Enttäuschung über ihren Vater und über Gott. »Warum?«, schrie sie in die Nacht. »Warum hast du mein Gebet nicht erhört?« Ihre Tränen wollten nicht versiegen.

Bei Familie Ava gab es Abendbrot. Plötzlich klingelte Elianas Handy. »Eliana, wie oft haben wir schon gesagt, dass das Handy beim Abendessen ausgeschaltet sein soll, das ist unsere Familienzeit«, tadelte sie ihre Mutter.

»Entschuldige, das habe ich vergessen. Ich werde es gleich auf lautlos stellen«, sagte sie und schlenderte zur Küchenzeile. Bevor sie der Bitte ihrer Mutter nachkam, schaute sie aufs Display. Es war Minako. Sie würde nie anrufen, wenn es nicht wichtig wäre, also nahm Eliana das Gespräch an.

»Hey Mina, was ist los?«, fragte sie.

»Elli, kannst du vorbeikommen? Ich habe mich mit meinen Eltern gestritten.«

»Was ist denn passiert?«

»Mein Vater hat mir verboten, rhythmische Sportgymnastin zu werden, deswegen bin ich von zu Hause fortgelaufen.«

»Wo bist du jetzt?«

»Im Wald.«

»Okay, ich bin gleich da«, sagte Eliana und legte auf.

Sie drehte sich zu ihren Eltern um und sagte: »Mama, ich muss noch mal raus. Minako hat sich mit ihren Eltern gestritten und ist in den Wald gelaufen.«

»Ganz allein? Aber es ist schon dunkel«, äußerte Frau Ava besorgt, es gefiel ihr nicht, wenn ihre Kinder im Dunkeln allein herumliefen.

»Ich gehe«, sagte Uriel. »Aber sie ist doch meine beste Freundin!«, rief Eliana empört.

»Glaub mir, es ist besser, wenn ich gehe«, erwiderte Uriel sanft, dann warf er sich seine Jacke über und ließ seine Schwester zurück. Mit aufgeblasenen Wangen schaute Eliana ihren Bruder hinterher. Was bildete der sich ein? Aber vielleicht war es besser, dass er an ihrer Stelle gegangen war. Wenn er Minako in den Arm nimmt und sie tröstet, wird er sich bestimmt in sie verlieben. Ein zufriedenes Lächeln umspielte ihre Lippen. Herr und Frau Ava guckten sich an. Wie konnte die Stimmung ihrer Tochter von einer Sekunde auf die andere so umschlagen? So waren Teenager eben.

Plötzlich pochte es in Elianas Bauch. Ein zerreißendes Gefühl machte sich in ihr breit. Sie schrie auf und krümmte sich. Frau Ava rannte sofort zu ihrer Tochter. »O Gott, Schatz, ist alles in Ordnung?« Auch Herr Ava sprang von seinem Platz auf, so heftig, dass sein Stuhl auf den Boden knallte.

»Es tut so weh.« Eliana weinte und keuchte. Ihre Mutter nahm sie in die Arme, jedoch riss sie sich los und lief zur Toilette.

»Eliana, ist alles in Ordnung?«, fragte Frau Ava, nachdem ihre Tochter wieder herausgekommen war. Ihr Gesicht war von Angst gezeichnet. Eliana nickte.

»Ja, alles okay, ich hatte nur Durchfall.«, beruhigte sie ihre Mutter. Ihre Stimme war wie Pergamentpapier.

»Ich will mich hinlegen«, äußerte sie und ging in ihr Zimmer. Die Sorgen um ihre Kinder fraßen Frau Ava auf. Erst Uriel, und jetzt schien auch Eliana an diesen unerklärlichen Bauchschmerzen zu leiden. Gott, bitte beschütze meine Kinder, betete sie still. Hoffentlich nahm das kein böses Ende.

Minako saß zusammengekauert unter einer Tanne. Die Knie eng an den Körper gepresst und den Kopf darauf abgestützt. Plötzlich fühlte sie eine Hand auf ihrer Schulter. »Hey, Mina«, sprach jemand zu ihr. Verwirrt schaute sie zur Seite. »Uriel, du?«, fragte sie. Er nickte und nahm sie in den Arm. Dann zog er ein Taschentuch aus der Tasche und tupfte ihr die Tränen aus dem Gesicht. »Willst du mir erzählen, was passiert ist?«, fragte er und schaute ihr sanft in die Augen.

»Ach Uriel, es ist alles so schrecklich.« Minako schluchzte wieder und vergrub ihr Gesicht an seiner Schulter. Er tröstete sie stumm. Nach einer Weile beruhigte sie sich wieder und erzählte ihm die ganze Geschichte. »Es scheint, dass Gott meine Gebete nicht erhört«, sagte Minako am Ende. Die Enttäuschung ließ sie in ein Fass ohne Boden fallen.

»Gib nicht auf, was dir wichtig ist, nur weil es nicht einfach ist«, sagte Uriel, »Gott wird dir helfen, jedoch nicht immer auf dem direkten Weg.« Minako sah ihn mit großen Augen an. »Für deine Eltern war es bestimmt eine Hiobsbotschaft, dass du einen anderen Weg einschlagen möchtest, als sie für dich vorgesehen haben. Immerhin wollen sie dein Bestes, weil sie dich lieben.«

»Nein, mein Vater denkt nur an seinen Laden. Er will nur, dass ich ihn übernehme, weil er sonst keinen Erben hat. Meine Träume sind ihm völlig egal«, widersprach sie, ihre Stimme war voller Wut. »Nein, Mina, das stimmt nicht. Du bist deinem Vater gegenüber ungerecht. Er macht sich nur Sorgen um deine Zukunft«, erwiderte Uriel mit eindringlichem Blick.

Ihre Augen weiteten sich, seine Worte waren wie eine Backpfeife für sie. Sie hatte erwartet, dass er auf ihrer Seite war und nicht ihre Eltern verteidigte.

»Du hättest mehr Verständnis für ihren Standpunkt aufbringen müssen«, erklärte Uriel.

»Ich hatte keine Chance.«

»Ich glaube, der Zeitpunkt war falsch gewählt.«

Minako seufzte. »Vielleicht hast du recht, ich werde morgen noch einmal mit meinem Vater sprechen.«

»Komm, ich bringe dich nach Hause«, sagte Uriel.

Minako hatte den Kopf gesenkt, deshalb bemerkte sie die Laternen nicht, die ihr Licht auf die Straßen warfen. Der Mond und die Sterne leuchteten am Himmel und funkelten, als wollten sie dem Mädchen Trost spenden. Die beiden Teenager kamen an einer Litfaßsäule vorbei, an der ein kleines Plakat mit einem Spruch hing. Sei mutig und entschlossen, lass dich nicht einschüchtern und fürchte dich nicht, denn ich, der Herr, dein Gott, bin mit dir, wohin du auch gehst.

In diesem Moment hob Minako den Kopf und ein Kribbeln durchfuhr sie. Sie hatte das Gefühl, dass etwas sie umarmte. Eine Kraft durchströmte sie. Ob sich so Gottes Präsenz anfühlte? Der Spruch war wie für ihre Situation gemacht.

»Willst du noch was trinken?«, fragte Minako, nachdem sie beim Tor angekommen waren.

»Nein, ich muss leider nach Hause«, entschuldigte sich Uriel und sagte dann: »Mach dir nicht so viele Gedanken, Gott wird alles zum Guten wenden.« Er nahm ihr Gesicht in seine Hände und küsste sie zärtlich auf die Stirn.

Minako sah ihm noch eine Weile hinterher, dann tippte sie den Zahlencode an der Pforte ein.

Sofort kam ihre Mutter auf den Vorhof gelaufen und drückte sie fest an sich. »Minako, Spatz, endlich bist du zu Hause, wir haben uns solche Sorgen gemacht.«

»Mama ...«, konnte sie nur erwidern.

»Komm, lass uns reingehen.« Tomoyo legte den Arm um sie.

Im Flur traf Minako auf ihren Vater. Beide sahen sich lange an. Keiner wollte den Anfang machen. Sie gab sich einen Ruck. »Papa, es tut mir leid, ich wollte nicht weglaufen«, sagte sie und schielte von unten nach oben. Herr D'Amore nahm seine Tochter in den Arm. »Ist schon gut, mir tut es auch leid. Aber jetzt ab ins Bett, es ist schon spät.«

Kapitel 8

Eliana machte sich für die Schule fertig. Von den gestrigen Schmerzen war nichts mehr zu spüren. Ihr Bruder wartete schon im Flur auf sie. »Geht es dir besser?«, fragte er besorgt. Sein Gesicht war traurig. Er drückte sie an sich. »Ich hab dich lieb, Schwesterchen«, sagte er zärtlich. Eliana merkte, dass Uriel etwas seltsam war. »Ich liebe dich auch. Aber du tust ja so, als ob wir uns das letzte Mal sehen«, äußerte sie mit dünner Stimme. Er knuffte sie in die Seite. »Ich werde mein Schwesterchen doch noch einmal umarmen dürfen«, antwortete er. Dann wandte er sich ab und zog seine Jacke an. Eliana sah ihn verwundert an, dann zuckte sie mit den Schultern und verschwand mit Uriel durch die Haustür.

Der Frühstückstisch der D'Amores war mit Schokoladenaufstrich und Marmelade eingedeckt. Ein paar Teelichter brachten Gemütlichkeit in den Raum. Frau D´Amore stellte die Frühstückseier und ein paar Croissants auf den Tisch. »Also Bambina ...«, sprach Herr D'Amore, »mit uns beiden sind gestern durchgegangen die Emotionen. Ich habe reagierte unmöglich. Ich dir erst mal hätte zuhören müssen finito, bevor ich mich stellen auf stur«, lenkte der Vater ein.

»Luigi, Minako muss gleich in die Schule, vielleicht sollten wir nachher darüber sprechen«, äußerte Frau D´Amore.

»Dann schreiben wir ihr eine Entschuldigung für den heutigen Tag, das Gespräch ist wichtiger«, sagte Herr D´Amore. Tomoyo nickte nur, dann wandte sie sich an Minako. »Nachdem du weg warst, haben wir dich bei Eliana vermutet, aber ihre Eltern haben uns versichert, dass du nicht da bist. Wir haben ihnen die Situation erklärt. Katharina hat mir dann gesagt, dass Kinder ihren eigenen Weg gehen müssen, denn vielleicht hat Gott ihnen etwas in die Seele gelegt, dass nur sie beschreiten können.

Sie sagte auch, dass das Beste, was wir für unsere Kinder im Sinn haben, nicht immer das Beste ist.«

»Beim nächsten Wettbewerb wird ein Gremium anwesend sein, bitte lasst es mich wenigstens versuchen«, flehte Minako.

»Ah, ich spüre das Feuer in dir, meine kleine Principessa.« Ihr Vater lächelte. »Ich dich kann verstehen buene, ich wollte auch aufgeben meine Job, um mir zu erfüllen meinen Traum. Doch mit Sport ist schwer Fuß zu fassen. Ist wie Showbusiness und taugt nichts. Was ist wenn es nicht klappen?«

»Luigi, du hast schließlich auch auf Gott vertraut, als du dich mit deiner Biokette selbstständig gemacht hast. Und jetzt sieh dir deinen Erfolg an«, erinnerte Tomoyo ihn.

Herr D´Amore seufzte resigniert. »Gut, versuch dein Glück, wenn das Komitee dich jedoch ablehnt, will ich nichts mehr von deiner Sportkarriere hören«, sprach er mit erhobenem Zeigefinger.

Minako fiel ihm um den Hals. »Danke, Papa. Du bist der Beste.« Die Freude in ihr ploppte wie Popcorn hoch.

Ein Lächeln erhellte Herr D´Amores Gesicht.

»Oh, seht mal wer da kommt«, rief Lydia, während sie mit ihren Freundinnen das Klassenzimmer verließ.

»Unsere Kratzbürste Eliana«, rief Jessica.

Lydia steckte sich einen Kaugummi in den Mund. »Ich habe eine tolle Idee«, sagte sie schmatzend. »Ich werde ihre Haare verschönern, und dann kann sie sich einen Kurzhaarschnitt machen lassen.« Sie blies eine ballongroße Kaugummiblase auf, dann lachte sie hämisch. Ihre Freundinnen taten es ihr gleich. Die drei Mädchen pirschten sich an ihre Mitschülerin heran. Als sie nahe genug an ihr dran waren, nahm Lydia den Kaugummi aus ihrem Mund. Ihre Hand kam immer dichter an Elianas Haare heran. Es trennten sie nur wenige Zentimeter. So, du blöde Kuh, sag adieu zu deiner langen Mähne, dachte sie. Ihre Lippen verzerrten sich zu einem diabolischen Grinsen. Plötzlich wurde sie ruckartig zurückgezogen.

»Aua, spinnst du?«, zeterte sie und drehte sich um. Uriel stand hinter ihr, seine Augen bohrten sich in ihre. »Wer Wind sät, wird Sturm ernten«, sagte er. Eliana hingegen hatte schon die Treppe erreicht und stieg die Stufen hinunter.

Lydias Augenbrauen kniffen sich zusammen, sie schaute ihn wie eine Kobraschlange an. Trotzdem verhärtete Uriel seinen Griff. Er zerrte sie in die Schulbibliothek, ihr Gekeife ignorierte er konsequent.

»Lass mich los!«, bölkte sie, doch er kesselte sie an einem Bücherregal ein.

»Was versprichst du dir davon?«, fragte Uriel, seine Energie glich der eines Löwen, was seine Mitschülerin einschüchterte.

»Ich kann dieses kleine Miststück nicht ausstehen! Sie bekommt immer Aviels Aufmerksamkeit, obwohl ich die viel bessere Partie für ihn bin. Trotzdem weißt er mich die ganze Zeit zurück. Warum? Nur weil du ihr Bruder bist? Ich bin viel hübscher als sie!«, motzte sie. Ihre Augen waren voller Kälte und Hass, sie ließen den ganzen Raum gefrieren.

Uriel schaute sie bedeutungslos an. »Wer sich einbildet besser als die anderen zu sein betrügt sich selbst«, sagte er nur, dann ließ er Lydia stehen.

Nach der Schule besuchte Lydia ihren Vater. Er arbeitete in der Musikbranche als DJ und Produzent. Er hieß Hans-Peter Behrens, Künstlername HP Levis.

Von ihm hatte sie die eisblauen Augen geerbt. Sie trat durch die Tür der Plattenfirma Cool Records. Sie wurde von Hans-Peter gegründet und gehörte zu den erfolgreichsten der Welt. Das pompöse Gebäude lag im Zentrum der Stadt. Es war schon am auffälligen Schriftzug zu erkennen, der von einer Schallplatte getrennt wurde. Lydia stolzierte über den roten Teppich, der im Gebäude und auf den Stufen ausgelegt war. An den Wänden hingen Schallplatten und Bilder von Prominenten, mit denen Hans-Peter zusammengearbeitet hatte.

Gelächter hallte aus Hans-Peters Büro. Eine Latina saß auf seinem Schoß. Ihre Lippen küssten leidenschaftlich seine, bis Lydia in zynischem Ton fragte: »Oh, störe ich?« Die Latina zuckte zusammen, dann durchbohrte sie die Schülerin mit ihrem Blick. »In der Tat!« Haben dir deine Eltern keine Manieren beigebracht? Man klopft an, bevor man einen Raum betritt!«, rügte sie Lydia mit hochgezogener Augenbraue. Sie tat es ihr gleich und konterte: »Oh, verzeih, das hat mir der Holzklotz, auf dem du da sitzt, nicht beigebracht. Der kümmert sich lieber um seine Betthäschen als um seine Tochter.«

Der Latina namens Sabia klappte der Mund auf. »Was? Du hast ein Kind? Die kleine Klosterschülerin dort ist deine Tochter?«

»Na, na, Love, so ungewöhnlich ist das nicht, ich bin auch schon über vierzig«, antwortete Hans-Peter cool und grinste. »Love, geh bitte kurz raus, ich rede mit meiner Tochter – allein! Danach führe ich dich aus und kauf dir was Schönes.« Er zwinkerte seiner neuen Eroberung zu. Sabia wurde zu Wachs und tat, was er verlangte.

»Lydia, was für eine Überraschung, was führt dich zu mir?«, fragte er knapp.

»Ich brauche Geld für Klamotten«, antwortete sie ebenso kühl.

»Schon wieder? Du und deine Mutter bekommt jeden Monat so viel Unterhalt, dass ihr ein ganzes SOS-Kinderdorf ernähren könntet. Wo bleibt das Geld immer?« Er schnaubte genervt.

»Ich bin dir keine Rechenschaft schuldig, schließlich hast du auch nie Rechenschaft darüber abgelegt, warum du mich und Mama verlassen hast.«

»Die Leier schon wieder, meine Gefühle für deine Mutter sind einfach eingeschlafen.«

»Ja, ja, du hast es dir immer einfach gemacht, du Versager«, zischte Lydia.

Hans-Peter zog seine Geldbörse aus der Hosentasche und reichte seiner Tochter tausend Euro. »Hier, ich hoffe, das reicht. Ich dachte eigentlich, du hättest auf deiner Klosterschule mehr Bescheidenheit und Manieren gelernt«, sagte er und fügte hinzu: »Anscheinend bist du genauso berechnend wie deine

Mutter, die dich nur auf diese Schule geschickt hat, um deine Modelkarriere voranzutreiben. Aber die Leute fallen immer auf so ein Saubermann-Image herein, wie du siehst.« Er hielt ihr ein Klatschmagazin unter die Nase, die sie in den höchsten Tönen lobte. Lydia war dort in der Schuluniform der Sankt-Engelschule abgebildet, was bei den Lesern besonders gut ankam.

Papa, warum bist du nie stolz auf mich? Ich will doch nur, dass du mich liebst.

Lydias tiefste Sehnsüchte erwachten kurz in ihr, doch sie ließ sie hinter einer Maske der Härte verschwinden. Sie durften nicht ans Tageslicht, das würde sie zerquetschen, wie damals, nachdem ihr Vater einfach verschwunden war. »Fass dich an die eigene Nase! Deine Betthasen kriegen auch immer was, und die müssen nicht mal betteln. Außerdem verbringst du mit denen mehr Zeit anstatt mit mir - deiner Tochter! Da bist du mir einen kleinen Obolus schuldig!«, schimpfte sie und verschwand aus dem Zimmer.

Vor der Tür wartete Hans-Peters aktuelle Love, sie lehnte lässig an der Wand. Die beiden Frauen schauten sich wie zwei Kobraschlangen an. Lydia ließ ihren Blick von oben nach unten schweifen und belächelte Sabias knappen Minirock und die hohen Stiefel, die sie trug.

»Na, du wirst bestimmt auch so ein One-

Hit-Wonder, länger hält er es bestimmt nicht mit dir aus«, stichelte sie.

Ein hämisches Kichern entrang sich Sabias Kehle. »Na, na nur kein Neid. Nur weil du einen Ödipuskomplex hast, musst du mich nicht mit deinem Babygeheule behelligen. Anscheinend hast du keinen Lover. Tja, kein Wunder, wer will schon ein Baby zur Freundin haben. Geh zurück in den Laufstall, dort findest du Gleichgesinnte, B-A-B-Y.« Sabias Worte trieften vor Spott.

»Wir werden sehen wer zuletzt lacht, merk dir meine Worte gut«, erwiderte Lydia.

Mit einem triumphierenden Grinsen watschelte Lydia weiter in die nächste Luxusboutique. Die Schaufensterpuppen waren mit hochwertiger Kleidung dekoriert, von lässigen Jumpsuits bis hin zu eleganten Abendkleidern war alles dabei. Sofort kam eine Angestellte angelaufen, um sie zu beraten. Lydia verließ das Geschäft mit vollen Einkaufstüten. Ein siegessicheres Lächeln umspielte ihre Lippen.

Kapitel 9

Minako und Eliana rannten wie aufgescheuchte Hühner umher, es gab noch viel für Aviels Geburtstag zu tun. Die Küche der D'Amores hatte sich in ein Schlachtfeld verwandelt, überall standen Schüsseln mit Teigresten herum und auch ein paar Eier waren auf den Boden gefallen. »So, Signorina Eliana, die Cannelloni sind im Ofen, jetzt musst du nur noch backen den Kuchen«, sagte Luigi und schob ihr die Zutaten entgegen.

Das Mädchen schluckte panisch. »Oje, backen kann ich noch weniger als kochen.«

»Deshalb wir dir helfen«, erwiderte Luigi trocken und kurz darauf gelang ihr der Himbeerkäsekuchen. Es war sogar etwas Zitronenschale für Aviel drin.

Im Wohnzimmer liefen die Vorbereitungen auf Hochtouren.

Der mediterrane Charme hauchte dem Raum
eine leichte Meeresbrise ein. Die Tischdekorati-
on war ein zauberhafter Frühlingstraum. Der
hellgrüne Läufer harmonierte perfekt mit dem
violetten Blumengesteck. Der Essbereich bot
einen schönen Ausblick zum Wintergarten.

»Das sieht wunderschön aus, Mama«,
schwärmte Minako, ihre Augen leuchteten.
Tomoyo zwinkerte ihr zu. »Bring mir einen
Schwiegersohn nach Hause, dann mache ich
euch auch so ein schönes Gedeck. Minako errötete, sie wünschte sich nichts sehnlicher, dass es
Uriel sein würde. Sie ahnte nicht, welche Schatten sich auf ihren Wunsch legten.

Summend richtete Lydia ihren Zweiteiler und
lächelte ihr Spiegelbild an. Der rote Stoff
schmiegte sich wie Flammen um ihre Modelfi-
gur. Aviel musste sich einfach in sie verlieben.
Sie streifte ihren Trenchcoat über und stelzte
auf ihren goldenen High Heels aus der Villa.
Die gesamte Inneneinrichtung bestand aus
edlen Designermöbeln. An der Decke hingen
diamantene Kronleuchter und die Böden waren
aus Marmor. Sie klackten, wenn Lydia darüber
stolzierte.

Bob, der Chauffeur, hielt ihr die Tür auf.

»Wohin wollen Sie, Madame?«, fragte er.

»Zum Sportplatz«, antwortete sie.

»Verdammt, schon wieder daneben«, fluchte Aviel. Der Basketball dribbelte ein paar Mal auf den Boden und rollte dann auf ihn zu. Den ganzen Vormittag hatte er versucht, Körbe zu werfen, aber kaum einer war ihm gelungen. Uriels tollpatschige, lebhafte Schwester tauchte immer wieder in seinen Gedanken auf und stahl ihm unwillkürlich ein Grinsen. Eine wohlige Wärme umschloss sein Herz. Er wusste nicht, was das für ein Gefühl war, so etwas hatte er noch nie empfunden.

Wie eine Königin stieg Lydia aus dem Wagen und schritt auf den Basketballplatz zu. Da stand er.

Groß.

Schlank.

Männlich.

Und geheimnisvoll.

Er war perfekt, und deshalb sollte er ihr gehören. Alle würden sie beneiden.

Sie beobachtete ihn wie ein Raubtier, das auf seine Beute wartete. Er streckte seinen Körper in Richtung Korb aus, doch der Ball prallte vom Korb ab und rollte in ihre Richtung.

Sofort hob Lydia ihn auf. Aviel rannte auf sie zu. »Hey Lydia, habe ich dich getroffen?«, fragte er.

»Nein«, antwortete sie und gab ihm den Ball zurück.

»Dann ist ja gut«, erwiderte er und drehte sich um. Lydia kochte vor Wut. Wie kann er es wagen, mich so zu behandeln? Bei meiner Schönheit müsste er wie angewurzelt stehen bleiben und auf die Knie fallen, dachte sie wütend und biss sich auf die Unterlippe. Dann muss Plan B her.

»Warte«, rief sie mit zarter Stimme. Das war ungewöhnlich für Lydia, ihr Klassenkamerad drehte sich überrascht um. »Ich brauche schon wieder Hilfe bei den Matheaufgaben«, klagte sie, gleichzeitig setzte sie ihren Dackelblick auf.

Aviel schaute Lydia misstrauisch an. »Dafür kommst du am Samstag extra auf den Sportplatz? Woher wusstest du, dass ich hier bin, und wieso hast du mich nicht in der Schule angesprochen?« Das Mädchen zupfte an ihrem Mantelsaum herum. »Na ja, ich wusste, dass du hier trainierst, und ich wollte es allein versuchen, aber ich schaffe es einfach nicht ... Bitte, du bist meine letzte Hoffnung«, behauptete sie und untermauerte dies noch einmal mit ihrem Engelsblick. Aviel hegte immer noch etwas Misstrauen ihr gegenüber, jedoch konnte er einen Menschen in Not nicht im Stich lassen.

»Gut, ich helfe dir«, sagte er.

»Super, lass uns ins Heartless gehen, da ist es gemütlicher und außerdem kann ich mich gleich mit einem Kaffee revanchieren.«

Das Heartless war die angesagte Bar der High Society. Das grelle Neonlicht blendete Aviels Augen, als er sie betrat. Die Bar wirkte so künstlich wie ihre snobbigen Besucher. Die abschätzigen Blicke der Gäste ließen Aviel erstarren. Erst nachdem er sich in einen der Ledersessel gesetzt hatte und sein Gesicht hinter der Speisekarte verschwand, fühlte er sich sicher. Plötzlich vernahm er ein Räuspern, so dass er die Karte beiseitelegte. Sein Mund klappte auf, der lange Schlitz von Lydias wadenlangen Rockes zeigte ihre Beine. Sie waren endlos lang. Das Oberteil formte ein schönes Dekolleté. Lydia setzte sich so hin, dass Aviel ihre Vorzüge weiter bewundern konnte. »Ist was?«, fragte sie unschuldig und verführerisch zugleich.

»N-nein K-Kaffee«, stammelte Aviel.

»Was meinst du?«, fragte sie.

Aviel rang um Fassung. »Wir wollten doch einen Kaffee trinken«, sagte er beherrschter.

»Stimmt, ich wollte dich einladen«, erwiderte Lydia.

»Zwei Heartless-Doubleblechock bitte!«, rief sie durch den Laden.

»Kommt sofort, Madame!«, antwortete die Kellnerin und brachte kurz darauf die Getränke. Lydia stellte sich beim Lösen der Aufgaben besonders dumm an, sodass immer mehr Zeit verstrich. Ein diabolisches Lächeln setzte sich auf ihre Lippen, alles lief nach Plan. Bald würde er Elianas Party vergessen haben, und das würde sie ihm nie verzeihen.

Kapitel 10

Uriel schaute beim Verlassen des Sportgeschäfts in seine Tüte. Ein breites Grinsen erhellte sein Gesicht. Seine Lieblings-Basketballschuhe waren um siebzig Prozent reduziert, deswegen hatte er sich gleich zwei paar gekauft. Er hatte sogar an Aviel gedacht und ihm welche besorgt. »Ist das nicht Aviel?«, sagte er zu sich, als er am Heartless vorbeischlenderte und durch die Scheibe spähte. Ihm war aufgefallen, dass sich Aviels Gefühle für Eliana verändert hatten. Aber waren sie echt? Unauffällig setzte er sich in das Café und beobachtete die beiden.

Lydia nippte an ihrem Heartless-Doubblechock und auf ihrer Oberlippe zeichnete sich ein Schokoladenbart ab. Aviel dachte sofort an die Situation mit Eliana im Ice World. Ein Schmunzeln legte sich auf seine Lippen.

»Was ist?«, fragte Lydia verwundert.

»Du hast einen Milchbart im Gesicht«, antwortete er und zeigte auf ihre Oberlippe. Es sah allerdings nicht so niedlich aus wie bei Eliana.

»Dann küss ihn doch weg«, wisperte Lydia mit einem tiefen Blick in seine Augen. Sie stöckelte verführerisch auf ihn zu, und als sie bei ihm war, raunte sie: »Du bekommst auch ein Dankeschön von mir.« Bevor Aviel etwas erwidern konnte, setzte sie sich auf seinen Schoß und spitzte ihre Lippen.

Aviel dachte nur an Eliana und sah ihr fröhliches Gesicht vor sich. Müde schaute er seine Klassenkameradin an und drückte sie von sich weg. »Lass das bitte, Lydia! Ich empfinde nichts für dich«, entgegnete er bestimmt. Entgeistert sprang sie von seinem Schoß auf. »Was? Aber warum nicht? Sieh mich doch an!«, zeterte Lydia.

»Tut mir leid, ich muss los, ich bin spät dran«, sagte Aviel nur und flüchtete aus dem Café.

»Mina, wie sehe ich aus?«, quietschte Eliana aufgeregt, nachdem sie das Outfit angezogen hatte, was Minako herausgesucht hatte.

Es bestand aus einem schwarzen Rock und einem grauen, eleganten Top. Ihr Deckhaar hatte sie zu einer Schleife frisiert, der Rest fiel ihr kaskadenförmig bis zur Taille.

»Du siehst toll aus. Und wie findest du mich?«, fragte Minako und drehte sich einmal im Kreis. Ihr hüftlanges Haar schwang dabei mit. Ihre Jeans war mit dezenten Pailletten bestickt und das weiße Spitzenoberteil brachte ihre Schönheit noch mehr zur Geltung.

»Toll, wie immer«, äußerte Eliana. »Mensch Mina, ich bin so aufgeregt, was ist, wenn etwas schief geht?«, fragte sie und ließ sich auf die Wohnzimmercouch plumpsen.

Ihre Freundin legte sanft die Hand auf ihre Schulter. »Alles wird gut.« Die Mädchen wurden von Herrn D'Amore unterbrochen. »So Bellas, wir gehen jetzt. Viel Spaß!«, sagte er mit einer Hand am Türrahmen gestützt.

»Euch auch«, riefen die Mädchen im Chor.

»Und benehmt euch«, scherzte Frau D'Amore mit erhobenem Zeigefinger, dann hakte sie sich bei ihrem Mann ein und verließ das Haus.

»Ja«, äußerten die Mädchen wieder im Chor. Seufzend lehnte sich Eliana an Minakos Schulter. Sie schloss die Augen und stellte sich ihren ersten Kuss mit Aviel vor.

Der Bus fuhr direkt vor Aviels Nase weg. »Mist«, fluchte er und schleifte mit dem rechten Fuß über den Bürgersteig. Plötzlich hielt Lydias Limousine vor der Haltestelle an. Die Tür öffnete sich und sie kam raus. »Steig ein, ich fahre dich eben rum.« Aviel runzelte die Stirn, er traute ihr nicht. »Ich weiß nicht ... ich warte lieber auf den nächsten Bus.«

»Jetzt stell dich nicht so an«, fauchte sie und zerrte ihn in den Wagen. »Bob, fahr uns zu den D'Amores in die Lilienstraße 4!«, befahl sie ihrem Chauffeur.

Die Lichter flackerten am Fenster vorbei, Aviel lehnte mit dem Kopf gegen die Scheibe. Er hätte sich ohrfeigen können, dass er sich nicht einfach von ihr losgerissen hatte. Lydia gehörte zu den Menschen, die den Überraschungsmoment immer wie ein Ass aus dem Ärmel ziehen konnten. Er hoffte, die Situation unbeschadet zu überstehen.

Der Wagen wurde langsamer und Aviel hörte die Bremsen. »Madame, wir sind da«, sagte der Chauffeur. Er öffnete die Tür und Lydia schob ihren Klassenkameraden aus dem Wagen. Er war verwundert, als sie ebenfalls ausstieg und ihn bis zum Tor der D'Amores begleitete.

»Worauf wartest du, klingle endlich!«, befahl Lydia, die sich über Aviels Zögern ärgerte. »Ich will die süßen kleinen Engel begrüßen«, fügte sie hinzu und guckte verächtlich auf das große Haus. Aviel blieb wie angewurzelt stehen, welche Intrige hatte sie ausgeheckt? Lydia verlor die Geduld und drückte auf die Klingel.

»Ja?«, flötete Minako durch die Gegensprechanlage.

»Hey, hier ist Lydia, ich habe euch eine tolle Überraschung mitgebracht, kommt doch mal raus«, hörte sie die fiese Stimme ihrer Mitschülerin. Ratlos sah sie Eliana an, die hinter ihr stand, und drückte auf den Summer. Draußen gefror ihr das Blut in den Adern. Aviel mit Lydia! Der Schmerz durchbohrte Elianas Herz. Fragen über Fragen schossen ihr durch den Kopf. Warum zur Hölle waren sie zusammen hier? Minako war die Erste, die sich aus ihrer Starre befreite. »Lydia, was machst du hier? Ich habe dich nicht eingeladen«, fauchte sie.

Die Mundwinkel ihrer Mitschülerin zogen sich zynisch nach oben. »Du nicht, aber ich glaube, Aviel hätte mich gern dabei, schließlich haben wir den ganzen Nachmittag zusammen verbracht.«

»Lydia!«, presste Aviel hervor

»Was denn? Willst du es leugnen?«, fragte sie.

Ihr Blick war so erbarmungslos wie ein Löwe, der seine Beute zerfleischte. Ihm fuhr es durch die Glieder.

»Aviel, ist das wahr?«, fragte Eliana mit zitternder Stimme, ihr Blick sagte: »Bitte, lass es eine Lüge sein.« Doch ihr Schwarm senkte nur den Kopf, er wusste nicht, wie er ihr die Situation erklären sollte.

»Sag mal, Lydia, hast du nicht die Hälfte vergessen?«, ertönte plötzlich eine Stimme. Sie gehörte Uriel, der in der Pforte stand. Sie drehte sich um, ihre Augen verfinsterten sich. »Was willst du?«, fragte Lydia schnippisch. »Aviel hat dir doch schon gesagt, dass er kein Interesse an dir hat. Ich habe es ganz deutlich im Heartless gehört«, antwortete Uriel.

»Kannst du das beweisen?«, fragte Lydia.

»Lydia, damit erreichst du nichts, und du wirst auch nicht Aviels Zuneigung gewinnen. So wirst du niemals die wahre Liebe erfahren«, sagte Uriel.

Lydia schaute giftig um sich. Sie wusste, dass Uriel recht hatte. »Na gut«, zischte sie, »ich wünsche euch noch viel Spaß bei eurem Kindergeburtstag.« Mit diesen Worten verließ sie ihre Mitschüler.

Die Tür fiel ins Schloss. Lydia lehnte sich dagegen und unterdrückte die Tränen. Von klein auf hatte sie gelernt, nicht zu weinen, sondern immer professionell zu bleiben. Sie warf sich auf ihr luxuriöses Bett, das mit Seidenbettwäsche und Leopardenfell bezogen war. Uriels Worte nagten immer noch an ihr. Plötzlich klopfte es. Ihre Mutter Marisa betrat das Zimmer und lehnte sich an den Türrahmen.

»Lydia, Liebes, was hast du?«, fragte sie. Obwohl ihre Worte liebevoll gewählt waren, sprach sie sie ohne Gefühl aus. Wie eine Maschine, die darauf programmiert war, höflich zu sein.

»Mutter, Aviel hat sich gegen mich entschieden«, klagte sie.

»Und deswegen lässt du dich so gehen? Hör auf zu jammern, das ist beschämend. Vergiss ihn, du brauchst ihn nicht. Als gefragtes Model hast du viele Verehrer, also sei gefälligst stolz, wir sind Frauen«, erwiderte Marisa.

»Aber Mutter, ich liebe ihn« widersprach sie.

Ein Seufzer kam über Marisas Lippen. »Na schön, mach, was du willst, aber wehe du ruinierst dir damit deine Modelkarriere, dann bist du die längste Zeit meine Tochter gewesen, verstanden?« Mit diesen Worten verließ Marisa das Zimmer.

Lydia schluckte ihren Kummer herunter

und verbarg ihn hinter einem dunklen Schleier. »Ja, Mutter, ich habe verstanden«, flüsterte sie.

»So, jetzt musst du die Augen schließen!« Minako lachte Aviel an. Alles sollte so normal wie möglich weitergehen, Eliana und sie hatten schließlich nicht umsonst den ganzen Tag in der Küche gestanden. Der Tisch war mit den leckersten Speisen gedeckt und der Duft der Cannelloni stieg Aviel in die Nase. »Warte mal kurz«, forderte Minako ihn auf. Kichernd flitzte sie zu Eliana und flüsterte ihr ins Ohr: »So, Elli, du führst ihn zu Tisch.« Ein breites Grinsen huschte über ihr Gesicht, als das Mädchen sie ansah.

»W-was? N-Nein«, stotterte Eliana verlegen, ihr Gesicht glühte wie ein Kaminofen. Minako akzeptierte keine Widerrede und zog ihre beste Freundin energisch zu ihrem Schwarm. »Eliana wird dich führen und du darfst deine Augen erst öffnen, wenn sie es dir sagt«, sagte sie zu Aviel.

Das Mädchen ergriff zaghaft seine Hand. Nachdem sie am Tisch angekommen waren, bat sie ihn, die Augen zu öffnen. Die Kerzen leuchteten ihm entgegen, die frühlingshafte Dekoration war erfrischend und lud zum Bleiben ein.

Er spürte, mit wie viel Liebe alles zubereitet worden war.

»Alles Liebe zum siebzehnten Geburtstag!«, riefen alle im Chor.

»Mensch Leute, habt ihr das alles selbst gemacht? Ich weiß gar nicht, was ich sagen soll ... Vielen Dank!« Aviel wusste nicht, welche Worte er wählen sollte, um seine Freude auszudrücken.

»Jetzt wird gegessen. Der Kuchen ist übrigens von Eliana«, flötete Minako, die vor Aufregung kaum stillstehen konnte und schob alle an den Tisch. Uriel, der hinter ihr stand, zog sie zurück und flüsterte ihr ins Ohr: »Das hast du toll gemacht, Mina.« Das Mädchen errötete. »So, findest du?«, fragte sie. Minako hoffte, Uriel an diesem Abend näher zu kommen.

Lautes Lachen und angeregte Gespräche erhellten den Tisch. Nur Eliana beteiligte sich nicht. Sie stocherte in ihren Cannelloni herum und fragte sich, warum Aviel den Tag mit Lydia verbracht hatte, wenn er, wie Uriel sagte, kein Interesse an ihr hatte. War er vielleicht doch nur ein Playboy, der nur mit Frauen spielte? Mit so jemandem wollte sie auf keinen Fall zusammen sein.

»Eliana, deine Cannelloni schmecken einsame Spitze«, riss Aviel sie aus ihren Gedanken. Sie zuckte zusammen und sah ihn an. Sein intensiver Blick bescherte ihr eine wohlige Gänsehaut. Sie wusste nicht, wie sie reagieren sollte, und brachte nur ein knappes »Danke« heraus.

»Elli, ist alles in Ordnung? Du hast kaum etwas gegessen«, stellte Minako mit gekräuselter Stirn fest.

»Sorry, mir geht es nicht gut«, antwortete Eliana, »ich gehe besser nach Hause.« Ohne eine Antwort abzuwarten, stand sie auf und verließ das Haus.

Kapitel 11

Eliana war schon früh am Morgen aufgestanden und belegte mit ihrer Mutter in der Küche Sandwiches. »Hey Elli, warum bist du gestern so überstürzt weggelaufen, wir haben uns alle Sorgen gemacht«, äußerte ihr Bruder, der plötzlich hinzugekommen war.

»Ich sagte doch, dass ich mich nicht gut gefühlt habe«, erwiderte Eliana und legte das Sandwich auf den Teller zu den anderen.

»Okay«, antwortete Uriel, dann stellte er sich neben seine Schwester und half beim Belegen der Brote.

Eine Weile schwiegen sich die Zwillinge an und auch Frau Ava sagte kein Wort.

»Sag mal, Uriel, warum trifft sich ein Mann mit einer Frau, die er nicht mag?«, fragte Eliana auf einmal.

»Das kann viele Gründe haben. Geht es um

Aviel?«, erwiderte ihr Bruder.

Sie nickte und brach in Tränen aus. »Wie konnte er sich mit einer anderen treffen? Er wusste doch, dass ich mit Mina seinen Geburtstag vorbereitet habe. Er müsste doch merken, wie gern ich ihn habe. Das ist so gemein von ihm!«

»Warum er sich gestern mit Lydia im Heartless getroffen hat, weiß ich nicht. Aber hast du schon mal daran gedacht, dass es ein großes Missverständnis sein könnte?«, sagte Uriel.

Eliana schlug die Hand vor den Mund, daran hatte sie nicht gedacht. Sie musste es mit Aviel klären – jetzt!

»Sorry, Mama, ich muss was erledigen, ich kann heute nicht beim Brunch mit den Nachbarn teilnehmen«, sprach sie. Eliana flitzte aus der Küche, jedoch schnappte sie sich vorher noch ein Sandwich.

Plötzlich stöhnte Uriel auf und hielt sich am Küchengeländer fest. »O Gott, Uriel-Schatz, geht es dir nicht gut?«, fragte Frau Ava, Angst zeichnete ihr Gesicht. Er keuchte und würgte.

»Mama, ich habe wieder so starke Bauchschmerzen«, klagte er. Sein Atem ging stoßweise. Frau Ava berührte die Stirn ihres Sohnes. Sie war kochend heiß.

»Jeremias!«, rief sie, »bring uns ins Krankenhaus, Uriel hat hohes Fieber!«

»Gott, ich bitte dich, rette meinen Sohn«,

betete sie.

Die Frühlingssonne schien durchs Geäst der Bäume, keine Wolke war am Himmel zu sehen. Elianas Beine wurden immer puddingartiger, je näher sie dem Basketballplatz kam. Niemand war zu sehen, als sie ankam. Vielleicht war es besser so. Sie wusste ohnehin nicht, was sie hätte sagen sollen.

Plötzlich stand Aviel vor ihr, unter seinem Arm war ein Basketball geklemmt. »Hey Elli, das ist ja eine Überraschung, wolltest du zu mir?«

Eliana erschrak so sehr, dass sie beim Zurückweichen über ihre eigenen Füße stolperte und auf ihren Hintern fiel. Oh nein, wie peinlich, jetzt hält er mich wahrscheinlich für den größten Tollpatsch aller Zeiten, dachte sie und biss sich auf die Unterlippe.

»Alles in Ordnung?«, fragte Aviel, dabei streckte er ihr die Hand entgegen.

»Nun, du scheinst eine umwerfende Wirkung auf mich zu haben«, sagte sie und ergriff seine Hand. Etwas Dümmeres ist dir nicht eingefallen, oder?, rügten sie ihre Gedanken.

»Ist alles okay? Du bist gestern so eilig nach Hause gegangen«, fragte Aviel. Er ist so fürsorglich. Es ist bestimmt so, wie Uriel es gesagt hat, dachte sie. Aviel hatte Lydia einen Korb gegeben, und das war alles, was zählte.

»Ach, ist schon okay«, antwortete Eliana.

»Übrigens, das Essen, das du gekocht hast, war sehr lecker«, äußerte Aviel.

Elianas Puls beschleunigte sich. »Wirklich? Wenn du willst, koche ich dir gerne dein Lieblingsessen«, sprach sie überschwänglich, dann setzte sie sich auf die Bank, die neben ihr stand und fügte hinzu: »Na ja, das würde ich gerne, wenn ich kochen könnte. Nur weil Mina mir geholfen hat, ist es keine Vollkatastrophe geworden.«

Ein Schmunzeln umspielte Aviels Lippen, er mochte ihre erfrischende Art. »Ich würde nie verlangen, dass du für mich kochst, wenn du es nicht magst«, erwiderte er und setzte sich neben sie.

»Ich mag es, aber es fällt mir schwer, Ruhe zu bewahren«, erklärte Eliana mit einem Seufzer.

»Übung macht den Meister. Vielleicht solltest du mit einem einfachen Rezept anfangen und dich dann langsam steigern. Ich spiele gern das Versuchskaninchen«, sagte Aviel, seine grünen Augen schienen mit ihren schokobraunen zu verschmelzen.

»Auch wenn es angebrannt ist?«

»Ich würde alles essen, was du kochst.

Weil ich dich sehr gern habe«

Elianas Herz pumpte wie verrückt. Was hatte er gerade gesagt? »Ich bin in dich verliebt, seit ich dich zum ersten Mal gesehen habe. Ich war so glücklich, als Uriel sich mit dir angefreundet hatte und ich immer in deiner Nähe sein konnte«, erwiderte sie.

Seine Augen schlossen sich, und sein Gesicht kam dichter an ihres. Sie ließ es zu. Das Knistern zwischen ihnen war eine lodernde Flamme. Aviel legte seine Lippen auf ihre und ein langer, zärtlicher Kuss folgte. Sein Herz raste. Es war viel schöner, sie zu küssen, als er sich es je ausmalen konnte. Ihre Lippen schmeckten nach Honig und ihr natürlicher, lieblicher Duft ließ ihn dahinschmelzen. Eliana wusste nicht, wie ihr geschah. Nie hätte sie gedacht, dass ihre große Liebe romantische Gefühle für sie hegte, und nun hing sie an seinen Lippen. Sie hoffte, nicht zu träumen. Die beiden Teenager konnten sich nicht voneinander lösen, immer wieder zogen sich ihre Münder an, erst zaghaft, dann fordernder.

Nach einer Weile beendeten sie den Kuss, und Eliana schmiegte sich an seine Schulter. Aviel legte seinen Arm um sie. Kein Wort konnte das Glück beschreiben, das sie fühlten, sie wünschten sich einfach, dass ihre Liebe ewig dauern würde.

Die bisherigen Untersuchungsergebnisse gaben dem Maria-Schäferhof-Krankenhaus keine Antwort auf Uriels Leiden, sie wollten ihn über Nacht dabehalten. Schwester Raphaeli brachte Uriel auf sein Zimmer. »Wenn du etwas brauchst, drück den Knopf«, sagte sie und zeigte auf den Schalter neben seinem Bett. Uriel nickte, seine Augenlider waren jedoch so schwer, dass er schnell einschlief.

Die Nacht brach herein und bedeckte alles mit ihrem Schatten. Auch der Schatten in Uriel erwachte und kroch wie ein Dieb durch seinen Körper. Erbarmungslos stach er zu – immer und immer wieder. Uriel krümmte sich schreiend, bis die Krankenschwestern ins Zimmer stürmten. »Doktor, kommen Sie schnell, der Patient hat schreckliche Schmerzen«, rief Schwester Raphaeli. Uriels schweißdurchtränkte Stirn klebte an ihrem Unterarm und glühte wie Feuer. Doch die Versuche seines Körpers den Schädling zu verbrennen, waren vergebens. Fünfzehn Minuten dauerte der Kampf auf Leben und Tod. Dann ... dann schloss er die Augen und schlief ein.

»Bitte, Gott, mach meinen Bruder wieder ge-sund«, betete Eliana in die Dunkelheit hinein. Ihr Wecker zeigte ihr, dass es bereits ein Uhr nachts war, aber die Sorge um Uriel ließ sie kein Auge zumachen. Plötzlich unterbrach ein ste-chender Schmerz ihre Gebete. Sie verschluckte den Schrei und krümmte sich im Bett. Mutter und Vater sollten sich nicht noch mehr Sorgen machen müssen. Der Schmerz ließ nach und sie hastete zur Toilette. Wieder nur Durchfall. Als sie zurück ins Zimmer schlich, klingelte das Telefon. Ihre Eltern eilten ins Wohnzimmer, sie tapste ihnen hinterher.

»Ava?«, hörte sie ihren Vater sprechen. Sein Gesicht wurde plötzlich kreidebleich und er sagte nur: »Ich verstehe ... vielen Dank.«

»Jeremias, was ist los?«, drängte Frau Ava.

»Katharina, das war das Maria-Schäferhof-Krankenhaus«, wimmerte er, »Uriel ist tot.«

Frau Ava schlug die Hand vor den Mund. In dieser Sekunde wurde ihr das Herz bei le-bendigem Leib herausgerissen. »Was, wie kann das sein?«, fragte sie mit Tränen in den Augen.

»Sie konnten ihn nicht retten«, antwortete Jeremias.

Ein greller Schrei ging durch das Haus.

Es war Eliana, die voller Verzweiflung zusammenbrach und schrie: »Herr, ich glaube nicht, dass du mein Gebet nicht erhört hast. Ich weigere mich zu glauben, dass du sein Leben genommen hast!« Immer wieder wiederholte sie diese Worte und weinte dabei bitterlich.

»Eliana?«, fragten ihre Eltern verwundert, dann ging Herr Ava zu ihr und nahm sie in den Arm.

»Eliana, hör zu, dein Bruder war schwer krank und jetzt ist er von seinen Schmerzen erlöst.«

»Nein!«, schrie sie und versuchte sich loszureißen, doch Jeremias hielt sie fest.

»Er soll zurückkommen, er soll zurückkommen.« Tausend Nadelstiche durchströmten ihren Körper.

»Dort wo er jetzt ist, geht es ihm gut«, sagte ihr Vater nur.

Kapitel 12

Eliana lag in Embryostellung auf ihrem Bett. Die Zeit war stehen geblieben. Sie fühlte nichts, sie dachte nichts. Die Leere in ihr spiegelte sich auch in ihren Augen wider, sie starrten nur noch die Wand an. Uriel war tot, das war die einzige Tatsache, die für sie zählte.

In der Turnhalle der Sankt Engelschule wurde eifrig für die nächsten Meisterschaften trainiert. Bunte Bänder wirbelten herum, Reifen rollten durch die Gegend und Bälle flogen in die Luft. Die Trainerin Frau Weber klatschte dreimal in die Hände, die Turnerinnen unterbrachen ihre Kür sofort. »Sehr gut, ich bin sehr zufrieden mit euch«, äußerte sie und wandte sich dann an Lea und Minako: »Ihr wisst, dass ihr die absoluten Favoriten seid. Deshalb müsst ihr euch besonders anstrengen! Eure härteste Konkurrentin ist Noelle D'Angelo. Sie ist das jüngste Nachwuchstalent unter den Sportgymnastinnen und könnte euch den Sieg streitig machen. Im zarten Alter von fünf Jahren hat sie die Goldmedaille bei den Juniorenmeisterschaften gewonnen«, sagte Frau Weber, ihre braunen Augen schauten die Mädchen eindringlich an.

»Wir werden unser Bestes geben«, antwortete Minako mit einem Lächeln, dann nahm sie das Training mit dem Band wieder auf.

Ja, lach du nur. Bete dafür, dass du einen guten Schutzengel bei den Meisterschaften hast. Denn ich werde alles daransetzen, dich zu vernichten – verlass dich drauf, Mina-Herzchen, dachte Lea. Ihre Lippen verformten sich zu einem diabolischen Grinsen.

Minakos Band schmiegte sich wie ein sanfter Hauch um ihren Körper, dann wirbelte es mitsamt Stock in die Luft.

Plötzlich unterbrach Kathleens Stimme das Training. »Habt ihr schon gehört? – Uriel ist tot«, rief sie in die Runde. Minako zuckte vor Schreck zusammen, dann stolperte sie über ihre eigenen Füße und fiel zu Boden. Das Band landete ein paar Meter weiter vor ihr. Sie fühlte sich, als ob sie auseinandergerissen und wieder zusammengenäht wurde.

Die anderen Mädchen versammelten sich um Kathleen.

»Was, wirklich?«

»Das ist schrecklich.«

»Bist du sicher?«

Das Mädchen warf die Haare zurück. »Natürlich bin ich mir sicher. Ich habe es selbst gehört, als ich am Lehrerzimmer vorbeigegangen bin«, antwortete sie schnippisch

Frau Weber ging zu den Mädchen. »Kathleen, was soll das? Warum kommst du zu spät?«, zeterte sie. Ein freches Grinsen umspielte die Wangen des Mädchens. »Sorry, Frau Weber, ich habe mein Arbeitsblatt verschlampt und musste mir eine Kopie von Herrn Schafskopp besorgen.

»Zieh dich sofort um, dann fängst du mit dem Training an!«, befahl Frau Weber, daraufhin verschwand das Mädchen in der Umkleidekabine.

»Frau Weber, kommen Sie schnell, Minako ist zusammengebrochen«, rief eine der Turnerinnen. Minako lag völlig verstört auf dem Boden. Sofort eilte die Trainerin zu ihr. »Um Himmels Willen, Minako, ist alles in Ordnung?« Mit tränenden Augen schaute Minako auf.

Uriel ist tot.

Dieser Satz lief wie in einer Endlosschleife durch ihren Kopf. »Bitte sagen Sie, dass das nicht wahr ist«, flehte sie. Frau Weber wusste nicht, was sie antworten sollte. Sie schaute das Mädchen fürsorglich an und sagte: »Du machst besser Schluss für heute.«

Der Trainer der Basketball AG war schon 15 Minuten überfällig, weswegen einige Jungs zu tuscheln anfingen. »Was ist los? Herr Bloch ist noch nie zu spät gekommen«, fragte ein Junge aus dem Team. Sein Kumpel zuckte nur mit den Schultern.

»Hey, lass uns den Mädels von der rhythmischen Sportgymnastik einen Besuch abstatten, das ist die einmalige Gelegenheit«, schlug ein anderer Junge vor und grinste verschmitzt. Der Vorschlag wurde sofort mit einem eifrigen Nicken bestätigt. »Was ist, kommst du mit, Aviel?«, fragte der Junge nun, was Aviel verneinte. Die Jungs schlenderten los, aber der Trainer betrat das Basketballfeld. »Na, toll«, murrten einige von ihnen. Herr Bloch begrüßte seine Mannschaft. Nachdem er bei ihnen angekommen war, schaute er ernst. »Ich habe gerade eine traurige Nachricht erhalten – Uriel ist gestern gestorben«, sagte er.

Den Teammitgliedern klappte der Mund auf, dann herrschte betretenes Schweigen. Aviel spürte, wie eine lähmende Taubheit seinen Körper benetzte. Langsam stieg Trauer in ihm auf, die er jedoch sofort unterdrückte. Er durfte jetzt nicht weinen, nicht hier vor den Jungs. Wenn er jetzt nicht stark war, wie sollte er dann für Eliana eine Stütze sein?

Herr Bloch ergriff wieder das Wort. »Das Training fällt heute aus«, sagte er.

Uriel war im Himmelreich angekommen. Es war viel zu schön, um es in Worte zu fassen. Es gab nichts, was durch Menschenhand zerstört wurde. Es existierte nur der Ursprung der Natur. Ein Meer aus Pflanzen schmückte den unendlichen Grund. Ihre Farben waren viel strahlender und kräftiger als auf der Erde. Viele bunte Früchte baumelten an den Bäumen herunter. Ihr dezentes Leuchten erinnerte an Edelsteine oder kleine Weihnachtslichter, aber selbst das war kein angemessener Vergleich. Ein Fluss schlängelte sich durch das Land, sein Blau war noch tiefgründiger als das der sieben Weltmeere.

»Uriel!«, rief eine sanfte, grollende Stimme, »komm zu mir, mein geliebtes Kind!«

Uriel war heimgekehrt und trug das Gewand der Herrlichkeit. Es leuchtete so hell, dass ein Mensch in seiner jetzigen Gestalt sofort erblinden würde. Uriel wusste, wohin er musste, er breitete seine Flügel aus und flog los. Er landete vor dem Palast des Allmächtigen, der von einem Wolkenmeer umgeben war. Die Herrlichkeit des Hauses wirkte, wie aus Kristall erbaut, es leuchtete in den Farben des Regenbogens. Die Kristalle waren prächtiger und edler, als der menschliche Verstand es je fassen könnte. Kein Splitter konnte mit Geld oder Platin dagegen aufgewogen werden. Uriel betrat den Raum, in dem der Allmächtige thronte. Ehrfürchtig kniete er vor dem strahlenden Licht nieder. Vor dem Licht stand ein Thron, auf dem Yeshua – auf Erden Jesus genannt – saß. Er sprach: »Uriel, steh auf.« Er sah ihn an. Yeshua hatte die reinste, vollkommenste und gütigste Ausstrahlung, die er je gesehen hatte. Er erhob sich von seinem Thron und umarmte Uriel. »Es ist vollbracht, du hast deine Aufgabe ausgezeichnet erledigt. Ich bin stolz auf dich«, lobte er ihn.

Das muss ein Irrtum sein, dachte Minako und taumelte zu Elianas Haus. Uriel wird bestimmt bei ihr sitzen und sie mit einem warmen Lächeln begrüßen – so wie er es immer tat.

»Mina, warte!«, hörte sie plötzlich jemanden rufen. Es war Aviel, der auf sie zugerannt kam.

»Bist du auch auf dem Weg zu Eliana?«, fragte er.

Sie nickte nur.

»Dann hast du es also auch gehört«, sprach er heiser.

Sie sagte nichts, sondern presste nur die Lippen fest zusammen, damit kein Schluchzen entweichen konnte. Nur die Tränen in ihren Augen verrieten sie.

»Ach Mina, ich kann mir denken, was in dir vorgeht. Ich weiß, dass du ihn geliebt hast«, kommentierte er ihr Schweigen.

Minako blieb abrupt stehen, ihr Mund zitterte. Ihr ganzer Körper krampfte sich zusammen. »Ich konnte es ihm nicht einmal sagen. Meine Gefühle haben ihn nicht erreicht.« Ihre Stimme war nur ein leises Piepen.

Nun konnte sie die Tränen nicht mehr bändigen, sie liefen wie Kaskaden über ihre Wangen. Aviel nahm sie in die Arme und ließ sie weinen. »Warum hat Gott ihn sterben lassen?«, schluchzte sie verzweifelt.

»Ich weiß es nicht«, antwortete Aviel, »aber eines weiß ich: Deine Gefühle haben ihn erreicht. Er mochte dich wirklich sehr gern.«

Am Haus der Avas angekommen, befüllten

sie ihre Lungen noch einmal mit Luft, bevor sie den Klingelknopf drückten. Frau Ava öffnete die Tür, ihre Augen sahen aus wie tote Teiche. »Ihr wollt sicher zu Eliana«, sprach sie. »Geht ruhig hoch. Eure Gesellschaft wird ihr guttun.« Ihre Stimme klang gefasst.

Elianas Zimmertür war geschlossen. Minako klopfte und sagte zaghaft: »Elli, wir sind's.« Keine Reaktion kam aus dem Zimmer.

»Wir kommen jetzt rein«, sagte Aviel, dann öffnete er die Tür. Der Anblick, der sich den beiden Freunden bot, war furchtbar. Eliana sah mit ihren tränenverschwollenen Augen wie ein Zombie aus. Behutsam näherten sie sich dem Mädchen. Aviel setzte sich zu ihr auf die Bettkante und streichelte ihr über den Kopf. »Hallo Schatz«, flüsterte er.

»Ach, ihr seid es«, sagte sie, ihr Blick blieb an Minako hängen. »Oh Mina, du hast geweint«, bemerkte sie, nachdem sie die geröteten Augäpfel ihrer Freundin gesehen hatte. »Du wirst gleich wieder weinen. Du und Uriel«, stammelte sie, »du und Uriel ...«, sie brach ab und verkrampfte die Hände in ihrem Schoß. Dann plötzlich brach es aus ihr heraus: »Du und Uriel, ihr könnt kein Paar mehr werden, denn er ist tot.« Eliana weinte bitterlich. Minako und Aviel nahmen sie in den Arm. »Ich weiß«, sprach Minako mit ruhiger, sanfter Stimme. »Wir sind für dich da.«

Plötzlich fiel Elianas Bibel vom Regal herunter. Sie schlug auf dem Boden auf, sodass der Vers aus Jesaja 66,13 zu lesen war: »Ich will euch trösten wie eine Mutter ihr Kind. Die neue Pracht Jerusalems lässt euch den Kummer vergessen.«

Die drei Teenager sahen sich an. Hatte der himmlische Vater gerade zu ihnen gesprochen? Eliana stand auf und versetzte dem Buch einen Tritt, sodass es über den Boden schleifte und gegen die Wand prallte.

»Ich will seinen Trost nicht! Ich will mein geliebtes Brüderchen wiederhaben! Er hat meine Gebete ignoriert und ihn mir einfach weggenommen. Wie kann er so grausam sein? Interessieren ihn meine Gefühle nicht? Was nützen die Gebete, wenn er sie doch nicht erhört? Uriel war der netteste und liebevollste Mensch, den es gibt. Warum bestraft er ihn mit dieser Krankheit? Warum bestraft er mich?« Für einen kurzen Moment braute sich in ihrem Magen etwas zusammen, dann klang der Schmerz sofort wieder ab, als Minako aufstand und ihr über den Rücken strich.

»Das ist keine Strafe. Ihr habt nichts falsch gemacht«, sagte Aviel sanft, »das ist das Bild, das die Kirchen und die Christen vermitteln. Aber bitte glaube mir, Uriel ist nicht umsonst gestorben.«

Eliana und Minako vergossen ein Meer aus

Tränen. Nur Aviel unterdrückte seine, um für Eliana stark zu sein.

Frau Ava kam die Treppe hoch und betrat das Zimmer: »Hallo Kinder, Jeremias und ich müssen euch etwas sagen. Es geht um Uriel. Kommt bitte runter.«

Kapitel 13

Was gab es über Uriel zu erzählen? Eliana platzte vor Neugierde. Ihre Mutter kam mit einem Tablett Tee in den Raum und verteilte es an alle, dazu reichte sie Kekse. »Es ist jetzt fast sechzehn Jahre her, dass ich mit dir und Uriel schwanger war«, sprach sie, nachdem auch sie Platz genommen hatte, und fuhr fort: »Ich kann mich noch erinnern, als wäre es gestern gewesen.« Ein seichtes Lächeln setzte sich auf ihre Lippen. Jeremias holte ein Fotoalbum aus dem Schrank. Es zeigte Bilder, auf denen Eliana und Uriel noch Kinder waren. Auch Minako war auf einigen Fotos zu sehen. Die ganzen Alltagserlebnisse waren eingefangen: Das erste Krabbeln, die ersten Schritte und die Ausflüge mit der Familie. »Du warst schon damals ein richtiger Wildfang«, stellte Aviel mit einem verschmitzten

Grinsen fest und zeigte auf ein Bild, auf dem Eliana mit Schlamm bedeckt war.

»Das stimmt nicht!«, protestierte sie verlegen und verschränkte die Arme vor der Brust.

Frau Ava schaute auf das Bild, eine mütterliche Wärme strich über ihr Gesicht. »Eliana liebte es, im Matsch zu spielen und in Pfützen zu springen. Ich hatte immer viel Wäsche zu waschen.«

Ein Foto stach besonders hervor. Es wurde auf einer Wiese aufgenommen. Uriel küsste seine vierjährige Schwester auf die Wange, seine Arme waren fest um sie geschlungen. Eliana lächelte in die Kamera.

»Er war schon immer liebevoll gewesen«, sagte Minako mit einem wehmütigen Lächeln, was alle bestätigten. Eliana schmunzelte, sie erinnerte sich noch genau daran, wie glücklich sie war. Ein Stich traf ihre Brust. Uriel, warum musstest du sterben?

Frau Ava blätterte zur ersten Seite zurück. »Das ist der Grund, warum wir das Album geholt haben«, sagte sie und zeigte auf ein Ultraschallbild. Die drei Teenager rissen fassungslos die Augen auf, es war nur ein Baby zu sehen. Mit zitternden Händen nahm Eliana die Bilder an sich. »Das kann nicht sein.«

»Ich konnte es auch nicht glauben. In der Schwangerschaft habe ich für ein gesundes Kind gebetet.

Bei eurer Geburt kam zuerst Uriel auf die Welt. Ich war sehr überrascht, als der Arzt mir sagte, dass es ein Junge sei, denn das Ultraschallbild hatte eindeutig ein Mädchen gezeigt. Die Wehen hielten weiter an und dann kamst du auf die Welt. Gott hatte mir zwei süße Kinder geschenkt.« Eine Träne stahl sich aus ihrem Auge.

»Das ist eine verrückte Geschichte«, erwiderte Eliana und betrachtete die Ultraschallbilder weiter. Warum hatten die Ärzte Uriel nicht erkannt? Auch wenn es nur unterbewusst war, erinnerte sie sich an seine Berührungen im Mutterleib.

Die Musik der rhythmischen Sportgymnastik spielte in sanften Klängen aus dem Radio.

Die Turnerinnen bewegten sich wie Antilopen im Takt, es wirkte mühelos und ohne Anstrengungen. Minako warf ihren Ball in die Luft und setzte zum Sprung an. Bei der Landung war sie unkonzentriert, so dass sie einen Überschlag machte und auf dem Boden lag. »Autsch, verdammt!«, fluchte sie. Der Ball fiel zu Boden und rollte auf Lea zu. »Oje Minako, das ist schon der fünfte Fehlschlag in dieser Woche. Kaum zu glauben, dass du zu den Favoriten gehörst, vielleicht solltest du zurücktreten«, spottete sie.

Alles in Minako versteifte sich. Ohne Uriel ist mir alles egal, dachte sie. »Ja, vielleicht hast du Recht«, sagte sie und ging. Lea grinste in sich hinein, eine Rivalin weniger.

Die Anroner Innenstadt war belebt. Von überall her kamen Menschen angeströmt. Sie machten einen Einkaufsbummel oder genossen das sonnige Wetter. Nur Minako latschte wie ein Zombie an den Schaufenstern vorbei. Keine der ausgestellten Klamotten gefielen ihr, obwohl normalerweise viele ihren Geschmack trafen. Ein großer, langhaariger Metalhead verließ das Café zwischen den Boutiquen. Ganz in ihren Trauergedanken gefangen, bemerkte sie ihn nicht und stolzierte in ihn hinein. Minako erschrak. »Oh, tut mir leid. Ich habe dich nicht gesehen.«

Der Typ pöbelte gleich los: »Hast du Tomaten auf den Augen, oder was? Deinetwegen hab ich den ganzen Kaffee verschüttet, du Dampfwalze!« Die Kleidung des Metalheads war mit der schwarzen Flüssigkeit durchtränkt.

Wie war das? Hatte er sie wirklich Dampfwalze genannt? Unverschämtheit! »Krieg dich wieder ein, ich habe mich doch entschuldigt!«, fauchte sie. Obwohl seine imposante Erscheinung sie einschüchterte, versuchte sie, Stärke zu zeigen. »Aber vielleicht raubt dir ja das Panzerglas in deinen Augen die Sehschärfe. Ich würde mal einen Test beim Optiker machen, ob du die richtige Brillenstärke hast!«, fügte sie hinzu und deutete auf seine Pilotensonnenbrille, die auf seiner Nase saß.

Jetzt reichte es dem Mann, er nahm die Brille ab und seine blauen Augen funkelten sie böse an. »Du Zimtzicke ...«, schimpfte er. Minakos bezaubernde Erscheinung ließ ihn sofort innehalten, noch nie hatte er so ein Wesen gesehen. Diese wunderschönen, gütigen Augen in der Farbe des Himmels, es war, als stünde ein Engel vor ihm. Er bereute es, sie so angeblafft zu haben.

»Hast du dir den Kopf gestoßen oder warum schaust du mich so an?«, zickte Minako den unverschämten Typen an.

»N-nein«, stammelte er nur.

»Na dann ist ja gut«, erwiderte sie kühl und ließ ihn stehen. Der Metalhead sah ihr verdutzt hinterher, wusste sie nicht, wen sie vor sich hatte? Er war der Frontmann der Band The Wolves.

»Sag mal, Darek, was war das denn eben? Du lässt dir doch sonst nichts von solchen Tussis bieten«, ertönte eine Stimme hinter ihm. Sie gehörte Erik, dem Gitarristen der Band.

Er und Darek hatten so viele Verehrerinnen,
dass sie längst aufgehört hatten, sie zu zählen.
Ein verächtliches Schnauben kam aus Dareks
Mund, das würde er sich von dem blonden
Püppchen nicht noch einmal bieten lassen. Er
hatte so ein Gefühl, dass er ihr bestimmt wieder
über den Weg laufen würde.

Der Wind trug Uriels Asche in alle Himmelsrichtungen hinfort. So hatte es sich Familie Ava
gewünscht, er sollte frei sein und wieder eins
mit der Natur werden. Der Himmel nahm keine
Notiz von ihren Tränen, sondern leuchtete im
strahlenden Blau. Die Beerdigung fand im Wald
statt. Nur die engsten Angehörigen waren anwesend. Die Abschiedsrede des Pastors rauschte nur durch Elianas Ohren. Sie gab sich ganz
ihren Trauergedanken hin, die sich wie Fesseln
um ihre Seele legten. Nie wieder würde sie ihn
umarmen können. Nie wieder mit ihm streiten
oder lachen. Und nie wieder würde er ihr Kraft
geben können. Er war jetzt an einem besseren
Ort – ohne sie. Wut stieg in ihr auf. Uriel, du
bist so gemein! Wie konntest du mich allein
lassen? sagte sie innerlich. Sie hatte das Gefühl,
als ob ein Stück Fleisch aus ihrer Brust herausgerissen wurde.

Eliana schwor sich, ihren Bruder wegzuschließen, nur so wurde der Schmerz erträglich. Wenigstens musste sie sich keine gestelzten Beileidsbekundungen anhören. Es gehört zwar zum Anstand, jedoch hatte nicht jeder die Kraft dazu.

Minako schaute in den Himmel und runzelte die Stirn. Ihre Kräfte verließen sie. Eine große Schlucht tat sich vor ihr auf. Am liebsten würde sie hineinspringen. Uriel, ich schaffe es nicht allein, ich kann ohne dich nicht weitermachen, dachte sie.

»Es tut mir leid, ich kann einfach nicht weitermachen«, sagte Minako zu ihrem blauen Ball, als wäre er lebendig. Er lag fest in ihren Händen. Eine Träne tropfte herauf, dann noch eine weitere.

»Minako?«, hörte sie die Stimme ihrer Mutter an der Tür sprechen. Schnell fuhr sie sich mit dem Ärmel über die Augen. »Du solltest jetzt schlafen gehen«, äußerte Frau D'Amore, nachdem sie eingetreten war, »es war sicher ein anstrengender Tag für dich.« Das Mädchen nickte und schlüpfte unter die Bettdecke. Ihre Mutter löschte das Licht und schloss die Tür. Es dauerte nicht lange, bis Minako eingeschlafen war.

»Mina, Mina!«, hörte sie eine Stimme sprechen. Sie befand sich in einem Raum mit glitzernden Wolken. »Mina«, ertönte die sanfte Stimme erneut. Sie schaute sich um. Plötzlich erschien ein Junge mit braunen Augen vor ihr. Er trug das Gewand der Herrlichkeit.

»Uriel?«, fragte sie skeptisch.

Der Junge nickte.

»Uriel ...«, wiederholte sie und Tränen liefen über ihr Gesicht.

»Mina ..., du musst mich vergessen!«, forderte er sie eindringlich auf.

Ihre Augen weiteten sich, es war, als fiele ein Amboss auf sie. »Aber ich liebe dich doch, bitte verlang das nicht von mir«, flehte sie und sackte zu Boden. Uriel kam lächelnd auf sie zu. Er wischte ihr die Tränen weg.

»Du musst dich auf die Meisterschaft vorbereiten«, sagte er.

Minako fiel ihm um den Hals. »Nein! Ich will dich nicht vergessen!«, schluchzte sie.

Uriel löste sich aus der Umarmung und nahm ihr Gesicht in beide Hände. »Mina, ich verstehe dich, aber lebe dein Leben, nichts würde mich glücklicher machen. Ich werde immer bei dir sein«, sagte er, küsste ihre Stirn und verschwand.

Minako wachte auf und eine Träne stahl sich aus ihrem Auge. War das ein Traum?

»Ich werde die Meisterschaft gewinnen, das verspreche ich dir«, sagte sie mit entschlossenem Blick.

Kapitel 14

In der Sporthalle der Sankt Engels Schule herrschte wirres Gedränge. Von überall her schoben sich die Menschen auf die Sitzplätze, jeder wollte die beste Sicht auf den Wettkampf haben. Eliana hatte das Gefühl, fast zerquetscht zu werden. Sie klammerte sich an Aviels Hand und ließ sich von ihm mitziehen.

»Hier sind noch zwei Plätze frei«, sagte er plötzlich, es waren sogar welche in den vorderen Reihen. Eliana fiel ein Stein vom Herzen, endlich wurde sie nicht mehr wie ein Boxsack hin und her geschoben. Ein paar Reihen hinter ihnen saßen Jessica und Lydia. Jessicas Mund klappte auf, als sie das Paar zusammen sah. Sofort stupste sie ihre Model-Freundin an. »Psst, Lydia, schau mal«, flüsterte sie und zeigte in Elianas Richtung.

»Ich habe es schon gesehen«, zischte sie.

In ihr brodelte es wie in einem Vulkan. Warum Eliana und nicht sie?

»Oh, seid ihr zusammen?«, rief sie den beiden zu. Aviel und Eliana drehten sich zu ihr um und sahen den Hass in Lydias eisigen Augen. Eliana erwiderte den Blick mit einer Zornesfalte und sagte: »Ja, sind wir!« Ein boshaftes Lächeln huschte über Lydias Mund. »Na, meinen Glückwunsch, dann genießt mal eure Schmetterlinge im Bauch, die flauen ganz schnell wieder ab.« Aviel legte schützend den Arm um seine Freundin. »Mach dir keine Sorgen um uns, wir überstehen jeden Sturm«, sagte er, während Eliana vor Glück fast platzte. Seine Worte flossen wie lieblicher Wein durch sie hindurch.

»Dass ich nicht lache, dann genießt euer Glück weiter. Wer weiß, wie lange ihr das noch könnt«, höhnte Lydia mit einem subtil drohenden Unterton. Schweigend drehte sich Eliana weg. Sie hatte Angst. Lydia war zu allem fähig. Aviel nahm ihre Hand und sagte: »Keine Sorge! Uns bekommt sie nicht auseinander, dafür habe ich dich viel zu gern.« Dabei schaute er ihr tief in die Augen, und sie schmolz dahin.

Lydia beobachtete das Paar. Irgendwie kriege ich euch schon auseinander, dachte sie und lächelte teuflisch.

Minakos Herzschlag glich einer Stampede, das Turnier rückte immer näher. Je weiter der Zeiger auf 12 Uhr rückte, desto mehr verwandelten sich ihre Beine in Pudding. Auch die anderen Teilnehmerinnen unterhielten sich über den Wettkampf. Unter ihnen war auch Lea, die Minako heimlich beobachtete. Abschätzend musterte sie ihre verhasste Konkurrentin und bemerkte, wie aufgeregt diese war. »Hallo Minako, du siehst so blass aus, ist dir nicht gut?«, fragte sie fürsorglich und zog die Stirn kraus.

»Mir geht es gut«, antwortete Minako keuchend.

Lea legte die Hand auf ihre Schulter. »Du hast noch etwas Zeit, geh an die frische Luft, das wird dir guttun.« Ein Lächeln umspielte ihre Wangen. Minako lächelte zurück, sie freute sich über Leas Freundlichkeit. Vielleicht wollte sie das Kriegsbeil begraben?

Auch die anderen Turnerinnen verließen die Umkleidekabine. Lea nutzte die Gunst der Stunde und steuerte zielstrebig Minakos Sporttasche an. Ihr himmelblaues Band lag direkt obendrauf. Leas Gesicht verwandelte sich in eine böse Fratze. Sie nahm das Band an sich und legte ihr himmelblaues Band hinein, das sie so angeschnitten hatte, dass es bei starker Beanspruchung reißen würde. Dann würde Minako auf den letzten Platz fallen und zum Gespött der rhythmischen Sportgymnastik werden.

Die Toilettenspülung in der Umkleidekabine wurde betätigt, nachdem Lea sie verlassen hatte. Ein Mädchen mit kastanienbraunen Haaren schlenderte durch den Raum. Sie ging in die Halle und setzte sich auf die Bank, auf der die anderen Turnerinnen saßen.

Minako tigerte vor der Turnhalle auf und ab. O Gott, hilf mir, ich schaffe es nicht, betete sie innerlich.

»Vorsicht, Süße, wir wollen doch nicht, dass dir wieder so ein Malheur wie letztes Mal passiert, oder?«, sprach plötzlich eine Stimme zu ihr, die sie von irgendwoher kannte, jedoch nicht zuordnen konnte. Dann schaute sie in Dareks Gesicht. In der Hand hielt er zwei Hotdogs. Oje, dieser ungehobelte Typ hatte ihr gerade noch gefehlt. »Ach du schon wieder, hast du immer die Angewohnheit, Fremde so distanzlos anzusprechen?«

»Wenn sie so süß sind wie du, ja«, antwortete er und ließ sie mit einem Augenzwinkern stehen.

Unglaublich! Minako schüttelte den Kopf und betrat ebenfalls das Gebäude. Wenigstens war ihre Aufregung verschwunden.

Die rhythmische Sportgymnastik war ein gymnastischer Tanz mit Seilen, Reifen, Keulen, Bändern und Bällen. Die Gymnastinnen bewegten sich im Einklang der Musik.

Die Wettkampffläche wurde durch Linien begrenzt. Ein Übertreten führte ebenso zu Punktabzug wie eine falsche Handhabung oder das Fallenlassen des Sportwerkzeuges. Die Jury bewertete die Schwierigkeit der Übung, die Ausführung und den Ausdruck der Sportlerin.

Lea beobachtete ein Mädchen mit kastanienbraunen Haaren bei ihrer Kür. Sie war etwas jünger als die Siebzehnjährige und bewegte sich wie eine Gazelle. Das ist also Noelle D'Angelo, dachte sie. Sie erinnerte sie an jemanden, besonders diese großen haselnussbraunen Augen. Aber an wen? Egal, die dumme Pute soll ihr bloß nicht in die Quere kommen, dachte sie.

»Sie ist erst vierzehn und turnt schon so wunderschön«, ertönte plötzlich eine Stimme. Lea drehte sich um und sah Minako hinter sich stehen. Sie gab nur einen knurrenden Laut von sich und wandte sich ab.

»Lea?«, sprach Minako erneut. Das Mädchen drehte sich um und zog erwartungsvoll die Augenbrauen hoch. »Geben wir beide unser Bestes. Ich wünsche dir viel Glück«, sagte sie mit sanfter Stimme. Lea musterte sie von oben bis unten. »Danke, jedoch nicht ich, sondern du wirst es brauchen«, erwiderte sie und wandte sich dem Publikum zu. Sie suchte Darek.

Der Metalhead betrat die Tribüne und setzte sich neben Erik in die erste Reihe. Er reichte ihm einen Hotdog, den Erik dankend annahm.

Die Musiker waren auf der Suche nach einer Tänzerin für ihr neues Musikvideo. Leas und Dareks Blicke trafen sich ein paar Mal. Sie hatten sich vor einigen Monaten über Leas Vater kennengelernt, der in einer Hobbyband spielte und ein paar Mal mit Dareks Band als Vorgruppe aufgetreten war.

Erik flüsterte: »Wie wär's mit Lea, die ist hot.« Auch er hatte schon ein paar Worte mit ihr gewechselt und fühlte sich zu ihr hingezogen. Sie war für ihn das attraktivste Geschöpf, das er je gesehen hatte.

Darek winkte ab. »Mal sehen, was sie draufhat.«

Nachdem zwei weitere Turnerinnen ihre Kür geturnt hatten, wurde Minakos Name aufgerufen. Ihre Erscheinung verzauberte das ganze Publikum. Sie sah aus wie ein Engel. Ihr Körper war in einem Traum aus weißem, hauchdünnem Stoff eingehüllt, der mit edlen Rosenstickereien verziert war. Federn schmiegten sich um ihr Dekolletee und Strasssteine schlängelten sich um ihren Körper. Dareks Pupillen weiteten sich, so fasziniert war er von Minako. Also, meine Hübsche, ich bin gespannt, was du zu bieten hast, dachte er und grinste anzüglich.

Erik entging das Verhalten seines Kumpels nicht. »Darek, du ziehst dieses Engelchen doch nicht in die engere Wahl, oder?«

»Warum nicht?«, fragte er, ohne sie aus den Augen zu lassen.

Ein verächtliches Schnauben kam aus Eriks Kehle. »Manchmal zweifle ich an deinem Verstand. Die Klosterschülerin passt nicht rein. Oder hast du schon mal einen Rauschgoldengel durch ein Metalvideo schweben sehen?«

Minako schaute ins Publikum und hoffte, Eliana und Aviel zu finden. Doch stattdessen traf ihr Blick auf Darek, der ihr lasziv zuzwinkerte. Ihre Nase rümpfte sich, was bildete sich dieser Flegel ein? Sie streckte ihm die Zunge entgegen und nahm ihre Pose ein. »Na, so was Freches«, murmelte Darek zu sich selbst. Jeder andere würde dahinschmelzen. Warum sie nicht?

Minakos Band wirbelte durch die Luft, während sie ein paar Pirouetten drehte. Dann glitt sie rückwärts über die Matte. Wie eine Ballerina hob sie ihr Bein, während das Band mit ihr zu verschmelzen schien. Plötzlich sprang sie hoch und machte einen Spagat in der Luft. Das tat sie dreimal – das Band wirbelte die ganze Zeit mit.

Gleich wird es reißen, dachte Lea mit einem süffisanten Grinsen. Minako wirbelte das Band zu schönen Formen, drehte Pirouetten oder machte Radschläge.

Und dann war es so weit. Sie beendete ihre Kür. Das Band flog in die Luft, dabei machte Minako ein paar Purzelbäume auf dem Boden und ließ das Band auf ihren Schoß fallen.

Lea fiel die Kinnlade herunter. Warum zur Hölle war das Band nicht gerissen? Noelle stellte sich neben sie und sagte: »Das war echt eine Meisterleistung, oder? Zum Glück hat das Band gehalten, es ist ja schon öfter passiert, dass eins gerissen ist, oder?«

Lea knirschte mit den Zähnen und betrat die Matte, nachdem sie aufgerufen wurde. Sie stellte sich in Pose. Ihr Körper war in einen pinken Turnanzug gehüllt, der viel Haut zeigte. Die daran befestigten Pailletten glitzerten im Licht. Die Übung startete mit einem Radschlag nach hinten, gleich darauf wirbelte das Band so, dass es Wellen und Kringel formte.

Schnell drehte Lea ein paar Pirouetten, dann machte sie einen Spagat in der Luft. Als nächstes stellte sie sich auf ein Bein und streckte das andere in die Luft, gleichzeitig drehte sie mit dem Band einige Spiralen – und RATSCH, es riss genau in der Mitte durch. Das Publikum war geschockt. Jessica und Lydia saßen mit offenen Mündern da. Lea schaute wie eine Eule umher. Wie ist ihr Band gerissen? Tränen sammelten sich in ihren Augen. Dieser Fehler würde sie teuer zu stehen kommen, aber noch schlimmer war die furchtbare Demütigung, die ihr ins Ohr flüsterte, was für eine Witzfigur sie war.

»Wie konnte das passieren, Lea?!«, fragte Frau Weber, nachdem sie die Matte verlassen hatte. Sie antwortete nicht, sondern flüchtete aus der Halle. Das sollte ihr Minako büßen!

Kapitel 15

Lydia, Jessica und Lea hockten vor der Garderobe. Die Leute schlenderten an ihnen vorbei und nahmen keine Notiz von ihnen. Die meisten hatten Hotdogs und Getränke in ihren Händen.

»Was soll ich jetzt machen? Wegen diesem bescheuerten Band werde ich auf den letzten Platz landen«, klagte Lea, die wie eine Kalkleiche aussah.

»Gib doch einfach Minako die Schuld«, schlug Lydia vor.

»Das ist keine schlechte Idee.«

Plötzlich wurde das Gespräch der Mädchen durch einen Kinderstreit unterbrochen.

»Du bist gemein, das sag ich Mama«, schimpfte ein kleines Mädchen und rannte zu seiner Mutter. »Mama, Max hat mir Juckpulver ins T-Shirt geschüttet«, jammerte es, während es sich am Rücken kratzte. Lea wurde hellhörig und beobachtete die Familie. Max bekam eine heftige Standpauke von seiner Mutter, dann packte sie beide Kinder am Arm und zerrte sie zur Toilette. Max wartete draußen. Lea ging auf ihn zu und sagte: »Hey, Kleiner, ich habe gehört, dass du deine Schwester mit Juckpulver besprüht hast.«

Der Junge steckte die Hände in die Hosentaschen und sah zu Boden. »Na und?«, antwortete er.

»Du hast doch bestimmt noch etwas bei dir, das ich dir abkaufen kann.« Ein fieses Grinsen schlich sich auf ihre Lippen.

»Super!«, lobte Eliana ihre Freundin. »Deine Kür war die beste von allen, wenn du so weitermachst, landest du bestimmt auf dem ersten Platz!«, jubelte sie und hüpfte wie ein Kaninchen auf und ab. Die Mädchen standen vor der Sporthalle, um frische Luft zu schnappen. Bevor Minako etwas erwidern konnte, unterbrach Aviel das Gespräch. Er hielt drei Brötchen in der Hand. »Hey Leute, heute gibt es auch Hotdogs mit Geflügelwurst«, äußerte er und drückte den Mädchen je ein Brötchen in die Hand. In diesem Moment schlenderten Darek und Erik an ihnen vorbei. Darek sah Minako mit undurchdringbarer Miene an, sie hingegen guckte wie eine Gift speiende Kobraschlange. Das bemerkte auch Eliana. »Irgendwoher kenne ich sein Gesicht«, überlegte sie und fragte dann: »Kennt ihr euch?«

»Um Himmels willen, nein!«, erwiderte Minako theatralisch. »Er ist ein eingebildeter, selbstherrlicher, arroganter Bock und ein Rüpel dazu!«, schimpfte sie. Der Metalhead blieb etwas abseits von ihr stehen und sah sie kopfschüttelnd an. Ihre Schimpftiraden amüsierten ihn.

»Hey, Darek!«, rief Aviel plötzlich und winkte ihm zu.

»Sagtest du Darek? Der von The Wolves?«, fragte Eliana aufgedreht. Ihr Freund nickte. »Ja, er ist ein Bekannter von mir, er ist zwar etwas ruppig und ungehobelt, aber kein schlechter Kerl.«

»Der Rüpel? Dass ich nicht lache«, giftete Minako und riss sich zusammen, um nicht noch mehr Schimpftiraden über Darek zu äußern. Wie ein wütender Grizzlybär stampfte sie davon.

»Ach, Engelchen, so wütend?«, sagte Darek, während sie an ihm vorbeistiefelte, dabei zog er eine Schippe. Ein Todesblick war ihre Antwort darauf. »Tja, meine Süße, wir Metalheads sind eben direkt. Du solltest dich lieber daran gewöhnen, anscheinend haben wir denselben Freundeskreis, also werden wir noch öfter das Vergnügen haben.« Seine Erhabenheit verunsicherte sie. »Ich bin nicht deine Süße, verstanden?«, fauchte sie ihm nur entgegen und ging weiter. Dem würden ein paar Benimmregeln nicht schaden, dachte sie.

Der violett schimmernde Ball glitt über Minakos Körper. Sie war ganz bei sich. Wie ein Schwan legte sie sich zu Boden, der Ball rollte über ihre ausgestreckte Hand, über ihre Taille bis zu ihren Beinen. Er bekam einen Tritt und flog hoch in die Luft. Minako machte ein paar Überschläge, dann fing sie den Ball mit den Füßen auf. Das Publikum schenkte ihr einen tosenden Applaus. Lächelnd verließ sie die Matte. Einige Turnerinnen rannten auf sie zu, um ihr zu gratulieren.

»Du und Noelle, ihr macht es wirklich spannend, diese Kür wird entscheiden, wer von euch den ersten Platz bekommt«, sagte eine von ihnen.

»Hey, kommt schnell. Noelle ist in der Umkleide und kratzt sich die ganze Zeit. Wenn das so weitergeht, kann sie ihre Kür nicht turnen«, rief plötzlich ein Mädchen aus der Ferne.

»O nein, wie schrecklich«, äußerte eine der

Turnerinnen, während Minako sich die Hand vor den Mund hielt. Sofort folgten sie dem Mädchen und fanden Noelle, die sich überall kratzte.

»Ist es immer noch nicht besser?«, fragte das Mädchen.

»Nein«, jammerte Noelle und grub ihre Finger tiefer in die Haut, in der Hoffnung, dass das schreckliche Jucken aufhören würde.

»Wie ist das denn passiert?«, fragte eine der Turnerinnen.

»Ich weiß nicht, ich habe meinen Body für die nächste Kür gewechselt und plötzlich fing alles an zu jucken.« Noelles Stimme klang wie ein Meer aus Verzweiflung.

»Das ist merkwürdig, vielleicht bist du gegen den Stoff allergisch oder es ist psychosomatisch«, äußerte ein anderes Mädchen und erntete kritische Blicke.

»Guckt mal, was ich im Mülleimer gefunden habe – eine Packung Juckpulver«, rief Lea, die auch unter den Mädchen war, plötzlich, und zeigte auf die aufgerissene Packung Juckpulver.

»Glaubst du, dass ihr jemand das ins Kostüm gestreut hat?«, fragte eine Turnerin.

»Sieht ganz danach aus, warum sollte sonst diese Packung hier herumliegen?«, antwortete Lea.

»Wie gemein, wer macht denn so was?«, fragte Minako.

»Tja, das ist eine gute Frage«, erwiderte Lea und ging auf die Mädchen zu, dabei streifte sie Minakos Tasche so, dass sie von der Bank fiel. Der ganze Inhalt landete auf dem Boden, auch das Juckpulver.

Lea sammelte es auf und zog die Augenbraue hoch. »Minako, du steckst dahinter? Das hätte ich echt nicht von dir gedacht«, sprach sie mit enttäuschter Stimme. Alle Turnerinnen starrten das Mädchen mit ihren offenen Mündern an. In Minakos Hals bildete sich ein Kloß.

»Hast du etwa auch mein Band manipuliert, um dir den ersten Platz zu sichern?«, fragte Lea, ihre Stimme zitterte. Minakos Brustkorb fühlte sich an, als wäre er in ein enges Korsett geschnürt worden. Wer hatte es auf sie abgesehen? Und wie konnte sie sich aus den Fesseln der Intrigen befreien, die sich so fest um ihren Körper legten, dass es kein Entkommen zu geben schien?

»Ich weiß nicht, wie das in meine Tasche gekommen ist«, kam es flehentlich aus ihrem Mund.

»Tja, die Indizien sprechen gegen dich. Das werde ich auf jeden Fall der Jury melden«, zischte Lea und verschwand mit dem Juckpulver aus der Umkleidekabine. Die anderen Turnerinnen sahen Minako nur an, dann verließen auch sie den Raum.

Minako ließ sich auf die Bank fallen.

Ihr ganzer Körper fühlte sich an, als wäre er gesteinigt worden. Wie sollte sie sich gegen diese Ungerechtigkeit wehren? Noelles Schluchzen holte sie in die Realität zurück. Wenigstens kann ich ihr helfen, dachte sie. »Du solltest schleunigst unter die Dusche, dann juckt es nicht mehr«, sprach Minako zu Noelle. Das Mädchen guckte sie nur groß an. Minako zuckte zusammen, diese haselnussbraunen Augen und die ganze Ausstrahlung erinnerte sie an ihren verstorbenen Freund. »Uriel«, flüsterte sie. Für einen kurzen Moment schien es so, dass das Glück sie umarmen würde. Uriel war wieder da.

»Wen meinst du?«, fragte Noelle.

»Oh, tut mir leid, du hast mich nur an jemanden erinnert«, antwortete Minako. Die Trauer in ihr drückte sich wie eine Fontäne nach oben. Mit aller Kraft unterdrückte sie die Tränen, die sich in ihren Augen sammelten.

»Du scheinst diesen Menschen sehr zu vermissen, nicht wahr?«, fragte Noelle und zog die Augenbrauen zusammen.

»Er ist vor kurzem gestorben. Er war der Bruder meiner besten Freundin und ich hatte ihn sehr gerne«, sprach Minako.

»Das tut mir leid.«

»Du solltest jetzt schnell unter die Dusche gehen, sonst kratzt du dich noch den ganzen Tag. Hast du noch einen Body?«

»Ich nehme einfach den von meiner letzten Kür«, antwortete Noelle und verschwand in den angrenzenden Duschraum.

Die Garderobentür öffnete sich. »Minako, du sollst ins Büro kommen, Frau Ullmann, die Juryvorsitzende will mit dir sprechen«, sagte eine Turnerin.

Die Angst saß ihr in den Knochen, die Bürotür wirkte wie ein Tor zur Hölle. Alles wird gut, machte sie sich innerlich Mut. Aber was, wenn nicht? Was ist, wenn sie disqualifiziert wird? Dann würde ihr Traum wie eine Seifenblase zerplatzen. Zaghaft klopfte sie an die Tür.

»Herein«, hörte sie eine Stimme sprechen. Aufrecht betrat sie den Raum, obwohl sie innerlich zitterte.

»Setz dich«, sagte Frau Ullmann, deren Haare von einem Grauschleier umgeben waren. Der strenge Dutt saß wie eine Krone auf ihrem Kopf. Sie könnte als Direktorin durchgehen, die mit dem Lineal Schülern auf die Finger haut. Minako setzte sich auf den Stuhl, der Frau Ullmann gegenüberstand.

»Ich nehme an, du weißt, warum du hier bist«, sagte sie mit einem durchdringenden Blick.

Minako nickte zögerlich.

»Nun, was hast du dazu zu sagen?«, fragte sie mit fester Stimme. Ein Schluchzen verließ Minakos Kehle, dicht gefolgt von Tränen, die ihr über die Wangen rollten. Wie eine Diebin verbarg sie ihr Gesicht in den Handflächen, obwohl der Himmel ihre Unschuld bezeugen konnte. »Ich habe niemandem etwas getan, ich weiß nicht, wie das Juckpulver in meine Tasche gekommen ist«, beteuerte sie.

»Wo warst du in der Pause?«, fragte Frau Ullmann.

»Draußen, bei Eliana und Aviel«, antwortete sie.

Noelle hatte ihre Ballkür beendet, tosender Applaus vom Publikum folgte.

Minako saß leichenblass auf der Bank. Frau Ullmann hatte sich nach dem Gespräch mit Eliana und Aviel nicht mehr zu dem Vorfall geäußert.

»Die Sieger werden nun verkündet«, hallte es aus den Lautsprechern und Minako erwachte aus ihrer Starre. »Der dritte Platz geht an Anastasia Romberg. Es war ihr erstes Turnier, also kann sie mit ihrer Leistung sehr zufrieden sein.

Vielleicht haben wir heute einen weiteren Hoffnungsschimmer in der Rhythmischen Sportgymnastik entdeckt.« Das Mädchen betrat mit einem Lächeln das Siegerpodest. Ihre Augen glitzerten vor Freude, so als hätte sie nicht im Traum mit einem Sieg gerechnet.

»Der zweite Platz geht an Noelle D'Angelo. Sie hat heute wieder bewiesen, dass sie die neue Hoffnung der Rhythmischen Sportgymnastik ist.« Auch Noelle lächelte, während sie das Siegerpodest betrat.

»Tja, Minako, du wirst wahrscheinlich nicht mal den letzten Platz bekommen, sondern gleich disqualifiziert werden. Ich glaube nicht, dass Frau Ullmann bei der erdrückenden Beweislast Gnade walten lässt. Du kannst schon mal deine Sachen packen«, äußerte Lea im Vorbeigehen. Alles krampfte sich in Minako zusammen. Wahrscheinlich hatte sie recht, es war ein Kampf wie David gegen Goliath – völlig aussichtslos.

»Jetzt kommen wir zum ersten Platz«, ertönte es aus den Lautsprechern. Alles wurde still. »Der erste Platz geht an Minako D'Amore!« Ihr klappte der Mund auf, damit hatte sie nicht gerechnet. Die ganze Last fiel wie ein Kettenmantel von ihren Schultern. Völlig benommen torkelte Minako auf das Siegerpodest. Eine Frau hängte ihr die Goldmedaille um den Hals, doch es kam ihr wie ein Traum vor.

»Frau Ullmann?«, fragte Minako, nachdem sie das Siegerpodest verlassen hatte und am Jurypult angekommen war. Die Vorsitzende schaute sie an. »Was hat Sie von meiner Unschuld überzeugt?«

»Nun«, sagte die Vorsitzende, »deine Freunde haben deine Unschuld beteuert. Danach sind noch andere Turnerinnen zu mir gekommen und haben bezeugt, dass sie dich die ganze Zeit draußen gesehen haben. Du kannst froh sein, dass du das Recht auf deiner Seite hattest.« Mit diesen Worten ließ Frau Ullmann das Mädchen stehen. Minako lächelte. Ja, es war ein Kampf wie David gegen Goliath gewesen – völlig unmöglich. Und trotzdem hatte David den Riesen in die Knie gezwungen, weil Gott auf seiner Seite war.

Hass brannte in Leas Augen, sie hatte Minako die ganze Zeit beobachtet. Auf dem Boden winden sollte sie sich!

Stattdessen bekam sie den ersten Platz, während sie – Lea, sich mit dem vorletzten Platz begnügen musste. Diese Demütigung war unerträglich.

Kapitel 16

Minako schlenderte zur Bushaltestelle. Sie spürte jeden Muskel im Leib, seitdem sie die Meisterschaften gewonnen hatte, absolvierte sie jeden Morgen zusätzlich zu ihrem normalen Training ein vierstündiges Spezialtraining. An drei Nachmittagen in der Woche besuchte sie eine Sonderschule in der Anroner Innenstadt, um den Schulstoff nachzuholen. Viele ihrer neuen Klassenkameraden waren angehende Sportler oder versuchten sich im Showbusiness. Wehmut umklammerte ihr Herz, sie vermisste es, mit Eliana zu plaudern, sie hatten nur noch zwei Pausen zusammen. Der Bus rollte an und sie ließ sich dankbar auf den ersten freien Vierersitz fallen, den sie sah. Dass der Bus losfuhr, hatte Minako nicht mitbekommen. Sie hatte den Kopf an die Fensterscheibe gelehnt und war eingenickt.

Ein lautes Grölen ließ sie hochschrecken.

Wie eine Eule drehte sie ihren Kopf in alle Richtungen, bis sie realisierte, dass auf dem Vierersitz neben ihr vier Typen saßen, die alle lange Haare hatten. Außerdem trugen sie Nietengürtel und schwarze Kleidung. Nur einer von ihnen hatte eine grau verwaschene Jeans an. Seine langen Haare, fielen ihm über die Lederjacke. Sie verzog das Gesicht. O nein, das ist doch ..., sie brach ihren Gedanken ab und drehte sich schnell weg. Warum musste ihr dieser Darek immer wieder über den Weg laufen? Natürlich trug der eingebildete Lackaffe wieder seine Pilotensonnenbrille. Hoffentlich bemerkte er sie nicht. Bloß weg hier!, dachte sie und erhob sich so unauffällig wie möglich von ihrem Platz. Sie drehte der Metalclique den Rücken zu.

»Na, Dornröschen, haben wir dich geweckt?«, ertönte Dareks Stimme und Minako drehte sich mit gerümpfter Nase um.

»Hallo, meine süße Minako D'Amore«, fuhr er verführerisch fort.

Obwohl sein Verhalten Minako nervös machte, bewahrte sie Fassung und antwortete kühl: »Ach du hier? Welch eine zauberhafte Überraschung. Na, wenigstens hast du dieses Mal den Respekt, mich mit meinem Namen anzusprechen und nicht mit Dampfwalze – so wie beim letzten Mal.« Wie ein scheues Reh musterte sie ihn, dann fragte sie: »Woher weißt du ihn überhaupt?«

Darek grinste sie spitzbübisch an. Es amüsierte ihn, dass er sie verunsicherte. Das war seine Strafe dafür, dass sie sich seit ihrem Auftritt in seine Träume geschlichen hatte und in ihrem weißen Kostüm vor ihm herumtänzelte. Jedes Mal sah er ihre himmelblauen Augen vor sich, obwohl er das gar nicht wollte ... oder doch?

»Tja, woher weiß ich ihn wohl ... Dein Name wurde ja ein paar Mal aufgerufen, als du dich zur Musik räkeln solltest«, sagte er mit hochgezogener Augenbraue. Minako mutierte zu einer Tomate.

»Hey Darek, nun hör mal auf die Kleine zu ärgern«, rief ihm einer seiner Kumpels zu. Der Metalhead ignorierte ihn und wandte sich wieder an Minako. »Hey du, ich hab mal ,ne Frage«, begann er zu sprechen.

Jetzt reicht's! Minako bäumte sich vor ihm auf und keifte wie ein wild kläffender Hund: »Also, so einen ungehobelten Kerl wie dich habe ich noch nie erlebt! Erstens heiße ich Minako! M-i-n-a-k-o! Merk dir das gefälligst! Zweitens solltest du unbedingt an deinen groben Umgangsformen arbeiten! Und drittens hättest du bitte die Güte, deine Sonnenbrille abzunehmen, wenn du mit mir sprichst? Das ist derbe unhöflich von dir!« Ihre Seelenfenster glühten vor Zorn. Selbst Eliana wäre bei dieser Lautstärke schockiert gewesen, es drehten sich sogar Leute in ihre Richtung.

Die anderen Metalheads johlten, das Schauspiel
der beiden Streithähne amüsierte sie. Minako
wollte gehen, doch Darek umfasste ihr Handgelenk. Sein Griff war fest, aber nicht so, dass es
wehtat. Er nahm seine Sonnenbrille ab und
sagte: »Oh, verzeiht, meine Dame. Ich vergaß,
dass Ihr hinter Euren Klostermauern anderes
gewohnt seid.« Die Ironie in seiner Stimme
legte sich wie ein Mantel aus Brennnesseln um
Minako. Tausend kleine Nadelstiche brannten
sich in ihre Haut. War ihre Existenz so lächer-
lich für ihn?

»Lass mich gefälligst los! Ich habe es nicht
nötig, mich von dir auslachen zu lassen«, zischte sie und versuchte, sich loszureißen.

Mit souveränem Blick kam er ihrer Bitte
nach. »Jetzt sei nicht so empfindlich, das war
nur ein Scherz. Ich wollte dich fragen, ob du in
meinem nächsten Musikvideo mitspielen
willst«, erwiderte er. Erik, der neben ihm saß,
kniff seine Lippen zusammen. Hatte Darek
neuerdings eine Vorliebe für Barbiepuppen
entwickelt? Anders konnte er sich das seltsame
Verhalten seines Kumpels nicht erklären.

Ein heißes Brennen durchzog Dareks
Wange. Minako hatte ihn geohrfeigt. »Nein
danke«, donnerte sie und stieg an der nächsten
Haltestelle aus. Darek rieb sich die Wange.
»Diese Zimtzicke ...«, fluchte er.

»Was hast du von so einer erwartet?

Ich verstehe nicht, was in dich gefahren ist, seit
wann stehst du auf Rauschgoldengel?«, fragte
Erik. Darek bevorzugte normalerweise heiße
Vamps.

»Ich weiß auch nicht«, antwortete Darek,
»sie hat etwas an sich, das mich fasziniert.«

Lea saß in ihrem Zimmer und drehte sich Lo-
ckenwickler in ihr glattes Haar. In ihrer
Schminkecke tummelten sich Lippenstifte, Par-
fums und andere Schönheitsprodukte. Zufrieden betrachtete sie sich im Spiegel. Sie besaß
viele Vorzüge. Ihr zierlicher Körper. Ihre kräfti-
gen, braunen Haare. Ihre blauen Augen. Die
süße Nase und der schöne Mund. Ich bin viel
schöner als andere Mädchen, fast perfekt. Sie
grinste, doch plötzlich verblasste das Lächeln.
Wieso zur Hölle ist ihr Plan bei den Meisterschaften nicht aufgegangen?

Das Klingeln ihres Handys holte sie ins
Hier und Jetzt zurück. O mein Gott, er ist es,
dachte sie und krallte sich wie ein hungriger
Tiger ihr Handy.

»Hallo Darek«, säuselte sie sirenenhaft in
den Hörer.

»Hey Kleines«, sprach er lässig.

Ihr Herz machte einen Sprung, sie liebte es,

wie er »Kleines« sagte. Trotzdem wies sie ihn in die Schranken, sie hatte es sich zur Aufgabe gemacht, ihn zu zähmen und zu ihrem Schoßhündchen zu erziehen.

»Du bist ganz schön frech, findest du nicht?« Ein Hauch von Arroganz schwang in ihrer Stimme mit.

»Ich wollte dich fragen, ob du in meinem neuen Musikvideo mitmachen willst. Ich suche noch eine gute Tänzerin«, sagte er.

»Eigentlich ist mein Terminkalender ausgebucht, schließlich bin ich eine gefragte Person, aber ich werde es schon einrichten können«, antwortete sie gönnerhaft.

Darek verdrehte die Augen, er fand ihr Verhalten abstoßend. »Okay, ich melde mich bei dir, tschau«, sagte er und legte auf, er bestimmte die Spielregeln, nicht sie!

Mit offenem Mund starrte Lea auf ihr Handy, dann guckte sie grimmig in den Spiegel. Darek hatte noch sehr viel Erziehung nötig.

Bei Familie Ava gab es heute zum Abendessen Nudelauflauf, Elianas Lieblingsspeise. Es war immer noch seltsam, ohne Uriel zu essen. Obwohl ihre Eltern alles Menschenmögliche taten, um die Abende liebevoll zu gestalten, konnte nichts ihr Herz erfreuen. Es lag in Trümmern, deshalb war es versiegelt. Hinter Stein und Panzerglas, damit es nicht ganz in sich zusammenfiel.

»Ich bin satt«, sagte sie und sprang auf. Frau Ava nickte, obwohl Elianas Teller noch nicht einmal zur Hälfte geleert war. Sie huschte die Treppe hinauf und ging am Zimmer ihres Bruders vorbei, als würde es nicht existieren. Sie legte sich aufs Bett, setzte sich Kopfhörer auf und verschwand hinter einer dicken Wand aus Musik. Nichts füllte die Leere, die Uriel hinterlassen hatte, aber die Musik sorgte dafür, dass sie nicht an ihn denken musste. Plötzlich ging die Tür auf und ihre Mutter kam herein.

»Eliana, Minako ist am Telefon«, sagte sie und legte den Hörer auf ihren Schreibtisch. In ihr kribbelte es, sie war froh, dass ihre beste Freundin sie ablenkte.

»Hi Mina«, sagte sie. Ihre Stimme klang fröhlich.

Minako erzählte in allen Einzelheiten, was ihr heute mit diesem Barbaren Darek, wie sie ihn immer wieder nannte, widerfahren war. Es fielen ihr noch weitere Schimpfwörter wie Grobian und Lump ein, um das unmögliche Verhalten des Metalheads zu beschreiben. Eliana blieb die Spucke weg, so wütend hatte sie ihre beste Freundin noch nie erlebt.

»Ich kann nicht glauben, dass Aviel mit so

einem ungehobelten Klotz befreundet ist«, äußerte Minako schließlich.

»Sie haben im Kindergarten zusammengespielt und sich dann aus den Augen verloren, da Darek weggezogen war.«

»Das war wohl für alle am besten«, warf Minako bissig ein.

Eliana lachte kurz auf, dann erzählte sie: »Als sie sich zufällig auf der Straße wieder getroffen haben, haben sie sich sofort gut verstanden. Es war, als wären sie nie getrennt gewesen.« Eliana machte eine kurze Pause und grinste wie ein Breitmaulfrosch. »Darek wohnt übrigens auch wieder hier, direkt gegenüber von Aviel.«

»Um Gottes willen, nein! Muss das sein? Der soll mal schön wieder wegziehen!«, kam es melodramatisch von Minako. Eliana stellte sich vor, wie sie mit den Augen rollte und kicherte. »Na, hat den da jemand gefallen an ihn gefunden?«, neckte sie ihre Freundin.

»Du spinnst wohl!«, bölkte diese in den Hörer und legte auf.

Und da war sie wieder, diese unerträgliche Stille, diese unheimliche Leere. Sofort verschwand Eliana wieder unter ihren Kopfhörern. Ein kurzes Ziehen ging durch ihren Darm. Eliana spürte es kaum. Sie ahnte nicht, dass der Tod in ihr lauerte und ihr nur wenig Zeit lassen wollte.

Kapitel 17

Und eins, und zwei, und drei, Minako zählte die Schritte in ihrem Kopf. Sie übte eine neue Kür. Die Keulen wirbelten durch die Luft. Sie machte eine Rolle und versuchte, die Keulen zu fangen. Doch statt in ihren Händen landeten sie ein paar Meter weiter auf dem Boden. »Mist, schon wieder«, fluchte sie vor sich hin. Plötzlich hielt ihr jemand die Keulen unter die Nase. Es war Lea, die sie verächtlich ansah. Mit einem mulmigen Gefühl stand Minako auf und nahm die Keulen entgegen.

»Danke«, murmelte sie.

»Nichts für ungut«, erwiderte Lea und musterte sie von oben bis unten. »Du scheinst keine Fortschritte mehr zu machen. Du übst diese Kür schon seit sechs Wochen und patzt immer wieder an der gleichen Stelle. Und das, obwohl du Sondertraining erhältst.

Da frage ich mich wirklich, wie du die Meisterschaft gewonnen hast. Vielleicht hast du ja ein bisschen nachgeholfen.«

In Minako verkrampfte sich alles. Schon seit einigen Wochen schauten ihre Mitschüler sie komisch an oder tuschelten über sie. Auch jetzt taten sie es wieder. Hatte Lea etwas damit zu tun?

»Das ist nicht wahr, Lea!«, rief sie und fing an zu weinen.

»Du brauchst keine Show abzuziehen. Wir haben das Juckpulver bei dir gefunden«, zischte Lea. Die anderen Mädchen schauten sie abschätzig an.

»Ich war es aber nicht«, wimmerte Minako, während ihr die Tränen wie ein Rinnsal über ihre Wangen liefen.

»So Schluss jetzt, Frau Jannik! Warum trainierst du nicht? Du solltest nicht den anderen die Schuld für dein Versagen geben und besser auf deine Sportsachen aufpassen. Ich habe Minako bei ihren Freunden gesehen, als die Tat passiert sein sollte. Erzähl uns mal lieber, was du gemacht hast!«, zeterte Frau Weber und stellte sich zwischen die Mädchen.

Ein hochmütiges Grinsen zeichnete sich auf Leas Lippen ab. »Ich, liebe Frau Weber, war mit Lydia und Jessica zusammen«, sagte sie und ließ die Trainerin stehen.

Die Tür von Minakos Lieblingsboutique verabschiedete sie mit einem Klingeln. Sie schaute in ihre Tüte und lächelte kurz über ihr neues Boho-Kleid. Es hatte ein rotes Blumenmuster. Als sie es an der Schaufensterpuppe gesehen hatte, wollte sie es unbedingt haben. Doch setzte sich eine Klammer um ihr Herz. Das Kleid hatte ihren Schmerz für einen kurzen Moment gelindert, allerdings löste es nicht ihre Probleme. Bald müsste sie sich Lea und ihren Mitschülern wieder stellen. Ob sich die Wogen je wieder glätten würden? Der Wind blies ihr durchs Haar und sie sah in den Himmel. Er erinnerte sie daran, wie Uriels Asche in alle Himmelsrichtungen verstreut wurde. »Uriel, wo magst du wohl sein? Wenn du doch nur an meiner Seite wärst«, flüsterte sie.

Darek verließ den Proberaum, der direkt neben dem Plattenlabel Cool Records lag. Ein paar kreischende Fans fingen ihn ab und wedelten mit ihren Autogrammkarten unter seiner Nase herum. Er unterzeichnete sie schnell und wechselte kurz noch ein paar Worte mit ihnen, dann ging er weiter. Wie sollte das erst werden, wenn sie richtig berühmt sind, dachte er sich und schmunzelte.

Plötzlich kreuzte ein zombieartiges Mädchen seinen Weg. Er erkannte sie sofort. »Wen haben wir denn da?«, sagte er zu sich und grinste breit. Jedoch wollte er sie nicht in ihrem Zustand necken, das wäre unfair. Er wollte eine ebenbürtige Gegnerin haben. Aber wie sollte er sie sonst ansprechen? Am besten ganz normal.

»Hi Minako!«, rief er. Sie drehte sich mit trüben Augen um. Er trat einen Schritt zurück. »Was zum …, wie siehst du denn aus, ist alles okay?« Minako setzte ihr strahlendes Lächeln auf. »Oh, du sprichst mich tatsächlich mit meinem Namen an. Ja, mir geht es gut, danke der Nachfrage. Ich war nur in Gedanken.« Er schaute sie ungläubig an und runzelte die Stirn. »Das kannst du deiner Tapete erzählen, mir aber nicht, doch ich will mich nicht aufdrängen. Du kannst dich jederzeit bei mir auskotzen.« Beim letzten Wort zog sie die Mundwinkel hoch, doch dann schlich sich ein Lächeln auf ihre Lippen. Darek hatte es ja nur gut gemeint.

»Gib mir mal dein Handy, dann speichere ich dir meine Nummer ein«, forderte er sie auf. Sie musterte ihn skeptisch, kam jedoch seiner Bitte nach. »Unter was soll ich mich denn einspeichern? Sowas wie geiler Typ oder hübscher Darek?«, foppte er sie mit einem neckischen Blick.

»Darius reicht«, wollte Minako in einen schnippischen Ton sagen. Ihr unwillkürliches

Grinsen vereitelte jedoch ihren Plan, weswegen es nicht so rüberkam, wie sie es wollte.

»Ach, nicht so förmlich! Warte mal«, erwiderte er und tippte auf ihrem Handy herum. »Hier, bitte. Ruf mich an, Süße«, gab Darek ihr das Handy mit einem Zwinkern zurück und ging weiter. Kopfschüttelnd sah sie ihm nach, unverbesserlich dieser Kerl. Sie schaute auf das Display und ihr Mund klappte auf, er hatte sich doch tatsächlich unter Geilster Typ on Earth eingespeichert.

»Dieser«, presste Minako hervor. »Was bildet der sich ein?«

Am 16.06. hatte Eliana Geburtstag. Diesmal war es ein Freitag. Das war schon in fünf Tagen. Elianas Finger glitten über den Kalender, der an der Küchenwand hing. Sogar Uriels Name war noch eingetragen. Ein Kloß bildete sich in ihrem Hals und sie fühlte, wie sich ihre Augen befeuchteten. Wenn er noch hier wäre, würde er sich bestimmt einen Grillabend mit seinen Freunden wünschen. Minako würde bestimmt rot werden, wenn sie heimlich in seine Richtung schauen würde, und Aviel würde sich bestimmt die lustigsten Spiele ausdenken. In ihren Ohren klang das amüsierte Gelächter ihrer Freunde,

das nie kommen würde. Entschlossen wischte sie sich die Träne von der Wange. Dieses Jahr würde sie den Tag allein verbringen, basta! Sie schnappte sich ihre Schultasche und verließ das Haus. Der Himmel war strahlend blau und kaum eine Wolke war am Himmel zu sehen, doch sie bemerkte es nicht. Ebenso wenig bemerkte sie die beiden Mädchen, die an ihr vorbeischlenderten und ihre elegante Schuluniform bewunderten, die aus einem himmelblau-schwarz karierten Rock, einem weißen Hemd und einer dazu passenden Krawatte bestand. Die dazugehörige weiße Jacke trug sie bei der Hitze nicht.

Die große Pause verbrachte sie mit Minako und Aviel in der Cafeteria. »Sag mal, Elli, hast du am Freitag schon was vor?«, erkundigte sich Minako und biss in ihr Onigiri, ein japanisches Reisbällchen. Sie hatte für alle ein großes Bento gemacht, neben den Reisbällchen gab es auch belegte Brote. Aviel hatte schon sein drittes gegessen, nur Eliana hatte noch nichts angerührt. Ihr Magen rumorte seit der ersten Stunde und sie hatte versucht, den Schmerz zu unterdrücken.

»Ja, ich wollte einen DVD-Abend machen.«

»Ein DVD-Abend? Alleine? Aber du hast doch Geburtstag«, erwiderte ihre beste Freundin.

»Danke Mina, ich wollte nicht daran erinnert werden!«, blaffte sie, woraufhin Minako zurückwich.

»Mir ist nicht nach Feiern zumute, es ist so komisch ohne ihn«, sagte Eliana in einem gemäßigteren Ton. Aviel legte seine Hand auf ihre. »Das kann ich verstehen, allerdings finde ich es nicht gut, wenn du den ganzen Tag allein vor dich hin grübelst. Lass uns irgendwo hingehen.«

»Deshalb habe ich ja gefragt«, meldete sich Minako wieder zu Wort und kramte in ihrer Tasche herum. Dann hielt sie ihren Freunden zwei Eintrittskarten hin. Aviel pfiff. »Wow Mina, wo hast du die denn her? Das sind ja Eintrittskarten für die Party in der Rockbar, die waren streng limitiert.« Das Mädchen erklärte lächelnd: »Der Wirt, Herr Allison, ist ein Stammkunde meines Vaters. Er hat ihm einfach ein paar in die Hand gedrückt.«

»Und dein Vater hat sie dir einfach so überlassen? Er ist doch sonst so streng«, fragte Eliana und zog eine Augenbraue hoch.

»Ich habe ihm gesagt, dass die Party genau auf deinen Geburtstag fällt, da hat er ein Auge zugedrückt«, antwortete Minako mit einem schelmischen Grinsen.

»Mina, kann es sein, dass du selbst auf diese Party gehen möchtest?«, fragte Aviel mit einem prüfenden Blick.

Das Blut schoss ihr in die Wangen. Nie würde sie das zugeben und schon gar nicht warum.

»Von mir aus können wir da hingehen«, sprach Eliana plötzlich. Vielleicht lenkte es sie wirklich von Uriel ab, jedenfalls war es besser, als zu Hause vor dem Fernseher zu versauern.

»Okay, dann ist es abgemacht«, sagte Aviel, »ich hole dich um 18:30 Uhr ab, dann sind wir gegen 19 Uhr bei Mina.«

»Gut«, erwiderte Eliana nachdenklich.

»Was hältst du davon, wenn du dann bei mir übernachtest?«, fragte Aviel und sah ihr neckisch in die Augen. Eliana stieg die Röte ins Gesicht und auch Minako klappte der Mund auf. Von dem kühlen Aviel hätte sie so einen Vorstoß nicht erwartet, das hätte von Darek kommen können. Aber sie waren gute Freunde, wahrscheinlich färbte das ab.

Eliana stotterte: »Äh, ich ... ich frag mal meine Eltern.« Sie konnte ihn kaum ansehen und versuchte, ihren Puls zu besänftigen. Ob ihre Eltern das erlauben werden?

Lea zuckte zusammen, während ihr Körper in das enge Korsett geschnürt wurde. Sie spielte den verlorenen Schatten im Musikvideo von

The Wolves. Die schwarzen Federn auf der rechten Brustseite des Korsetts betonten ihr Dekolleté. Das Studio war ihre Welt. Sie freute sich, dass die Scheinwerfer nur auf sie gerichtet waren und ihre ganze Schönheit zum Strahlen brachten.

»Na, Jungs«, sagte sie lasziv und lehnte sich an die Tür. Erik sabberte fast, ihre Aufmachung entsprach seinem Beuteschema. Vor allem diese verruchten Smokey Eyes brachten ihn um den Verstand. Lea wackelte mit den Hüften, als sie auf die Band zuging. Sie posierte vor Darek.

»Na?«, hauchte sie, »gefällt dir, was du siehst?« Ihr Blick war heiß wie Feuer.

Er schenkte ihr nur ein selbstgefälliges Lächeln.

Sie trat näher an sein Ohr und flüsterte: »Du kannst alles von mir haben.« Er nahm ihr Kinn in beide Hände und erwiderte: »Heute nicht, Kleines.« Er strich mit dem Daumen über ihre Lippen und ließ sie stehen. Er hatte keine Lust auf eine Nummer. Er wollte nur das Video drehen und sich dann entspannen.

Leas Blicke spießten ihn auf. Wie konnte er es wagen, sie auflaufen zu lassen? »Bleib sofort stehen! Weißt du eigentlich, wen du vor dir hast?«, keifte sie. Darek drehte sich um und zog eine Augenbraue hoch. »Ja, meine Tänzerin! Ich habe dich für das Video engagiert und nicht dafür, dass du hier so eingebildet herumseierst und mir deine Vorzüge schmackhaft machst.« Ein Schmollmund zeichnete sich auf Leas Gesicht ab, so hatte sie sich das nicht vorgestellt.

Pünktlich um 18:30 Uhr klingelte es an der Haustür der Avas. Eliana schenkte ihrem Spiegelbild einen letzten skeptischen Blick. Warum hatte sie sich nur auf diese Schnapsidee eingelassen? Ohne Uriel machte nichts wirklich Spaß, jedoch gab es jetzt kein Zurück mehr.

»Eliana, Aviel ist da«, rief ihre Mutter.

»Ich komme«, antwortete sie. Sie hatte sogar die Erlaubnis bekommen, bei ihm zu übernachten. »Wir vertrauen dir«, waren die Worte der Eltern.

Aviel konnte den Mund kaum schließen, als sie die Treppe herunterkam, ihr Anblick verzauberte ihn. Mit einem tiefen Blick in ihre Augen küsste er ihre Hand. »Du siehst wunderschön aus«, sagte er, was sie in Verlegenheit brachte. Das bauchfreie Top zur schwarzen Strassjeans wurde von ihrem Vater kritisch beäugt, dabei knurrte er etwas, das wie »Geht es nicht mit etwas weniger Haut?« klang. Dennoch ließ er seine Tochter ziehen, Aviel würde gut auf sie achtgeben.

Aviel und Eliana mussten nicht lange vor der Pforte der D´Amores warten, denn Minako lief ihnen schon entgegen. Das weiße Bohokleid, schwang mit jedem ihrer Schritte mit. Die schwarzen Sandalen bildeten den perfekten Kontrast dazu. Nachdem die Mädchen sich begrüßt und ihre Outfits gelobt hatten, stiegen sie mit Aviel zu Luigi ins Auto.

»So, amüsiert euch gut. Um Punkt Mitternacht hole ich euch wieder ab«, sagte er und setzte die Teenager vor der Rockbar ab.

Die drei Freunde betraten das Gebäude. Die Stimmung war ausgelassen und fröhlich. Metalheads johlten durch die Bar oder headbangten auf der Tanzfläche. Die paar wenigen durchschnittlich gekleideten Leute, die da waren, fielen sofort auf. Die Location war im typischen Rocker-Stil gehalten. An der roten Backsteinwand hingen Bilder einiger Rocklegenden und die Beleuchtung war gedämpft.

Die Freunde suchten sich einen freien Platz und setzten sich. Minako ließ ihren Blick durch den Raum schweifen, in der Hoffnung, Darek zu finden. Sofort entdeckte sie den Metalhead, er saß mit Erik nur ein paar Tische weiter. Doch die Herren waren nicht allein. Ein Mädchen hatte es sich auf dem Schoß der beiden gemütlich gemacht. Erst nach einigen Sekunden erkannte sie, dass es sich um Lea handelte. Sie trug einen schwarzen, bauchfreien Zweiteiler.

Minako spürte, wie eine eiserne Faust ihr Herz umfasste.

»Mina, ist alles okay?«, fragte Eliana, bekam jedoch keine Antwort. Sie schaute in die gleiche Richtung wie ihre beste Freundin. Ist sie etwa in Darek ...? Wollte sie deswegen hierherkommen?

Lea brach plötzlich in schallendes Gelächter aus, im selben Moment rückte sie mehr auf Eriks Schoß. Er legte seinen Arm um ihre Taille und sie legte ihre Beine galant auf Dareks Schoß. Ihre Augen sagten: »Seht, was ich habe und ihr nicht.« Erneut entfuhr ihr ein Kichern, das mehr wie ein Wiehern klang. Minako verzog das Gesicht, so als hätte sie in eine Zitrone gebissen. Auch ihre Freunde tauschten Blicke aus.

Erst jetzt bemerkten sie Lydia und Jessica, die neben den Metalheads saßen und desinteressiert in die Runde schauten. Darek entdeckte die drei Freunde, seine Augen trafen direkt auf Minakos. Er war überrascht, sie hier zu sehen, aber er prostete ihr mit einem Grinsen zu. Sie strafte ihn mit Ignoranz und drehte sich weg.

»Na warte, so nicht, Püppchen«, sprach er zu sich und schob Leas Beine von seinem Schoß. Erik sah seinen Freund verwundert an.

»Wo willst du hin?«, lallte er. Der Leadsänger antwortete nicht, sondern steuerte auf den Tisch der drei Freunde zu.

»Darek!?«, rief Lea ihm wütend hinterher, dann wollte sie von Eriks Schoß aufspringen. »Na, na, wo willst du denn hin? Du bleibst hier bei mir, meine Schöne«, raunte er ihr ins Ohr.

»Hi Darek«, begrüßte ihn Aviel heiter. Der Metalhead grüßte zurück. Minako ignorierte ihn immer noch. »Setz dich zu uns«, bot Aviel ihm einen Platz an und rutschte auf.

»Wer ist denn die süße Maus an deiner Seite?«, fragte Darek und deutete auf Eliana, die daraufhin errötete. »Das ist meine Freundin Eliana«, antwortete Aviel grinsend.

»Du hast Geschmack, sie ist hübsch, das ist mir schon bei der Sportmeisterschaft aufgefallen. Du musst gut auf sie aufpassen«, äußerte Darek und zwinkerte Eliana zu.

»Das glaube ich sofort, dass dir jedes Mädchen auffällt!«, fauchte Minako.

Darek grinste das Mädchen souverän an und konterte: »Da ist aber jemand eifersüchtig.«

Minako wurde puterrot. »Ganz bestimmt nicht!«, widersprach sie und verschränkte die Arme vor der Brust.

»Und dann wirst du so rot, mein bissiges Bärchen?!«, neckte der Metalhead sie weiter.

»Ich bin nicht dein und auch nicht einer deiner Haremsdamen, du Schürzenjäger!«, blaffte sie ihn an und trank ihr Getränk in einem Zug aus.

Dann zog sie Eliana mit auf die Tanzfläche.
Darek sah ihr schelmisch hinterher.

Kapitel 18

Eliana und Minako tanzten ausgelassen zur Musik. Darek beobachtete den blonden Engel fasziniert.

»Gefällt sie dir?« Aviel grinste ihn verschmitzt an.

Der Metalhead stutzte. »Wer?«

»Na Minako«, antwortete er.

Darek strich sich nachdenklich übers Kinn und erwiderte: »Irgendwie zieht sie mich in ihren Bann, allerdings ist sie ziemlich kratzbürstig. Ich stehe mehr auf Rockladys und Metalchicks.« Trotzdem konnte er sich nicht gegen das Lächeln wehren, was sich auf seine Lippen schlich, besonders, als er noch mal zur Tanzfläche schaute.

Aviel zog eine Augenbraue hoch. »Na, du bist aber auch ganz schön frech zu ihr. Eliana hat mir erzählt, wie du sie im Bus behandelt hast.«

Darek quittierte das mit einem müden Grinsen. Er fuhr fort: »Und auch sie hat Uriels Tod schwer getroffen, denn sie war sehr verliebt in ihn.«

Der Metalhead nickte nur, Minakos Schicksal berührte ihn zutiefst. »Erzähl mir mehr von ihr«, forderte er seinen Freund auf, denn nun hatte das engelsgleiche Mädchen sein Interesse noch mehr geweckt.

Eine halbe Stunde später hatte Darek eine Menge über Minako erfahren. »Sie scheint ein liebes Mädchen zu sein und hätte einen guten Mann verdient. Das Leben ist wirklich grausam«, sagte er.

»Das Leben ist nicht grausam, manche Umstände sind es«, erwiderte Aviel.

Darek lächelte nur müde, dann fragte er

»Sag mal, versucht eure Klosterschule euch wirklich einzureden, dass es einen Gott gibt?«

»Sie lädt uns ein, selbst nach ihm zu suchen«, antwortete Aviel souverän.

»Und hast du ihn gefunden? Vielleicht ist es ja der Typ hinter der Theke.« Darek zog belustigend eine Augenbraue hoch und deutete mit einem Kopfnicken zur Bar. Dort schenkte ein Typ mit Augenklappe und Bikerklamotten Bier ein.

Aviel lachte. »Vielleicht hast du Recht, schließlich ist er in uns und lebt in allem, was er geschaffen hat.«

Darek lachte, doch dann wurde er ernst

»Spaß beiseite. Ich glaube nicht an Gott«, sagte er abweisend.

»Warum nicht? Als Kind hattest du es jedenfalls getan.«

»Findest du es gerecht, wie es in dieser Welt zugeht? Also unter einem liebenden Gott stelle ich mir etwas anderes vor.«

Aviel kräuselte die Stirn, er versuchte, die richtigen Worte zu finden. »In dieser Welt leiden wir viel ohne Grund. Es ist nicht Gottes Wille, dass wir leiden und es ist auch keine Prüfung unseres Glaubens, die wir bestehen müssen. Das Leid bricht einfach über uns Menschen herein. Diese Welt ist unvollkommen. Katastrophen geschehen, Menschen sind ungerecht und handeln deswegen willkürlich. Meistens ist das Leid eine Verkettung von Konsequenzen, für die wir nicht immer verantwortlich sind. Gott bekämpft nicht oberflächlich die Symptome des Bösen, sondern packt es an der Wurzel, und das braucht Zeit. Aber die Ausdauer wird belohnt. Spätestens in der neuen Welt.«

Darek nickte langsam.

»Das ist übrigens keine Klosterschule«, fügte Aviel schmunzelnd hinzu, woraufhin beide herzhaft lachten.

Plötzlich hörten sie Lea »na ihr hübschen Boys«

zwitschern. Mit klimpernden Wimpern stellte sie sich in Pose, hinter ihr standen Jessica und Lydia.

»So ganz allein?«, fügte sie hinzu und setzte sich neben Darek.

»Ja, und ehrlich gesagt wollen wir es auch gerne dabei belassen«, antwortete Aviel kühl. Lea stichelte: »Das musst du mit Lydia und Jessica besprechen, ich gehe sowieso gleich, weil ich mit Darek tanzen will.« Der Leadsänger sah die drei Mädchen giftig an und bölkte: »Sagt mal, hört ihr schlecht oder habt ihr das nicht verstanden? Wir wollen allein sein. Schwirrt ab!« Die drei Mädchen sahen den Metalhead entsetzt an. Jessica und Lydia waren so eingeschüchtert, dass sie sofort das Weite suchten. Nur Lea blieb bei den Jungs stehen. Sie nervte die ganze Zeit herum, dass sie tanzen wollte und zerrte an Dareks Arm.

»Lea, Lea«, sagte er das zweite Wort gedehnt, »warum nervst du nicht Erik?« Sie verschränkte die Arme vor der Brust und bäumte sich auf. »Was glaubst du eigentlich, wen du hier vor dir hast? Du wirst noch merken, dass es ein Fehler war, mich abzuservieren, und zu mir angekrochen kommen, mein Hübscher!«, keifte sie und stratzte auf Erik zu, der mit seinen Kumpels am Saufen war. Er war sturzbetrunken und lallte nur noch vor sich hin.

Aviel beobachtete skeptisch, wie sie sich

wieder auf den Gitarristen stürzte.

»Du, Darek, du solltest deinem Kumpel sagen, dass er für sie nur der Lückenbüßer ist.« Der Metalhead grinste verschmitzt. »Glaub mir, Erik weiß das schon, für den ist sie auch nur eine Spielerei.«

Aviel nickte nur, er fand das Verhalten verkehrt, wollte jedoch die Lebensweise seines Kumpels nicht weiter kritisieren.

»Na Süße, du bist aber niedlich. Komm, tanz mit mir«, forderte ein Typ Eliana auf. Mit seinen langweiligen Jeans und dem gelben T-Shirt fiel er zwischen all den Metalheads auf. Seine kurzen Locken erinnerten sie an Herrn Schafskopp, vielleicht war er sein Sohn. »Nein, tut mir leid, ich habe einen Freund«, wies sie ihn höflich, aber bestimmt ab. »Darfst du deshalb nicht mit mir tanzen? Stell dich nicht so an!« Er zog sie an sich und betatschte ihren Hintern. Ihr Gesicht verzog sich und sie versuchte sich loszureißen, jedoch hielt der Lockenkopf sie fest.

Minako eilte ihr zu Hilfe, wurde jedoch plötzlich von jemandem gepackt. »O nein, meine geile Schnecke, du wirst dich mit mir vergnügen!«, sprach eine dunkle, gefährliche Stimme.

»Mina!«, rief Eliana, nachdem sie den Mann bei ihrer Freundin gesehen hatte. Sie machte sich Sorgen um sie.

»Meine geile Schnecke?!«, schrie Minako hysterisch und holte zu einer Backpfeife aus, hielt jedoch inne. Ein tätowierter Riese stand vor ihr, dessen Muskelmasse seinen Glatzkopf wie eine Erbse aussehen ließ. Ihr gefror das Blut in den Adern. »Du wolltest mich doch nicht schlagen?« Seine dunklen Augen bohrten sich in ihre. Minako gab keinen Mucks von sich.

Eliana hingegen kämpfte immer noch mit dem Lockenkopf. »Lass mich los!«, schrie sie und windete sich wie ein Aal. Ohne Erfolg.

»Nein, Baby, du bleibst hier bei mir!«, säuselte der Kerl und kniff ihr in den Po. Gleich darauf zog er sie zu sich heran, um sie zu küssen. Angewidert zog sie den Kopf weg und schickte Stoßgebete in den Himmel und wünschte sich, dass sie sich übergeben und ihn vollkotzen würde. Dann würde dieses Ekelpaket endlich verschwinden.

»Entschuldigung, aber sie gehört zu mir!«, hörte sie Aviel Stimme sprechen, woraufhin sich der Lockenkopf umdrehte und panisch die Flucht ergriff.

Minako kämpfte immer noch mit dem Riesen. »Komm schon, du geile Schnecke, ich will mich mit dir amüsieren«, sagte er geifernd und zog sie von der Tanzfläche.

»Nein, ich will nicht, lassen Sie mich los!«, zeterte Minako.

Der Erbsenkopf ließ sich nicht beirren und zerrte sie zu den Toiletten. Drinnen stieß er die erstbeste Kabine auf. Ein Schmerz durchströmte ihren Rücken, während er sie gegen die Wand presste. Sie schrie auf. »Du wirst noch mehr schreien, wenn ich mich mit dir vergnüge, du geile Schnecke!«, knurrte er und kam dichter, um sie zu küssen.

»Nein!«, kreischte Minako und weinte. Ihr Herz wummerte vor Angst und pumpte das Adrenalin durch ihre Venen.

Plötzlich hörte sie einen Schlag und der Riese taumelte zurück. Darek stand vor ihr und die ganze Angst fiel von ihr ab. Sofort sank sie in seine Arme und ließ ihren Tränen freien Lauf.

»Was fällt dir ein, mit dir mache ich kurzen Prozess«, donnerte der Riese, der sich wieder aufgerappelt hatte. Minako zog Darek zur Tür. »Komm lass dich nicht drauf ein. Ich will nicht, dass du dich prügelst, schon gar nicht meinetwegen!« Er nickte und legte seine Hand schützend um ihre Schulter.

»Na wartet!«, brüllte der Glatzkopf hinterher und holte zum Schlag aus. Er traf Darek mitten ins Gesicht, nachdem er sich nochmal umgedreht hatte. Er taumelte in die Rockbar. Sofort drückte der Glatzkopf sein ganzes mus-

kulöses Gewicht auf den Metal-Sänger.
Nur mit Mühe konnte Darek den Mann vom Leib halten. Wieder flogen ein paar Fäuste. Minako weinte. Ihr ganzer Körper zitterte, wie konnte sie die beiden Kampfhähne nur auseinanderbringen?

»Was ist hier los?«, ertönte eine Stimme, die Autorität ausstrahlte. Sie gehörte Herrn Allison, dem Gastgeber. Aus Liebe zur Rockmusik hatte er diese Bar gegründet. Der Glatzkopf bäumte sich auf. »Ich habe mich nur nett mit der Schnecke unterhalten, bis der da mir einfach ohne Vorwarnung die Faust ins Gesicht gezogen hat«, bölkte er.

Herr Allison guckte sich die Situation genau an. Er sah Minakos verweintes Gesicht und wie Darek sie im Arm hielt. »Herr Allison, bitte!«, piepste Minako, »Darek hat nur versucht, mich zu beschützen, weil dieser unverschämte Kerl zudringlich geworden ist. Bitte bestrafen Sie ihn nicht.« Darek zog sie fester an sich. Ein Prickeln überfiel ihren Körper, irgendwie war das Gefühl angenehm, besonders, als er ihr unbewusst über den Oberarm strich. Der Glatzkopf polterte: »Die Schnecke hier hat mich zuerst angemacht. Erst heißmachen und dann lügen.« Er klang wie ein schnaubendes Nashorn.

»Das ist nicht wahr! Er und der Lockenkopf haben uns einfach gepackt, obwohl wir ihnen gesagt haben, dass wir in Begleitung sind.

Trotzdem sind sie nicht gegangen!«, zeterte Eliana, dabei zeigte sie auf den Mann, der sie gepackt hatte. Der gab nur ein Knurren von sich. Lea drängte sich durch die gaffende Menge. »Minako ist alles zuzutrauen, sie geht über Leichen, um ihre Ziele zu erreichen. Warum sollte sie dann nicht auch einen Mann auf der Toilette verführen?«

»Das stimmt nicht«, widersprach Minako schockiert.

»So, nun beruhigen wir uns alle mal!«, äußerte Herr Allison.

»Ich kaufe öfters bei den D'Amores ein und kenne ihre Eltern. Das sind ganz anständige Leute, die auf die Erziehung ihrer Tochter achten. Deswegen glaube ich Minako.«

Der Marmorboden in Aviels Wohnung ließ Elianas Schuhe klackern. Peinlich berührt senkte sie ihren Kopf. »Ich habe ganz vergessen, meine Schuhe auszuziehen«, sagte sie.

»Ach, mach dir keine Gedanken darüber, erstens sind meine Eltern eh nie zu Hause und zweitens sind sie ganz entspannt«, winkte Aviel ab.

»Warum sind sie nie zu Hause?«

»Mein Vater ist Pilot und meine Mutter

Stewardess«, erklärte Aviel.

Die Wendeltreppe führte in Aviels Zimmer. Elianas Beine verwandelten sich in Pudding, sie war nur noch wenige Schritte von seinem Reich entfernt. Sie hatte sich oft gefragt, wie es wohl aussehen würde. Die schlichte Einrichtung entsprach überhaupt nicht ihren Vorstellungen. Ein Schreibtisch, eine Sitzecke und ein großes Bett mit blauen Laken, das war alles. Ein Kichern entfleuchte ihr. »Worüber lachst du?«, fragte Aviel mit einem verdutzten Seitenblick.

»Ach nichts«, winkte sie ab.

»Ich gehe noch mal runter, dann kannst du dich in Ruhe umziehen. Ruf mich einfach, wenn du fertig bist«, sagte Aviel, woraufhin sie verlegen nickte. Wenig später lag sie neben ihm und sie versanken in einem endlosen Kuss, bevor sie glücklich nebeneinander einschliefen.

Kapitel 19

Biologie stand auf Elianas Stundenplan, ein Fach, das sie hasste. Naturphänomene interessierten sie nicht. Unruhig rutschte sie auf ihrem Stuhl hin und her, während der Lehrer, Herr Adam, seinen Monolog hielt. »Habt ihr euch eigentlich gefragt, wie die komplexe Erde entstanden ist? Die Bibel spricht von Gottes Schöpfung. Doch neben dieser These hält sich die der Evolution standhaft. Diese Ansicht über die Entstehung des Lebens ist heute in vielen Teilen unserer Gesellschaft weit verbreitet und wird meistens ohne ernsthafte Prüfung auf ihre Richtigkeit einfach so akzeptiert. Schauen wir uns nun beide Seiten genauer an.«

Ein Stöhnen entwich Eliana. Schon wieder so ein langweiliges Thema, sie hoffte, dass sie nicht einschlief.

Herr Adam, der am Lehrerpult lehnte, fuhr fort. »Es ist schwer zu sagen, wie genau die Welt entstanden ist. Niemand war von Anfang an dabei. Jedoch können wir uns daran orientieren, was wahr sein könnte, wenn wir die Naturgesetze beachten. Die Evolutionstheorie von Charles Darvin behauptet, dass sich das Leben auf der Erde an die Umwelt angepasst hat, um zu überleben. Die Evolutionstheorie besagt, dass jede Art einen Vorfahren hatte und sich daraus neue Arten entwickelt haben. Das würde bedeuten, dass diese Art, um sich zu verändern, eine Mutation durchgemacht haben muss. Die Wissenschaft belegt jedoch, dass Mutationen im Erbgut immer etwas Schlechtes bedeuten. Wusstet ihr, dass Krebszellen nichts anderes als mutierte Zellen sind? Wenn Eizelle und Samen aufeinandertreffen, folgen sie einem ganz bestimmten Bauplan, ohne dass von außen eingegriffen werden kann. Kommt es nur zu der kleinsten Abweichung im Erbgut, stirbt die Eizelle in der Regel ab. Mutationen sind in der Natur nicht vorgesehen, weil mutierte Lebewesen kaum überlebensfähig sind. Und eine Frage, die ich mir bei der Evolution immer gestellt habe, ist, warum entwickeln sich die Arten heute nicht weiter?«

»Was spricht dann aber für Gottes Schöpfung?«, fragte ein Schüler.

»Schau dir unser Schulgebäude an, wie

komplex es geschaffen wurde, mit all seinen Verzierungen und Konstruktionen. Würdest du sagen, dass es sich selbst erbaut hat?«

Der Schüler schüttelte den Kopf

»In der letzten Biologiestunde haben wir doch ein Blatt seziert. Erinnert ihr euch noch, wie vielschichtig dieses einzelne Blatt aufgebaut war? Wie filigran muss dann der Baum sein? Und dann erst die Tiere und zu guter Letzt wir Menschen? All dies ist viel komplexer als das ganze Schulgebäude. Schaut euch nur mal an wie perfekt alles aufeinander abgestimmt ist«, erklärte Herr Adam und die Schüler nickten.

»Wie sieht es mit Schwangerschaften aus, entsteht Leben von alleine?«

»Nein, durch Geschlechtsverkehr«, warf eine Schülerin ein.

»Genau, jemand hat diesen Vorgang angestoßen«, erwiderte der Lehrer. Pünktlich um 12 Uhr läutete die Glocke zur Mittagspause und die Klasse stürmte nach draußen.

Lea setzte sich mit einem vollen Tablett in die Cafeteria. Lydia und Jessica guckten sich nur an, auf Leas Tablett lagen zwei Hamburger, eine große Tüte Pommes und ein halber Lahmacun. Sie biss genüsslich hinein.

»Schmeckt's?«, fragte Jessica schnippisch, »nicht, dass du noch dick wirst.«

»Mach dir um mich keine Sorgen, ich muss nicht wie du Kalorien zählen, um auf meine schlanke Linie zu achten«, entgegnete sie und biss erneut in den Lahmacun.

Ihre Freundin presste die Lippen zusammen, so als ob sie die giftigen Worte, die sie für Lea übrig hatte, fest verschließen wollte.

»Ich frage mich, wie du in aller Seelenruhe essen kannst, nachdem, was du angerichtet hast«, zischte Lydia plötzlich.

»Was meinst du?«

»Wie konntest du nur so dumm sein in aller Öffentlichkeit solche Lügen über Minako zu erzählen? Ist dir klar, dass du damit auch uns schadest?«

»Du meinst wohl eher, wenn, dann dir, weil du dir als Model keine großen Fehltritte leisten kannst. Du musst das Image eines unfehlbaren Mädchens aufrechterhalten. Aber das ist dein Problem. Mir ist es egal, was die Leute über mich denken. Ich will Darek um jeden Preis. Vielleicht ist das der Grund, warum es mit Aviel nicht geklappt hat«, sprach Lea mit einem arroganten Unterton und griff nach einem der Hamburger. Auch Lydia schluckte ihren Ärger hinunter, taxierte Lea jedoch mit bitterbösen Blicken.

»Also, ich weiß echt nicht, was du an dem

Klotz findest, der war unmöglich«, äußerte Jessica.

»Aber das ist es ja gerade. Ich will ihn zähmen. Zu mir soll er nett sein und zu den anderen darf er gerne gemein sein«, erklärte Lea.

»Und was hat dir deine Aktion gebracht? Darek schien trotzdem nicht abgeneigt von Minako gewesen zu sein, sogar Herr Allison hat für sie gesprochen. Auch nach Minakos Verschwinden hat Darek dich keines Blickes gewürdigt. Du musstest dich mit Erik begnügen«, sprach Lydia. Es war ihr eine Freude, Lea mit dem letzten Satz einen Seitenhieb zu verpassen.

»Geduld, meine Liebe, Geduld. Ein Nachgeschmack wird immer bleiben. Und wenn sich die Situation ergibt, dann muss man sie nur so drehen, dass sie dem Gerücht gerecht wird. Dazu braucht man nur die richtigen Leute. Erik frisst mir aus der Hand, er wird meinen Plan zur Vollendung führen.« Mit einem gehässigen Grinsen biss Lea wieder in ihren Hamburger.

Eliana stellte das Erdbeer-Tiramisu, das sie mit ihrer Mutter zubereitet hatte, auf den Terrassentisch. Sie war sehr stolz auf sich, sie hatte es ganz ohne Hilfe geschafft.

Frau Ava hatte ihr nur ein paar Mal über die Schulter geschaut.

»Oh, ich habe noch etwas vergessen«, sagte Eliana und rannte die Treppe hoch. Sie ging zu ihrem Zimmer. Emotionslos schaute sie zur Tür nebenan. Sie war immer noch verschlossen. Nie wieder würde sie einen Fuß in sein Zimmer setzen. Eliana betrat ihr Zimmer und holte die Engels-Kekse, die sie im Hauswirtschaftsunterricht gebacken hatte aus der Schubblade hervor. Sie nahm eine Glasschale aus dem Wohnzimmerschrank und stellte die Kekse hinein. Es klingelte an der Tür.

»Oh, das müssen sie sein«, sagte sie und bat Minako und Aviel herein. Ihre Freunde begrüßten die Eltern, die im Wohnzimmer saßen, und setzten sich auf die Terrasse. Nachdem Eliana das Tiramisu verteilt und die Getränke serviert hatte, unterhielten sie sich über den Tag und was sie erlebt hatten. Eliana beklagte sich über den langweiligen Biologieunterricht, was Aviel zum Schmunzeln brachte. Er war froh, die Evolutionstheorie schon hinter sich zu haben.

»Klingt grausam«, kommentierte Minako ihre Freundin und schob sich eine Gabel von dem Tiramisu in den Mund, dann griff sie nach einem Keks.

»Apropos grausam«, sagte sie zu Aviel, »hast du etwas von Darius gehört?

Der war ja schlimm zu gerichtet an dem Abend in der Rockbar.«

»Du meinst Darek? Nein. Warum?« Aviel warf Minako einen lässigen Blick zu.

»Na ja, ich wollte nur wissen, wie es ihm geht. Schließlich hat er mich beschützt und ich habe mich noch nicht mal bedankt.«

»Dann tu es doch, schließlich hast du seine Nummer«, forderte Aviel sie auf. Ihre Seelenfenster weiteten sich überrascht.

»Woher weißt du das?«

»Na, weil er es mir mal gesagt hat«, äußerte er einleuchtend.

»Außerdem war es nicht zu überhören, wie du auf dem Schulhof mit Eliana über ihn geflucht hast, weil er sich unter Geilster Typ on Earth abgespeichert hat«, zog er sie mit einem breiten Grinsen auf. Die Röte verfärbte ihr Gesicht. »Wie auch immer«, winkte sie ab, »kannst du ihm nicht ein Dankeschön von mir ausrichten?«

»Ich glaube, er würde sich viel mehr freuen, wenn es von dir persönlich käme. Er ist zwar ein Frauenheld, aber er gibt nicht jedem Mädchen seine Nummer«, sagte Aviel und fügte grinsend hinzu: »Du wirst schon einen Weg finden, ihn auf Distanz zu halten.«

Eliana hörte dem Gespräch nicht zu. Plötzlich zitterte sie und spürte, wie etwas in ihr erwachte.

Es war etwas Unheimliches, etwas Böses. Es kroch durch ihren Körper, durch ihren Darm und stach mit voller Wucht zu.
Sie schrie auf. Die ganze Farbe wich aus ihrem Gesicht und sie brach leblos zusammen.

»Eliana, Eliana!«, riefen Minako und Aviel zeitgleich. Der Klang ihrer Stimmen wurde immer dumpfer, bis er ganz verschwand.

Kapitel 20

Warum war Gott so grausam? Frau Ava war am Ende ihrer Kräfte. Sie hatte für ein gesundes Kind gebetet und das Gegenteil war eingetreten. Uriel war ihr schon genommen worden und nun musste sie um ihre Tochter bangen. War er taub? Ihre Lippen zitterten und sie vergrub ihr Gesicht in den Händen. Ihr Mann saß neben ihr auf der Couch und nahm sie in die Arme.

»Glaubst du, Gott wird unsere Tochter retten?«, wimmerte sie.

»Ich weiß es nicht, wir können nur hoffen«, antwortete Herr Ava.

»Wie soll ich auf Gott hoffen, wenn er mir schon meinen Sohn genommen hat?«

»Ich verstehe dich, aber das ist das Einzige, was wir jetzt tun können.« Beide beteten für Elianas Leben.

Lea kam von einer ausgiebigen Shoppingtour nach Hause. Viele Tüten aus mehreren Boutiquen schmückten ihre Hände. Im Flur kamen ihr die Geräusche des Fernsehers entgegen. Galant zog sie ihre roten High Heels aus und stellte die Taschen auf die Kommode im Flur ab. Sie tappte über die hellen Fliesen und folgte den Geräuschen, die aus dem Wohnzimmer drangen. Lea öffnete die Wohnzimmertür und guckte amüsiert in das große, sterile Wohnzimmer. Ihre jüngere Schwester Melina saß auf der hellbeigen Couch und schaute ein paar Animes. Auf dem Glastisch lagen ein paar Knabbereien. Ihre fuchsroten, langen Haare vielen ihr geschmeidig über die Schulter. Lea zog ihre Schwester auf: »Na, Kleine, schaust du schon wieder Säuglings TV? Kein Wunder, dass du erst mit acht eingeschult wurdest.«

Melina ignorierte sie und ihre blaugrünen Augen schauten weiter zum Fernseher. Sie war es gewohnt, dass Lea sich ständig über sie stellte. Wenn sie jetzt etwas sagen würde, würde sie sowieso nur verlieren. Lea war Meisterin der subtilen Manipulation und schaffte es immer alles so hinzudrehen, dass Melina dumm dastand.

Sie fühlte sich Lea ausgeliefert und wünschte sich nichts sehnlicher als eine beste Freundin, der sie sich anvertrauen konnte.

Lea ging die Treppe hinauf in ihr Zimmer, das hauptsächlich in Weiß gehalten war. An der Wand hing ein türkisfarbenes Regal und auf dem weißen Boden lag ein kleiner runder Teppich, ebenfalls in Türkis. Außerdem hatte ihr Zimmer eine Styling-Ecke mit einem großen Spiegel, in der sie sich stundenlang aufhielt. Lea setzte sich auf ihr Bett und suchte Dareks Nummer aus ihren Handykontakten heraus.

»Ja?!« Seine Stimme klang wie ein Eisberg.

»Hallo Tiger«, säuselte sie.

»Lea, ich hab jetzt keine Zeit für so was, geh woanders nerven!«, ließ er sie abblitzen und legte auf. Der Sänger war auf dem Weg zu seiner Wohnung. Er hatte einen anstrengenden Tag hinter sich und wollte seinen Feierabend in Ruhe verbringen. Außerdem war seine Lippe noch etwas aufgeplatzt und er hatte ein leichtes Veilchen.

Wut kroch in Leas Glieder und eine riesige Zornesfalte bildete sich auf ihrer Stirn. Als sie Darek kennengelernt hatte, schien alles in Ordnung zu sein, aber in letzter Zeit ließ er sie nur noch auflaufen. Sie beschloss, ihr Ass im Ärmel anzurufen.

»Hallo Hübsche, was verschafft mir die Ehre?«, flirtete Erik sie sofort an.

Lea grinste zufrieden und sagte: »Hi Erik, ich muss dich unbedingt treffen, ich brauche deine Hilfe.«

Wie lange Minako schon auf ihrem Bett lag und die Decke anstarrte, wusste sie nicht. Es war ihr auch egal, sie machte sich Sorgen um ihre beste Freundin. Würde der Tod auch sie bald holen? Sie richtete sich auf und warf ihr Kissen durch ihr Zimmer. Dabei traf sie ihre Tasche, die sofort vom Schreibtisch fiel. Der Inhalt landete auf dem Boden, darunter auch ihr Handy. »Verflixt!«, fluchte sie und hob alles wieder auf. Während sie das Handy in den Händen hielt, schaute sie auf das Display. Ach ja, sie wollte sich noch bei Darek bedanken. Sollte sie ihn in dieser Verfassung anrufen? Vielleicht würde es sie auf andere Gedanken bringen.

»Also gut«, sagte sie zu sich. Noch weiter konnte er sie sowieso nicht herunterziehen. Beim Heraussuchen des Kontaktes lächelte ihr schon »Geilster Typ on Earth« entgegen. Plötzlich verließ sie der Mut. Minako setzte sich aufs Bett und platzierte das Handy vor ihrem Schneidersitz. Sie starrte es gebannt an, das ging eine halbe Stunde so. Minako, wie lange willst du noch auf das Handy starren?!

Jetzt wähl endlich diese Nummer, oder du musst dich bei diesem Weiberhelden direkt bedanken, wenn du ihn das nächste Mal siehst! Sie wog ab, was schlimmer wäre: Ihn anzurufen und ihm diesen Triumph zu gönnen, oder sich direkt bei ihm zu bedanken und sich womöglich wieder irgendwelche Unverschämtheiten gefallen lassen zu müssen. Sie hatte schon sein blödes Grinsen vor Augen, schlimmstenfalls hatte er noch diese dämliche Pilotensonnenbrille auf. Wenn er dann noch seine Headbanger-Kumpels dabei hätte ... Nicht auszudenken! Anrufen war also das kleinere Übel.

Minako atmete noch einmal tief durch, dann drückte sie auf den Kontakt. Jedes Tuten erhöhte ihren Herzschlag. Beim dritten Mal nahm er ab. Ein genervtes »Ja?« empfing sie. Alles in ihr zog sich zusammen, am liebsten würde sie wieder auflegen. Nein Minako, du ziehst das jetzt durch, sonst musst du dich beim nächsten Mal persönlich bei ihm bedanken, dachte sie in Millisekunden.

»Hallo, hier ist Minako«, sagte sie und versuchte, fest zu klingen, was ihr nur mit Mühe gelang. Zu ihrer Überraschung wurde er viel freundlicher, fast sanft schnurrte er in den Hörer: »Oh, meine süße Minako. Na, das ist ja eine Überraschung, was verschafft mir die Ehre?« Seine Stimme sprühte vor Charme, es kribbelte schon in ihrer Leistengegend. Vorsicht Minako,

Haltung bewahren! Er ist ein Frauenheld und ein langhaariger Macho! Lass dich nicht von ihm einlullen!, warnte sie ihr Verstand.

»Ich wollte mich nur kurz nach deinem Befinden erkundigen, aber scheinbar störe ich«, sagte sie reserviert.

»So süße Mädchen wie du stören nie«, antwortete er, was ihr einen sanften Schauer über den Rücken jagte. »Aber du brauchst dir keine Sorgen zu machen, wir Metalheads haben schließlich Eier aus Stahl«, fügte er hinzu. Minako verzog das Gesicht und nahm den Hörer vom Ohr. Sie schaute das Handy mit einem »Ich-hab-mich-wohl-verhört«-Blick an. Doch dann musste sie schmunzeln, so war er eben. »Dann ist ja gut, ich fand es echt lieb, dass du mich beschützt hast. Ich weiß nicht, was passiert wäre, wenn du nicht da gewesen wärst. Also, vielen Dank«, erwiderte sie, ihre Stimme klang so lieblich wie Honig.

»Du brauchst mir nicht zu danken, das ist Ehrensache«, sagte er. Wieder klopfte ihr Herz, aber ihr Verstand meldete sich. »Trotzdem bin ich dir dankbar. So, ich muss noch Hausaufgaben machen«, sagte sie.

»Alles klar, ruf mal wieder durch«, erwiderte er.

»Okay.«

»Bis bald, meine Süße«, sprach er und legte auf. Darek musste lachen, er stellte sich vor, wie sie sich über ihn aufregte. Es machte so viel Spaß, sie zu necken.

Langsam öffnete Eliana die Augen, ihre Lider fühlten sich wie Beton an. Das Erste, was sie sah, war eine weiße Decke mit einem Lüftungsschacht. Der Geruch von Krankheit und Desinfektionsmittel stieg ihr in die Nase und nahm ihr die Luft zum Atmen. Sie musste das Würgen unterdrücken.

»Wie geht es dir, mein Schatz?«, hörte sie die zärtliche Stimme ihrer Mutter.

»Wo bin ich?«, fragte Eliana.

»Im Krankenhaus, du bist zusammengebrochen, weißt du das nicht mehr?«, antwortete Frau Ava, ihr Vater saß neben ihr. Das Mädchen schüttelte den Kopf.

Plötzlich öffnete sich die Tür und der Chefarzt kam herein. Sein graues Haar war akkurat geschnitten und sein Gesicht glatt rasiert. Die Lippen waren zu einem Strich verzogen, wahrscheinlich hatte er Jahrhunderte lang nicht mehr gelächelt. Er schüttelte den Eltern die Hand und schaute dann auf sein Klemmbrett. »So, hier sind die Ergebnisse. Ihre Tochter hat zu viele Darmbakterien, verursacht durch eine Krankheit, die wir noch nicht kennen.

Es sieht so aus, als ob die Darmflora von den Bakterien aufgefressen wird. Ihr bleiben höchstens noch sechs Monate zu leben«, sagte er.

Herr und Frau Ava erstarrten zu Stein, während Eliana ihre Finger in der Bettdecke vergrub. Furcht ging ihr durch Mark und Bein. Sollte das ihr Schicksal sein? Wie grausam. Obwohl der Tod nach ihr lechzte und seine blutverschmierten Krallen nach ihr ausstreckte, konnte sie keine Träne vergießen. Sie verschlossen sich hinter einem Wall von Verzweiflung, die sie verbarg, um zu überleben.

Kapitel 21

Frau Ava wälzte sich hin und her, sie konnte nicht schlafen. Sie wusste nicht, wie viele Tränen sie vergossen hatte. Sie hatte das Gefühl, in ihrem Meer zu ertrinken. Niemand reichte ihr einen Rettungsring, im Gegenteil, wenn sie darum bat, wurde sie unter Wasser gedrückt, bis sie fast ertrank. Nicht einmal Gott schien sich ihr annehmen zu wollen, denn wieder einmal hatte er ihre Gebete nicht erhört. Statt Eliana zu retten, wollte er sie sterben lassen, wie Uriel. Die Erschöpfung holte Frau Ava ein und sie fiel in einen tiefen Schlaf. Sie befand sich in einem weißen Raum mit Wolken. Ein Hauch von Glitzer haftete an ihnen. Es erschien ein Licht in ihrem Geiste.

»Mama, Mama!«, rief jemand.

Sofort erkannte sie die Stimme. »Uriel?«, fragte sie erstaunt.

Ein Leuchten erschien, und plötzlich stand

ihr Sohn im Gewand der Herrlichkeit vor ihr. Liebevoll lächelte er sie an. »Ja, ich bin es.« Katharina schlug die Hand vor den Mund. »Du bist zu mir zurückgekehrt«, sagte sie und weinte vor Glück. Uriel schaute sie ernst an. »Leider kann ich nicht lange bei dir bleiben. Ich bin gekommen, um dir zu sagen, dass du nicht verzweifeln sollst. Eliana braucht dich, sei ihr eine Stütze.« Mit diesen Worten ließ er sie zurück.

»Warte!«, rief sie ihm nach, jedoch war er verschwunden. »Ich wünschte, du wärst noch hier«, flüsterte sie

In der St. Engelschule betrat eine neue Mitschülerin das Schulleiterbüro. Herr Abrahams Augen weiteten sich. Sie hatte eine ganz besondere Ausstrahlung, die er kannte. »Kann das sein?«, murmelte er, denn er dachte sofort an Uriel.

»Hallo, ich bin Noelle D'Angelo«, stellte sich das Mädchen vor. Ihre kastanienbraunen Haare waren etwas länger als schulterlang. Die großen haselnussbraunen Augen schauten den Mann freundlich an. Herr Abraham hatte sich wieder gefasst und führte das neue Mädchen herum. »Das ist unsere AG für Rhythmische Sportgymnastik, du hast ja schon den Wunsch geäußert, hier mitzumachen«, sagte er, während Noelle die Turnhalle bestaunte. »Du kannst dich ja schon mal kurz mit Minako D´Amore bekannt machen«, fügte er hinzu. Kurz darauf rief er seine Schülerin, die gerade ihre Keulenkür trainierte, zu sich.

Minako, drehte sich um und ließ vor Schreck ihre Keulen fallen. »Du bist doch ...«, brach sie ab. »Hallo, ich bin Noelle D'Angelo, erinnerst du dich? Wir haben bei den Jugendmeisterschaften gegeneinander angetreten.« Das vierzehnjährige Mädchen lächelte sanft und streckte ihr die Hand entgegen.

»Ja, ich erinnere mich. Wie ich sehe, trägst du unsere Uniform«, antwortete Minako lächelnd.

»Ja, ich bin hierher versetzt worden, das ist mein erster Schultag«, sagte Noelle.

»Dann herzlich willkommen. Wenn du magst, kannst du mich um 12 Uhr hier abholen, dann können wir die Pause zusammen verbringen.«

»Sehr gerne.«

Herr Abraham brachte Noelle in Elianas Klasse. »Das ist Noelle D'Angelo, eure neue Klassenkameradin. Sie ist vor Kurzem hierhergezogen und hat eine Klasse übersprungen, seid nett zu ihr«, sagte er. »So, und nun such dir einen freien Platz aus«, sagte der Direktor. Noelle entdeckte sofort Melinas fuchsroten Haarschopf und steuerte auf den Platz neben ihr zu. Dabei kam sie an Elianas Pult vorbei. Die Blicke der Mädchen trafen sich kurz.

Uriel ...

Ein Krampf durchzuckte Elianas Herz. Sie schaute dem Mädchen hinterher, doch das Gesicht war nicht mehr zu sehen.

Noelle setzte sich neben Melina, sie unterhielten sich ein bisschen und waren sich auf Anhieb sympathisch. »Hast du Lust, die Pause mit Minako und mir zu verbringen?«, fragte Noelle.

»Ja, gerne«, antwortete Melina.

Es waren 27 Grad draußen und der Himmel war strahlend blau. Eliana breitete die Picknickdecke unter der großen Tanne aus.

Du stirbst bald, sprach etwas Böses in ihr, gefolgt von einem Darmkrampf.

Nein, das will ich nicht! Eliana kniff die Augen zusammen und hielt sich die schmerzende Stelle.

»Schatz, ist alles in Ordnung? «, ertönte plötzlich Aviels Stimme. Der Schmerz verschwand so schnell, wie er gekommen war.

Sie drehte sich um und lächelte. »Ja, ich hatte nur Probleme, die Decke auszubreiten.« Aviel nickte nur. »Wie war es im Krankenhaus, was haben die Ärzte gesagt?«, fragte er.

»Ach, es war nur eine ganz normale Magendarmgrippe, nichts Weltbewegendes«, antwortete sie.

»Hey, ihr!«, rief Minako aus der Ferne.

Perfektes Timing, dachte Eliana, die froh war, sich nicht länger mit Aviels skeptischem Blick auseinandersetzen zu müssen.

»Oh, du hast Besuch mitgebracht?«, äußerte Aviel, als er die beiden Mädchen neben Minako sah.

»Ja, Noelle ist heute an unsere Schule gewechselt und Melina kennt ihr ja schon vom Sehen«, antwortete Minako.

Eliana kräuselte die Stirn, warum brachte sie ausgerechnet Melina, Leas Schwester mit? Aviel bot den Mädchen einen Platz an, den sie dankbar annahmen.

Noelle streckte ihm die Hand entgegen. Ein Blitzschlag durchfuhr den Jungen und ließ sein Herz schneller schlagen. Sofort musste er an Uriel denken. Eliana erging es genauso, während sie ihre Hand ergriff, vor allem, nachdem sie in ihre Augen gesehen hatte. Sie hatte Uriels Augen.

Groß und braun.

Warum siehst du wie Uriel aus? Du bist nicht er! Warum bist du hier und nicht er? Ihre Gedanken drehten sich wie ein Karussell in ihrem Kopf, bis ihr schwindelig wurde. Ein höllisches Brennen umschloss die Brust.

Ihr ganzer Leib zitterte.

»Ist alles okay?«, fragte Noelle und streckte die Hand nach ihr aus. Eliana schlug sie weg. »Lass mich in Ruhe!«, fauchte sie. Noelle sah sie mit großen Augen an.

»Von so einer dummen Nuss wie dir lass ich mir nicht helfen!«, zischte Eliana und stand auf. »Und jetzt geh mir aus dem Weg.« Sie versetzte dem Mädchen einen heftigen Stoß, so dass es zu Boden fiel. Dann rannte sie davon.

Kapitel 22

Die Mädchen der Gymnastik AG umringten Noelle und beäugten sie neugierig. Sie wurde von allen herzlich aufgenommen, außer von Lea. Sie stand abseits und beobachtete sie wie ein zähnefletschender Wolf. Das ist doch Noelle D'Angelo! Die, die mich so komisch angesprochen hat. Vielleicht hatte sie bei der Meisterschaft die Bänder vertauscht, überlegte sie. Lea war sich sogar sicher, dass sie es war. Ihre weibliche Intuition sagte es ihr. Nach dem Training passte sie das Mädchen vor der Turnhalle ab. »Hallo, wir haben uns noch gar nicht richtig vorgestellt, ich bin Lea Jannik«, sprach sie mit einem zuckersüßen Lächeln.

»Nett, dich kennenzulernen, ich bin Noelle D'Angelo. Deine Kür war toll«, äußerte sie lächelnd.

»Oh, tatsächlich, war sie das?

Danke, allerdings sieht sie mit einem himmelblauen Band noch schöner aus. Ich hatte mal eins, leider ist es mir bei den Meisterschaften gerissen«, antwortete Lea. Ihr Blick sagte: »Ich weiß, dass du was damit zu tun hast.«

Noelle erwiderte nur: »Wenn man anderen eine Falle stellt, sollte man aufpassen, dass man nicht selbst hineintappt.«

»Ah, verstehe«, erwiderte Lea, ihre Augen funkelten gefährlich. Ganz gefährlich. Sie sah aus wie eine Leopardin, die kurz davor war, ihr Opfer in Stücke zu reißen. »Wie wäre es, wenn ich Frau Weber erzähle, dass du in Minakos Auftrag mein Band manipuliert hast, weil sie eifersüchtig auf mich ist und du dir so den zweiten Platz sichern wolltest?« Leas triumphierendes Lächeln ließ Noelle die Galle hochkommen.

»Kannst du es beweisen und mit gutem Gewissen sagen, dass deine Falschdarstellung den Tatsachen entspricht?«

»Da gibt es Mittel und Wege, es wird sich bestimmt jemand finden, der meine Aussage bestätigt.«

»Schön, aber selbst dann, wenn ich allen zeige, dass ich deine Tat auf meinem Handy aufgenommen habe?«, in diesem Moment zückte Noelle ihr Handy und zeigte den eindeutigen Beweis. »Also pass in Zukunft besser auf, was du tust«, fügte sie hinzu und ließ Lea mit offenem Mund zurück.

Eliana schob sich eine Tablette in den Mund und verzog das Gesicht, als sich der Geschmack von Bitterkeit auf ihrer Zunge entfaltete. Sie spülte die Pille mit Wasser herunter. Plötzlich klingelte es an der Tür. Wer konnte das sein? Hatte Mutter den Haustürschlüssel vergessen, bevor sie zum Einkaufen gegangen war? Sie latschte zur Tür und sah überrascht aus. Minako und Aviel kamen sie besuchen.

»Was macht ihr denn hier?«, fragte sie.

»Wir wollten wissen, wie es dir geht«, antwortete Minako.

Eliana bat ihre Freunde herein und die Teenager setzten sich in ihr Zimmer. Sie stellte ein paar Salzstangen und eine Karaffe mit Wasser in die Mitte. Ihre Freunde griffen zu und sie unterhielten sich über die Schule. »Was war heute mit dir los? Warum warst du so gemein zu Noelle? Das kennen wir gar nicht von dir«, fragte Minako.

Verdammt, warum musste ausgerechnet ihre beste Freundin das Thema auf Noelle ansprechen? Die dumme Kuh war selbst schuld, wenn sie einfach so in ihr Leben stampfte und ihre Wunden wieder aufriss. »Ich mag sie nicht.«

Eliana verschränkte die Arme vor der Brust.

»Aber warum nicht? Sie hat dir überhaupt nichts getan«, warf Aviel ein.

»Elli, wir würden dich ja gerne verstehen, aber dann musst du uns auch sagen, was los ist«, äußerte Minako und guckte ihre Freundin eindringlich an.

»Mina, lass mich in Ruhe damit, ich habe genug andere Sorgen!«, zeterte Eliana und sprang auf. Ein Schluchzen entwich ihr, gefolgt von Tränen, die in Kaskaden aus ihren Augen flossen.

Minako stand auf und legte den Arm um ihre Schulter. »Was ist passiert?«, fragte sie.

»Ich habe wahrscheinlich nur noch sechs Monate zu leben«, brach es aus Eliana heraus.

Plötzlich wich die Farbe aus Minakos und Aviels Gesichtern. Das durfte nicht wahr sein! War es nicht schon schlimm genug, dass Uriel von einem Tag auf den anderen aus ihrem Leben gerissen wurde? Und jetzt war das Schicksal wenigstens so gnädig und kündigte vorher an, dass es ihnen bald auch Eliana wegnehmen würde? Na, herzlichen Dank!

»Was? Sag, dass das nicht wahr ist. Bitte!« Die Tränen liefen Minako heiß über die Wangen, bis sie auf den Boden tropften. Elianas Kopf senkte sich wie eine welke Blume. »Doch, wenn die Medikamente nicht anschlagen, schon.«

»Verstehe ...«, flüsterte Minako und

wischte sich die Tränen weg. Weder sie noch Aviel sagten ein Wort, es gab nichts, was in dieser Situation angemessen gewesen wäre.

Melina ließ sich lächelnd auf den Futon fallen. Ihr Zimmer war im japanischen Stil eingerichtet. An den Wänden hingen Poster von einigen Anime-Serien, Mangas gab es im Überfluss und auch einige Sammelfiguren tummelten sich in ihrem Glasregal. Sie strahlte wie schon lange nicht mehr, endlich hatte sie eine Freundin gefunden, mit der sie jedes Geheimnis teilen konnte. Das machte sie glücklicher als jede seltene Sammlerfigur.

»Melina, kommst du mal bitte?«, rief Lea. Ihre Stimme klang wie Honig, hatte jedoch einen bitteren Beigeschmack. Sie holte tief Luft und erhob sich wie ein Stein.

»Melina!«, keifte die unliebsame Schwester, da sie nicht schnell genug reagiert hatte.

»Ich komme ja schon!«, antwortete sie gehetzt. Sie schluckte den Kloß im Hals herunter und betrat Leas Zimmer.

Ihre Schwester saß auf dem Fußboden und machte eine Handgeste, dass sie sich zu ihr setzen sollte. Melina tat, was sie verlangte und plumpste wie ein Sack Kartoffeln zu Boden.

Leas Gegenwart fühlte sich wie Tonnen von spitzen Steinen an, die sich in ihr Fleisch bohrten.

»Ich habe gesehen, dass du die Pause neuerdings mit solchen Losern wie Minako und Eliana verbringst. Ich muss sagen, dass mich das sehr irritiert hat. Besonders diese Noelle, sie ist mit allen Wassern gewaschen.« Melina wurde immer unruhig, wenn ihre Schwester in diesem herablassenden Ton mit ihr sprach. Jedes Mal fühlte sie sich minderwertig, doch diesmal flammte ein kleines bisschen Mut in ihr auf. »Na und? Ich kann meine Pause verbringen, mit wem ich will«, entgegnete sie energisch.

»Ich will nicht, dass du dich mit solchem Gesocks, wie ihr abgibst, haben wir uns verstanden?«, zischte Lea.

»Und warum nicht? Ich lasse mir von dir nicht vorschreiben, mit wem ich meine Pause verbringe!« Melina ballte die Hände zu Fäusten. Lea strich ihr fürsorglich über den Kopf. »Melina-Liebes, ich will doch nur dein Bestes. Der Umgang mit ihr tut dir nicht gut. Sie hat sich mit Minako gegen mich verschworen. Sie war es, die damals mein Band manipuliert hat, um Minako zum Sieg zu verhelfen.«

Melina sprang sofort hoch. »Nein, das glaube ich dir nicht. Noelle würde nie so etwas Gemeines tun. Du lügst, du lügst!«, schrie sie und rannte weinend aus dem Zimmer.

Ein zufriedenes Grinsen setzte sich auf Leas Lippen. Sie wusste, dass sie ihre Schwester wieder einmal verunsichert hatte. Melina war gutgläubig und liebte ihre Schwester trotz ihrer Gemeinheiten.

Kapitel 23

»Das ist ja ein heftiges Ding, und wie soll es nun weitergehen?«, fragte Darek Aviel entrüstet, der ihm von Elianas Schicksal erzählt hatte.

»Ich weiß es nicht.« Aviel stützte seine Stirn auf seinen Händen ab.

»Und euer Gott will euch nicht helfen?«, fragte Darek und zog eine Augenbraue hoch. Eine Prise Arroganz schwang in seinem Ton mit. Aviel ignorierte das und erwiderte nur: »Scheinbar nicht.« Darek griff zum Couchtisch und zündete sich eine Zigarette an. Er nahm einen Zug, dann sagte er: »Ich will dir da nicht reinreden, jedoch ist das genau der Grund, warum ich nicht an euren Gott oder irgendeine andere Gottheit glaube. Wenn er gerecht wäre, würde er Eliana nicht einfach so sterben lassen. Deswegen glaube ich nur an mich selbst.«

Ein müdes Lächeln huschte über Aviels Lippen, er konnte den Metalhead ja irgendwo verstehen. »Aber du gibst den Menschen so schöne Lieder. Eure Texte hauen mich jedes Mal um. Ihr schafft es immer wieder, den Menschen Mut zu machen, woher kommt diese Intension?« Darek stutzte, so genau hatte er das noch nicht durchleuchtet. »Tja, wenn ich das wüsste«, sprach er nachdenklich. »Aber vielleicht solltet ihr auch ein bisschen Hoffnung haben. Schließlich lebt Eliana noch, aufgeben kannst du, wenn sie tot ist«, fügte er hinzu, dann zog er wieder an seiner Kippe. Nachdem er fertig geraucht hatte, schlenderte er in die Küche und holte noch ein paar Getränke aus dem Kühlschrank.

»Hey, da ist Minako, seid ihr verabredet?«, rief er, während er aus dem Fenster schaute. Aviel betrat den Raum und antwortete verdutzt: »Nicht, dass ich wüsste.«

Darek öffnete das Fenster, dann rief Aviel ihr zu: »Hey Mina, wolltest du zu mir?« Sie nickte nur, dann sah sie den Metalhead und erstarrte vor Schreck. Sie hatte vergessen, dass die beiden Nachbarn waren.

»Ich bin bei Darek, komm doch hoch«, bot Aviel ihr an. Am liebsten wäre sie sofort wieder umgedreht, jedoch würde sie die Einsamkeit zu Hause nicht ertragen, also war Darek das kleinere Übel.

Oben angekommen, öffnete der Metalhead die Tür und lehnte sich lässig an den Rahmen. »Na, Süße, hast du dich nach mir gesehnt?« Minako errötete und sagte schnippisch: »Ganz bestimmt nicht, du langhaariger Macho!«

»Ach, mein bissiges Bärchen, es ist immer zu niedlich, wie rot du dabei wirst. Gib doch zu, dass du dich insgeheim freust, mich zu sehen und dass ich neben Aviel wohne«, foppte er sie grinsend. Dabei zwinkerte er ihr lasziv zu.

»Pah, ich bin nicht gekommen um ...«, weiter kam sie nicht, denn Darek zog sie sanft aber bestimmt in die Wohnung. Minako presste die Lippen zusammen, es würde sowieso nur wieder in einem endlosen Schlagabtausch enden. Darek konnte so lieb sein, wenn er wollte, warum war er nicht immer so? Dann wäre er der absolute Traummann, dachte sie. Nein! Dieser langhaarige Macho ist überhaupt kein Traummann! Er gefällt dir nicht im Geringsten, tadelte sie sich innerlich für diese Gedanken. Sie setzte sich zu Aviel auf die Couch.

»Willst du etwas trinken?«, fragte Darek, während er in die Küche schlenderte.

»Ja, ein Glas Wasser, bitte«, antwortete sie, dabei sah sie ihm hinterher. Minako war angenehm überrascht, wie aufgeräumt die Wohnung für einen allein lebenden Mann war, sonst hörte sie immer, dass sie im Chaos versanken.

»Wie alt ist Darek eigentlich?«, fragte sie

Aviel.

»Er wird am 8. August achtzehn«, antwortete er.

In diesem Moment kam Darek mit einem Glas Wasser zurück, das er mit einer Zitrone dekoriert hatte, und fing sofort an, Minako zu provozieren: »Ja, und dann mache ich hier ‚ne geile Abrissparty mit heißen Metalchicks, und glaub mir, da wackelt auch die Couch, wenn du verstehst?« Der letzte Satz schnürte ihr die Kehle zu. Ihr Brustkorb fühlte sich an, als würde er von einem Eispickel eingedrückt werden. Sie ärgerte sich, dass es sie verletzte. »Mach doch, was du willst, ist mir doch egal« Sie drehte sich von ihm weg und verschränkte die Arme vor der Brust.

»Deiner Reaktion nach zu urteilen, scheint es dir überhaupt nicht egal zu sein«, erwiderte Darek.

Minako wendete sich ihm zu und guckte ihn fest an. »Du solltest mal darüber nachdenken, was du den Mädchen mit deinem Verhalten antust«, tadelte sie ihn.

Darek verspürte den Anflug eines schlechten Gewissens, verdrängte es jedoch schnell wieder. »Was denn? Ich zwinge sie zu nichts, sie wollen freiwillig mit mir in die Kiste. Manche betteln sogar regelrecht darum«, verteidigte er sich mit abgeklärter Miene.

»Ja, weil sie von dir berauscht sind und ihr

Verhalten nicht einschätzen können. Deswegen trägst du auch die Verantwortung für die Folgen.«

Darek zog amüsiert die Mundwinkel hoch. »Was für Konsequenzen? Komme ich in die Hölle?«

»Nein. Aber irgendwann wird sich deine Seele, sowie die der Mädchen zu Wort melden. Außerdem können sich während der Nacht Gefühle entwickeln, und die Gefahr ist relativ groß, dass diese dann einseitig sind. Vielleicht waren sie schon vorher da und das Mädchen hofft, dass du dich in sie verliebst, wenn du mit ihr schläfst. Meistens leidet immer jemand unnötig. Ist es dir die Sache wirklich wert?«

Das saß! Darek konnte nichts mehr erwidern, er brachte nur noch ein »Mmmh« heraus.

Aviel durchbrach die betretene Stille und fragte Minako: »Was wolltest du von mir, hat es was mit Elli zu tun?« Das Mädchen nickte nur. »Meine Eltern kommen erst spät nach Hause. Alleine würde ich wahnsinnig werden. Was ist, wenn Elli stirbt?« Ein Schluchzen entwich ihr und sie vergrub ihr Gesicht in den Händen. Darek setzte sich neben sie und zog sie fest an sich. Minako ließ es geschehen und drückte ihr Gesicht an seine Brust. Sein schwarzes Shirt war von Tränen durchtränkt. Er strich ihr sanft über den Rücken. Nachdem sie sich etwas beruhigt hatte, zog er Minako ein Stück von sich weg und sah sie fest an.

»Hey Mina, aufgeben ist nicht drin, noch ist nichts verloren. Eliana ist noch nicht tot!«

Eliana schlenderte die Straße entlang. Auch heute strahlte die Junisonne in ihrer ganzen Pracht. Wenn sie mir nur etwas von ihrem Glanz abgeben könnte, dann wäre ich wieder gesund, dachte sie. Die Haut des Mädchens war blass und fahl. Die Augenränder schimmerten durch, und die einst so rosigen Wangen waren nun von einem Grauschleier überzogen.

Was zum ...? Plötzlich blieb sie stehen. Aviel unterhielt sich mit Noelle. Die beiden schienen sich blendend zu verstehen. Wie konnte er sie nur so vor den Kopf stoßen? Entweder sie oder Noelle! Etwas dazwischen gab es nicht! Wie Godzilla stampfte sie auf die beiden zu.

»Guten Morgen, Eliana. Aviel hat mir alles über deine Krankheit erzählt ...«, sprach Noelle.

»Lass mich in Ruhe, du dumme Gans«, unterbrach Eliana sie und zog Aviel mit sich. An der Schule angekommen, blieb Aviel abrupt stehen, so dass sie zurücktaumelte und gegen seine Brust prallte. »Elli, was soll das? Warum bist du so gemein zu Noelle? Ich erkenne dich nicht wieder«, fragte er empört.

Eliana ballte die Hände zu Fäusten.

»Ich will sie nicht in meiner Nähe haben, ich mag sie nicht!«, zeterte sie.

»Warum nicht? Sie macht sich ernsthaft Sorgen um dich.«

»Darauf kann ich verzichten! Lieber sterbe ich, als sie in mein Leben zu lassen«, keifte sie und rannte davon.

Aviel saß in seiner Klasse und rieb sich die Schläfen. Was war los mit Eliana? Warum vertraute sie sich ihm nicht an?

»Alles okay?«, fragte eine liebliche Stimme. Er schaute auf und sah Lydia vor seinem Pult stehen. Das hatte ihm gerade noch gefehlt. »Ja, mir geht es gut, danke der Nachfrage«, antwortete er knapp. Er hatte nicht vergessen, was sie ihm angetan hatte. »Du siehst nicht so aus. Streit mir deiner Freundin?«, fragte sie. Diesmal klang ihre Stimme nicht so überheblich wie sonst, sie wirkte eher in sich ruhend.

»Ist nicht so wichtig«, erwiderte er nur und packte seine Bücher auf den Tisch. »Hey, es tut mir leid, was passiert ist. Erzähl mir einfach, was los ist, vielleicht kann ich dir helfen«, sagte sie. Aviel zog argwöhnisch die Augenbraue hoch, aber einen Versuch war es wert, dachte er sich und vertraute sich Lydia an.

»Du machst dir zu viele Sorgen. Ist doch süß, dass sie eifersüchtig ist, das zeigt nur, dass sie dich liebt«, sagte sie mit einem Lächeln.

»Vielleicht hast du recht«, antwortete er und sortierte seine Bücher auf dem Pult.

»Bestimmt«, sagte sie und drehte sich mit einem Zwinkern weg.

»Äh, danke«, rief er ihr hinterher. Auf Lydias Lippen setzte sich ein undeutbares Grinsen ab.

Wie ein Trümmerhaufen saß Noelle an ihrem Pult. Der Morgen hatte ja super angefangen. Melina kam in die Klasse. Sie freute sich, ihre Freundin zu sehen.

»Guten Morgen, wie geht es dir?«, fragte sie, nachdem Melina sich an ihr Pult gesetzt hatte.

»Ach, ganz okay«, antwortete sie knapp, woraufhin Noelle kurz stutzte.

»Wollen wir die Pause zusammen verbringen?«, fragte sie.

»Sorry, heute geht es nicht, ich habe schon etwas vor«, entschuldigte sich Melina. »Ach so«, äußerte Noelle enttäuscht.

Melina tat es leid, ihre Freundin abweisen

zu müssen.

Aber es war Fakt, dass Leas Band gerissen war und ihre Schwester immer sehr sorgsam mit ihren Sachen umging. Vor jedem Turnier kontrollierte Lea sie penibel auf Mängel und beim letzten Turnier tat sie das besonders, da Darek im Publikum saß. Sie wusste nicht, was sie denken sollte, und wollte Noelle erst einmal aus der Distanz beobachten.

In der großen Pause saß Noelle allein am Springbrunnen. Ohne jemanden an ihrer Seite fühlte sie sich verloren. Sie schaute zu dem Engel hinauf, der das Wasser aus seinem goldenen Krug goss, und lachte über sich selbst. Sie musste es gewohnt sein, in ihrer alten Schule war es nicht anders gewesen. Eliana und Minako saßen bei der großen Tanne und lachten. Wie gern würde sie mitlachen, jedoch würde Eliana sie wahrscheinlich wieder fortjagen.

Aviel schlenderte an ihr vorbei. »Hey, Noelle, ist alles okay?«, fragte er und setzte sich neben sie.

»Ja, danke der Nachfrage«, antwortete sie, dabei zwang sie sich zu einem Lächeln.

Er schenkte ihr einen mitfühlenden Blick. »Es tut mir so leid, was heute Morgen passiert ist.«

Noelle senkte den Kopf. »Schon gut. Eliana mag mich einfach nicht«, erwiderte sie. Sie fühlte sich, als würde sie einen Marathon laufen, den sie niemals gewinnen würde. Aviel schwieg, schließlich konnte nichts die Situation schönreden. »Warte mal kurz!«, sagte er plötzlich. Er flitzte zum Kiosk und kam mit zwei Eis zurück. »Hier, ich lade dich ein, dafür versprichst du mir aber, nicht mehr so traurig zu sein«, sagte er liebevoll. Noelle lief rot an und lächelte.

Lydia und ihre Freundinnen beobachteten die beiden von der Cafeteria aus. »Oh, oh, da wird aber jemand wütend, wenn sie das sieht«, sagte das Model schadenfroh und ließ ihren Blick zu Eliana schweifen. Ihre Freundinnen kicherten. »Und am Ende werden alle drei die Verlierer sein«, sagte Lea. »Was meinst du damit?«, fragte Lydia und stellte ihre Kaffeetasse ab. Lea nippte an ihrem Getränk, dann erwiderte sie: »Ich habe Melina erzählt, dass Minako und sie mein Band bei den Meisterschaften manipuliert haben.«

»Der Sieg ist unser«, sagte Lydia, dann prosteten sich die Mädchen zu. Ihre Aufmerksamkeit richtete sich wieder auf Eliana, die sich von ihrem Platz erhob und zu Aviel stampfte.

»Jetzt wird es spannend«, sagte Lydia mit einem teuflischen Grinsen.

Eliana empfand blinde Wut. Wie konnte Aviel ihre Gefühle einfach so missachten? Diesmal war er zu weit gegangen! »Aviel, wie konntest du mir das antun?«, keifte sie.

Kapitel 24

Alle Schüler wurden auf Elianas Gepolter aufmerksam und starrten sie mit offenen Mündern an. Aviel erhob sich mit einem durchdringenden Blick.

»Ist dir klar, dass du Noelle mit deinem Verhalten traurig machst? Du behandelst sie schlecht, obwohl sie dir nichts getan hat!«

»Entscheide dich, sie oder ich!«, keifte sie.

»Was ist nur los mit dir? Ich verstehe nicht, warum du auf einem Menschen herumhackst, der deinem Bruder ähnlich ist! Glaubst du, Uriel würde es gefallen, wie du dich aufführst?« Seine Worte trafen sie wie ein Dolch ins Herz. Zu schmerzhaft waren die Erinnerungen an jenem Tag und an jenem geliebten Menschen, der nicht mehr bei ihr war. Warum verstand sie niemand? Sie wollte keine Kopie, sie wollte Uriel, und nur ihn!

»Sie ist nicht wie Uriel!«, brüllte sie aus vollen Leibeskräften und stieß Noelle in den Brunnen. Eliana quetschte sich an der neugierigen Menschenmasse vorbei und rannte davon. Niemand sah ihre Tränen, die sie heimlich vergoss.

Völlig durchnässt lag Noelle im Brunnen, ihre Augen waren weit aufgerissen. Sie war wie gelähmt vor Schreck, erst als Aviel ihr die Hand reichte, realisierte sie, was passiert war. Minako drängte sich durch die Menschenmassen und wickelte Noelle in die Picknickdecke ein.

»Ich werde sie jetzt erst einmal abmelden. Mit den nassen Sachen kann sie nicht am Unterricht teilnehmen«, sagte Minako und führte sie zum Lehrerzimmer.

Frau Ava hörte, wie die Tür ins Schloss fiel und ihre Tochter schluchzend die Treppe hinauflief. Ein Blick auf die Uhr verriet, dass es erst 13 Uhr war. »Geht es dir nicht gut, mein Schatz?«, rief sie, jedoch kam keine Antwort. »Eliana?«, fragte sie und betrat die Stufen. Das Telefon klingelte und sie eilte ins Wohnzimmer, um den Anruf entgegenzunehmen.

»Ava?« »Hallo Frau Ava, hier ist Herr Hirte, Elianas Klassenlehrer. Es geht um Ihre Tochter, sie ist einfach verschwunden und hat sich nicht abgemeldet. Ist sie vielleicht bei Ihnen?«

»Ja, sie ist gerade weinend nach Hause gekommen. Ich dachte, sie hätte wieder einen Anfall gehabt.«

»Einen Anfall?«, fragte der Lehrer erschrocken. »Ja, sie hat leider die gleiche Krankheit wie Uriel.«

»Das tut mir leid, ich wünsche ihr alles Gute.«

»Danke.«

»Trotzdem muss ich sie zur Rechenschaft ziehen, weil sie eine Mitschülerin verletzt hat.«

Frau Ava entgleisten die Gesichtszüge. »Sie hat was? Meine Tochter?«

»Es tut mir leid, dass du wegen mir das Training schwänzt«, sagte Noelle und beobachtete Minako dabei, wie sie in ihrem Kleiderschrank herumwühlte. »Ah, da haben wir es«, äußerte Minako und hielt ein schwarzes Kleid mit roten Rosen in der Hand. »Das sollte dir passen«, sagte sie und reichte es ihr. »Und mach dir keine Gedanken wegen des Trainings, ich glaube, eine Pause tut mir ganz gut, lass uns in die Stadt fahren.« Sie zwinkerte.

Die Anroner Innenstadt war kaum besucht,

die meisten Menschen saßen um diese Zeit in ihren Büros und hämmerten auf ihren Tastaturen herum. Nur vorm Merkur, einem Fachgeschäft für Musik und Filme, drängte sich ein Pulk Menschen herum. »Was ist denn hier los?«, fragte Minako, als sie ein paar Mädchen kreischen hörte. Noelle entdeckte ein Plakat an der Glastür des Ladens und gab einen quietschenden Laut von sich.

»Alles in Ordnung?«, fragte Minako verwirrt, woraufhin ihre Freundin mit dem Finger gegen die Scheibe tippte. »The Wolves geben heute eine Autogrammstunde, wir müssen unbedingt rein«, rief sie überschwänglich. Minako betrachtete das Plakat. Ein süffisantes Grinsen zeichnete sich auf ihren Lippen ab. Die Männer hatten allesamt alberne Posen eingenommen, aber Darek war der Schlimmste. Er stand mit unnahbarer Miene vor seinen Bandkollegen und zeigte mit dem Finger auf die Leute. Ja, du Langhaar-Affe, du siehst echt am lächerlichsten aus, dachte sie.

»Bitte, Mina, lass uns reingehen«, bettelte Noelle erneut.

»Na gut«, sagte sie und drängte sich in den Laden. Es waren zwar nicht so viele Leute da, wie bei den bekannten Bands, schließlich waren The Wolves noch Newcommer, jedoch reichte es, um den kleinen Laden zu füllen. Die beiden Mädchen rückten immer weiter vor und Minako beobachtete, wie Darek mit den weiblichen Fans flirtete. Er machte sogar Fotos mit ihnen. Ihr Gesichtsausdruck wechselte von argwöhnisch bis wütend. Mit zwei dunkelhaarigen Mädchen poussierten er und Erik besonders herum. Minako glich einem überkochenden Kessel. Wie gern würde sie ihm das Gesicht zerkratzen. Das ist wieder typisch, dachte sie mit grimmiger Miene.

»O Gott, wir sind die Nächsten«, äußerte Noelle. Je näher sie ihren Idolen kam, desto mehr verwandelten sich ihre Beine in Pudding. Nachdem sie etwas Smalltalk gehalten hatten, den Minako nur mit verschränkten Armen verfolgt hatte, wollten sie Fotos machen. Darek entdeckte sie und fragte sie mit einem spitzbübischen Grinsen: »Na Süße, hattest du Sehnsucht nach mir?« Der Zorn loderte in ihr auf wie eine wilde Flamme. »Bilde dir bloß nichts ein, Schürzenjäger«, zischte sie.

»Aber dafür brauchst du dich doch nicht zu schämen. Bestimmt wollt ihr noch ein paar Fotos mit uns machen, oder?«, fragte er mit tiefem Blick in ihre Augen. »Nein, Dan ...«, mehr konnte sie nicht sagen, denn Noelle unterbrach sie. »O doch, Mina, bitte, bitte!«

»Du willst der süßen Kleinen ja wohl keinen Wunsch abschlagen«, sagte Darek. Er genoss es, sie immer weiter aufzuziehen. Minako knurrte, natürlich wollte sie das nicht, deswegen gab sie auf. Der Leadsänger umarmte beide Mädchen. Minako zog er besonders fest an sich heran. Das gefiel ihr besser, als sie zugeben wollte.

»Die Jungs sind toll und haben Melina sogar ein Autogramm gegeben«, schwärmte Noelle auf dem Heimweg.

Elianas Welt verschmolz mit der Musik, die aus ihren Kopfhörern dröhnte. Plötzlich war er da, der Krampf. Er zerrte an ihren Darm, als wollte er alle Windungen in der Mitte durchreißen. Sie schrie, trotzdem hörte es nicht auf, im Gegenteil, es wurde noch schlimmer. Der Schweiß brach ihr aus den Poren.

»Gott hilf mir, ich will nicht sterben«, flehte sie. Er schien ihr nicht zu antworten, sondern sie einfach ihren Schmerzen zu überlassen. War es ihm egal?

Du wirst sterben! Langsam werde ich dich holen und niemanden wird es interessieren. Sogar Minako und Aviel haben dich verlassen und hängen lieber mit ihr herum, mit dieser Urielkopie, sprach eine Stimme aus ihrem Inneren.

»Nein, nein, das ist eine Lüge!«, rief Eliana. Bist du sicher?, fragte die Stimme und der

Schmerz vervielfachte sich. Eliana rannte zur Toilette und konnte ihren Stuhlgang kaum zurückhalten. Nur in letzter Sekunde schaffte sie es, sich auf die Toilettenschüssel zu setzen. Ihr Gesicht entspannte sich, nachdem sie sich erleichtert hatte.

Ich habe mich vorerst zurückgezogen, aber ich komme bald wieder, sprach die Krankheit aus ihrem Inneren und zog sich mit einem bösen Gelächter zurück.

Tränen stiegen Eliana in die Augen, die sie sofort abwischte. Nachdem sie sich die Hände gewaschen hatte, legte sie sich wieder unter ihre Kopfhörer. Es klopfte an der Tür und ihre Mutter kam herein. »Ist alles in Ordnung mit dir, Spatz?«, fragte sie, »du hattest so laut geschrien.«

»Ja, alles okay«, antwortete Eliana. Ihr Vater betrat das Zimmer. »Eliana, wir haben gehört, dass du eine Mitschülerin in den Brunnen geschubst haben sollst. Stimmt das?«, fragte er mit strenger Stimme.

Sie sah zu Boden und nickte.

»Aber warum?«, fragte Frau Ava fassungslos. »Ich kann sie nicht leiden!«, antwortete Eliana barsch und drehte sich von ihren Eltern weg.

»Warum, hat sie dir was getan?«, fragte Frau Ava.

»Nein, aber ich mag sie nicht, trotzdem

hängt sie immer bei uns rum.«

Herr Avas Blick durchbohrte sie. »Das ist kein Grund, Fräulein! Du wirst dich morgen bei ihr entschuldigen!«

»Nein, das werde ich nicht!«, erwiderte Eliana mit verschränkten Armen.

»O Doch, das wirst du! Ansonsten werde ich andere Saiten aufziehen. Ich dulde nicht, dass du andere schikanierst!« Mit diesen Worten ließen er und Frau Ava das Mädchen im Zimmer zurück. Elianas Kiefer verkrampfte sich. Noelle gegenüberzutreten war, wie barfuß in einem Lavasee zu stehen. Jedoch kannte sie ihren Vater zu gut, er würde ihr keine andere Wahl lassen.

Aviels Finger flogen über die Tastatur. Seine Mutter Mirijam Levi hörte das Klappern schon von weitem. Sie betrat das Zimmer und stellte ihm eine Tasse Tee auf den Schreibtisch.

»Danke.«

»Recherchierst du schon wieder wegen Elianas Krankheit?«

»Ja, aber ich finde einfach nichts.«

Frau Levi nickte nur, es tat ihr leid, dass Aviel trotz harter Arbeit keinen Erfolg hatte. »Mach nicht zu lange, du musst dich auch mal ausruhen«, sagte sie und verließ den Raum wieder. Kurze Zeit später unterbrach sie seine Recherchen erneut. »Aviel, hier ist ein Telefonat für dich«, sprach sie und überreichte ihm den Hörer.

»Ja?

»Hi Aviel, hier ist Lydia. Ich habe mitbekommen, dass du und Eliana euch in der großen Pause gestritten habt und wollte nur fragen, ob alles okay ist.«

»Danke, es ist alles gut. Wieso fragst du?«

»Ich mache mir Sorgen um Elianas Zustand. Es ist nicht gut für ihre Krankheit, wenn sie sich so aufregt«, äußerte sie.

Aviel war überrascht, Fürsorge kannte er von Lydia nicht. »Sag das mal Eliana«, äußerte er nur. »Vielleicht sollte ich mit ihr reden«, erwiderte Lydia.

»Das wäre Topfschlagen im Mienenfeld. Du hast ihr damals übel mitgespielt, auf dich wird sie erst recht nicht hören.«

»Ich weiß, wir sind nie gut miteinander ausgekommen, trotzdem wünsche ich ihr nicht den Tod. Aber wahrscheinlich hast du recht, wenn ich mich einmische, regt sie das nur noch mehr auf. Ich hoffe, sie hat ihr Temperament im Griff. Wenn etwas ist, kannst du immer mit mir reden«, sagte Lydia und verabschiedete sich.

Kapitel 25

Wenn der Schmerz des Verrats in Peitschenhieben gemessen würde, wäre Elianas Rücken mit ihnen übersät worden. Aviel unterhielt sich angeregt mit Lydia, sie lachten sogar zusammen. Ausgerechnet mit ihr, ihrer größten Erzfeindin, die versucht hatte, Zwietracht zwischen ihnen zu säen. Er hatte heute Morgen nicht auf sie gewartet. Etwa wegen ihr? War sie seine neue Flamme? Aviel schaute Eliana an, seine Augen zeigten keine Zärtlichkeit. Es legte sich eine Schlinge um ihren Hals, die mit jeder Sekunde enger wurde. Sofort ergriff sie die Flucht. Wo war der Aviel, in den sie sich verliebt hatte? Früher war er viel rücksichtsvoller gewesen. Hatte sie sich in ihm getäuscht? Zeigte er nun sein wahres Gesicht? Gott sei Dank hatte sie nicht mit ihm geschlafen. Eliana rannte zur Turnhalle. »Mina, ich brauche deine ...«, sie

"

blieb abrupt stehen, ihre beste Freundin sprach mit der verhassten Urielkopie. Die beiden Mädchen kicherten.

»Das war so lustig gestern, wir sollten öfter was zusammen machen«, sagte Noelle.

»Ja, das finde ich auch. Wir haben viel gemeinsam. Du bist wie eine Schwester für mich«, antwortete Minako. Elianas Körper fühlte sich an, als wäre ein Brenneisen in ihn hineingedrückt worden.

Aha, so ist das also. Noelle ist jetzt ihre beste Freundin, sogar viel mehr als das. Tief verletzt zog sich Eliana zurück. Sie betrat die Klasse. Die Blicke ihrer Mitschüler lasteten auf ihr, während sie sich auf ihren Platz setzte. Wenig später kam Herr Schafskopp in den Raum und der Unterricht startete.

»Eliana Ava komm bitte in das Büro des Schulleiters«, ertönte es aus den Lautsprechern. Wieder starrten die Schüler sie an und begannen zu tuscheln. »Ruhe bitte und löst eure Aufgaben!«, schimpfte der Lehrer.

Elianas Magen zog sich zusammen, je näher sie dem Büro kam. Am liebsten würde sie sofort nach Hause laufen, jedoch half es nichts, sie musste sich der Sache stellen. Bevor sie an die Tür klopfte, befüllte sie ihre Lungen mit Luft.

»Herein!«, hörte sie Herrn Abraham rufen und zuckte zusammen.

Seinem strengen Tonfall nach zu urteilen, würde es nicht gut für sie ausgehen.

Sie betrat den Raum und der Schulleiter schaute von seinem Schreibtisch auf. Das Schweigen, gepaart mit seinem strengen Blick, schien ewig zu dauern, sogar das Ticken der Uhr war zu hören. »Setz dich«, forderte Herr Abraham sie auf und deutete auf den Stuhl vor seinem Schreibtisch. Sie tat, was er verlangte. »Eliana, uns ist zu Ohren gekommen, dass du Noelle D'Angelo gestern in den Brunnen geschubst hast. Kannst du etwas zu deiner Verteidigung vorbringen?«, fragte er streng. Das Mädchen schaute betreten zu Boden und krallte die Finger in ihren Rock. Herr Abraham seufzte. »Also nicht ... Und warum hast du das getan?«

Sie sah auf, ihr Blick verfinsterte sich. »Weil sie mich nervt. Ich wollte ihr einen Denkzettel verpassen. Sie soll sich einfach von mir fernhalten.« Auf ihrer Stirn bildete sich eine Zornesfalte.

»Das ist kein Grund, junge Dame!«, sagte er und fügte hinzu: »Du bist doch sonst immer so ein liebes Mädchen. Es muss einen tieferen Grund für dein Verhalten geben.« Eliana war den Tränen nahe, sie wollte mit niemandem über den wahren Grund sprechen. Jetzt wurde das Gesicht des Rektors weicher, sogar fast väterlich. »Hat es vielleicht etwas mit dem Tod deines Bruders zu tun?«, fragte Herr Abraham behutsam nach. Tränen liefen seiner Schülerin über das Gesicht. Der Rektor atmete tief durch. »Okay, ich verstehe, aber du wirst dich an sie gewöhnen müssen. Sie ist heute mit Schulhof fegen dran, du wirst ihr anstelle von Björn helfen.« Eliana schaute ihn an, als wenn die Welt untergehen würde, trotzdem fügte sie sich seinem Urteil. Wortlos verließ sie den Raum. Herr Abraham hätte sie genauso gut auf einen Scheiterhaufen stellen können.

In der großen Pause fegten Eliana und Noelle schweigend nebeneinanderher. »Ich mache da hinten weiter«, sagte Eliana knapp und ging in Richtung Cafeteria. Einige Mitschüler schlenderten an ihr vorbei und sahen ihr nach.

Lydia, Jessica und Lea saßen ein paar Plätze weiter weg und tranken Limonade. Für Lydia war es ein Hochgenuss, Eliana fegen zu sehen. Der Anblick schmeckte süßer als ihre Brause. »Endlich ist sie da, wo sie hingehört«, höhnte sie und lachte vor Schadenfreude. »Was soll nur ihr Brüderchen von ihr denken? Aber zum Glück können Tote das ja nicht mehr.«

»Wir sollten sie ein bisschen quälen«, meinte Jessica.

Sofort rannten die Mädchen auf Eliana zu.

Lydia hielt den Besen mit dem Fuß an. »Du siehst blass aus, brauchst du Hilfe?«

»Lass mich in Ruhe«, knurrte Eliana.

Lydia zog die Mundwinkel zu einem provokanten Grinsen hoch. »Ich meine es nur gut mit dir. Ich habe Aviel versprochen, auf dich aufzupassen.«

»Was?« Ihre Augen weiteten sich vor Schreck. Ekel und Abscheu vermischten sich in ihr.

»Ja, Aviel mag mich richtig gern und vertraut mir alles an. Er hat mir heute Morgen gesagt, dass er sich eine gesunde Freundin wünscht.« Eliana spürte, wie sich ihr Kiefer vor Schmerz zusammenzog. »Tja, so ist das Leben, aber ich denke deine Zeit ist eh bald abgelaufen, dann bist du endlich wieder mit deinem Brüderchen vereint. Sei froh, dass er nicht mehr unter uns weilt und deinen erbärmlichen Gestank nach Durchfall und Kotze ertragen muss.«

Eliana schaute Lydia nur wie ein geprügelter Hund an.

»Was? Meinst du nicht, dass wir nicht mitbekommen haben, wie du auf die Toilette gerannt bist und dir die Seele aus dem Leib geschissen hast? Von deinem Gekotze wollen wir gar nicht erst anfangen. Ich wette, Aviel rümpft sich bei deinem Gestank auch schon die Nase.«

Eliana spürte die Scham in sich aufsteigen und schaute zu Boden. Plötzlich landete ein Papierknöllchen auf dem Boden, gefolgt von einem weiteren. »Oh, wie ungeschickt von mir«, sprach Lea, »kannst du das bitte gleich aufkehren?« Wieder fiel ein Knöllchen zu Boden. »Und das bitte auch«, sagte Jessica. So ging es eine ganze Weile und Eliana tat, was sie verlangten.

»Hey, lasst das sein, oder ich sag's dem Lehrer!«, rief eine Stimme. Die Mädchen drehten sich um und sahen, dass Noelle angelaufen kam. Lydias Blick verfinsterte sich. »Los, hauen wir ab, das ist es nicht wert«, rief sie ihren Freundinnen zu und sie rannten davon.

Die Mädchen guckten sich an. »Uriel ...«, wimmerte Eliana so leise, dass es niemand hören konnte, dann wandte sie sich ab und fegte weiter. Melina hatte alles beobachtet. Jetzt war sie sich sicher, dass Noelle nicht so war, wie Lea sie dargestellt hatte.

»Du Glückliche! Warum hat Eliana mich nicht in den Brunnen geschubst?«, schwärmte eine Klassenkameradin, nachdem Noelle ihr das Selfie mit Minako, Darek und ihr gezeigt hatte.

»Der Tag war echt toll, sie haben sogar Autogrammkarten verteilt«, berichtete Noelle. In diesem Moment ging Melina an ihnen vorbei. »Hey Melina, warte mal«, rief Noelle und eilte zur Klassenzimmertür. »Ich habe noch eine Autogrammkarte für dich«, sprach sie und kramte in ihrer Schultasche herum. Nachdem sie die Karte gefunden hatte, drückte sie sie Melina in die Hand.

»Für mich?«, fragte sie verdutzt. »Danke.« Melina wusste nicht, wie sie reagieren sollte.

»Du gehst mir seit gestern aus dem Weg, ist etwas vorgefallen?«, fragte Noelle.

»Wir müssen zum Training«, erinnerte sie ihre Klassenkameradin.

»Sag Frau Weber, dass ich später komme«, erwiderte Noelle.

»Bist du sicher? Du weißt doch, wie streng sie ist«, äußerte das Mädchen.

»Mir fällt schon was ein.« Noelle grinste verschmitzt.

Nachdem das Mädchen verschwunden war, wandte sie sich wieder Melina zu. »Bitte erzähl mir, was los ist«, sagte sie.

»Gut«, erwiderte ihre Freundin und berichtete von Leas Anschuldigungen.

»Was hat sie erzählt?!«, fragte Noelle entgeistert. »Ich kann dir sogar das Gegenteil beweisen«, fügte sie hinzu und holte ihr Handy hervor. Sie zeigte Melina das Beweisvideo, was diese mit offenem Mund zur Kenntnis nahm.

»Wie gemein. Das ist echt typisch und trotzdem überrascht es mich immer wieder. Sie schafft es jedes Mal, mich zu täuschen, bitte schick mir das Video. Es ist immer gut eine Sicherheitskopie zu haben«, sagte Melina. Gesagt getan und schwupps war das Video auf ihrem Handy. Die Mädchen verabschiedeten sich.

»So, und jetzt schnell zum Training«, sagte Noelle zu sich selbst, merkte aber, dass sich ihre Blase bemerkbar machte. »Auch das noch«, fluchte sie und hastete zur Toilette. Plötzlich hörte sie ein Würgen, gefolgt von einem Wimmern, dann ein Keuchen und schließlich wurde es still. Die Toilettentür ging auf und Eliana kam heraus.

»Ist alles okay?«, fragte Noelle und schaute sie besorgt an. Das Mädchen wich einen Schritt zurück, nach einigen Sekunden sammelte es sich wieder. »Du ... Lass mich bloß in Ruhe! Wegen dir wurde ich von meinen Eltern bestraft! Du hast mir meine Freunde weggenommen! Das ist alles deine schuld! Verschwinde endlich und komm mir nie wieder unter die Augen! Alles war so schön, bis du aufgekreuzt bist. Ich hasse dich!«, fauchte sie und drängte sich an ihr vorbei. Noelles Augen weiteten sich. Ihr Körper zitterte vor Trauer. Warum war Eliana immer so gemein und abweisend zu ihr? Tränen brannten sich in großen Mengen über die zarten Wangen.

»Eliana, du siehst blass aus. Geht es dir gut?«, fragte Frau Ava ihre Tochter beim Abendbrot.

»Ja, mir geht es gut, es war nur ein sehr anstrengender Schultag.«

»Was machen deine Magenkrämpfe?«

»Mama, bitte frag nicht weiter! Es ist alles okay«, sagte Eliana und fügte hinzu: »Ich möchte jetzt in mein Zimmer gehen.«

»Aber du hast dein Essen kaum angerührt«, erwiderte ihre Mutter, denn auf dem Tisch stand noch ein voller Teller mit Kartoffeln.

»Ich habe keinen Hunger.« Eliana verdrehte die Augen.

»Hast du dich bei Noelle entschuldigt?«, fragte nun Herr Ava, der ihr gegenübersaß. Sie schluckte schwer. Sie konnte ihrem Vater doch nicht erzählen, dass sie ihre Klassenkameradin sogar beschimpft hatte. Sie senkte nur ihren Kopf.

»Deiner Reaktion nach zu urteilen, hast du es nicht getan!« Seine Stimme hatte ein wenig an Härte zugelegt.

»Nein«, murmelte Eliana.

»Gut. Dann fahren wir nicht ans Meer, sondern machen einen Waldspaziergang.«

Eliana sprang von ihrem Stuhl auf und

knallte die Hände auf den Tisch. »Ihr seid so gemein, ihr wisst genau, wie sehr ich mich darauf gefreut habe«, motzte sie und flüchtete ins Zimmer. Sie trat das Kissen weg, was auf dem Boden lag. Die Welt hatte sich gegen sie verschworen.

Kapitel 26

Noelle ließ sich keuchend auf den Waldboden fallen, sie ist nur so lange gerannt, wie ihre Puste es zuließ. Die Bäume türmten sich um das Mädchen. Sie hatte das Training geschwänzt, sie hätte sich sowieso nicht darauf konzentrieren können. Tränen liefen ihr übers Gesicht, einige tropften an der Nasenspitze herunter. Elianas Verhalten kränkte sie. Sie war so gemein zu ihr, obwohl sie ihr nichts getan hatte. Der Wind wehte durch ihr Haar, als wollte er sie streicheln. Stille umgab sie. Noelle erhob sich, setzte sich auf einen Baumstumpf und drückte ihr Gesicht auf die Knie. Ein Fiepen erregte ihre Aufmerksamkeit. Noelle schaute auf und sah einen Hund mit rötlichem Fell vor sich. Es war ein Harzer-Fuchs. Er entlockte ihr ein Schmunzeln. »Oh, du bist aber süß. Darf ich dich streicheln?«, fragte sie und wischte sich mit dem

Arm die Tränen weg. Der Hund leckte ihre Hand und ließ sich von ihr berühren.

»Zimti-chan!«, hörte Noelle jemanden rufen. Der Hund drehte seinen Kopf in die Richtung des Rufes, blieb allerdings bei dem Mädchen. »Zimti-chan, ist das dein Name?«, fragte Noelle, und er gab ein Bellen von sich. Ob das ein Ja sein soll?, fragte sich Noelle.

»Zimti-chan!«, rief die Stimme erneut, und der Hund bellte wieder.

Noelle sah einen Jungen mit braunen, schulterlangen Haaren auf sich zukommen. Er war groß, sie schätzte ihn auf sechzehn, vielleicht siebzehn. Er hatte ein braunes und ein blaues Auge. Im braunen Auge war noch etwas Blau zu sehen. »Da bist du ja, du Ausreißerin!«, tadelte er seinen Hund und sah dann das fremde Mädchen an. »Oh je, hat sie dir wehgetan?«, fragte er besorgt, nachdem er Noelles verweintes Gesicht gesehen hatte. Sie schüttelte den Kopf.

»Warum hast du dann geweint?«, fragte der Junge nüchtern.

»Das ist eine lange Geschichte«, antwortete Noelle. Sie versuchte, ein Pokerface aufzusetzen, jedoch gelang es ihr nicht. Der Junge setzte sich neben sie. »Schieß los, ich habe Zeit«, sagte er lächelnd und stellte sich vor: »Ich heiße übrigens Noah und bin vierzehn Jahre alt. Meine kleine Freundin hier heißt Zimti-chan.«

Noelle öffnete den Mund. »Vierzehn? Ich hätte dich für älter gehalten!«, rief sie verdutzt. Noah kratzte sich am Hinterkopf und grinste verschmitzt. »Ja, da bist du nicht die Erste«, sagte er und fragte dann: »Und wie heißt du?«

Auch das Mädchen lächelte. »Ich bin Noelle und gehe auf die Sankt Engelsschule. Wie bist du auf den Namen Zimti-chan gekommen?«

»Ich liebe Zimt, das ist alles«, erklärte Noah. Noelle verzog enttäuscht das Gesicht, sie hatte eine viel aufregendere Geschichte hinter dem Namen vermutet. Typisch Mann, einfach nur pragmatisch veranlagt. »Dann hätte Zimt doch gereicht«, meinte sie trocken.

»Ja, aber Zimti-chan klingt cooler, außerdem hängen die Japaner immer so etwas hinter ihren Namen«, erklärte er.

»Bist du ein Anime Fan?«, fragte sie und sah ihn groß an.

»Ja, ein bisschen. Ich mag das Land einfach sehr gerne«, erklärte Noah.

Noelle kicherte, sie musste sofort an Melina denken.

»So, und nun schieß los«, forderte der langhaarige Junge sie ohne weitere Umschweife auf. Noelle erzählte die ganze Geschichte.

»An dir liegt es bestimmt nicht, wie kann man so ein nettes Mädchen nicht mögen«, munterte Noah sie auf. Noelle schaute verlegen zu Boden.

»Warum willst du unbedingt ihre Freundin sein?«, fragte er.

»Sie ist sehr krank und ich möchte ihr helfen. Mein Vater ist Heilpraktiker und kann sie bestimmt wieder gesund machen. Aber sobald ich ihr das sagen möchte, wird sie wütend und schickt mich weg«, erklärte sie. Noah runzelte die Stirn. »Verstehe, lass uns ein Stück gehen«, sagte er und schwang sich vom Baumstamm hoch. Noelle tat es ihm gleich. Zimti-chan lief ein Stück voraus, während die Teenager durch den Wald schlenderten. Die Bäume spendeten Schatten und ein paar Sonnenstrahlen brachen durch die Blätter hindurch.

»Ich denke, das Problem bist nicht in erster Linie du, sondern sie. Wahrscheinlich weckst du etwas in ihr, was sie nicht will oder wovor sie Angst hat. Das könnte der Grund sein, warum sie dich so behandelt. Vielleicht solltest du einen ihrer Freunde bitten, Eliana zu überzeugen, deinen Vater zu besuchen«, sagte er.

»Stimmt, auf die Idee bin ich noch gar nicht gekommen. Ich werde mit Minako sprechen. Sie ist ihre beste Freundin und findet bestimmt einen Zugang zu ihr.«

Zimti-chan kam mit einem Stock zu den beiden gelaufen und forderte Noelle zum Spielen auf. Noah sah sie an und meinte schmunzelnd: »Also, meine Freundin mag dich auf jeden Fall und sie ist sehr sensibel.«

Noelle warf den Stock und Zimti-chan rannte hinterher. Sie schielte ein paar Mal zu Noah hinüber und verspürte Herzklopfen.

Der nächste Morgen war angebrochen. Herr Ava packte ein paar Sandwiches in seinen Rucksack und noch einige andere Sachen.

»Hast du deine Medikamente genommen?«, fragte Frau Ava, während sie den Geschirrspüler ausräumte.

»Ja«, murrte Eliana und schaute auf ihr Handy. Aviel hatte sich nicht gemeldet, auch nicht, als sie ihn um ein Gespräch gebeten hatte. Blöder Idiot, dachte sie und kniff die Augenbrauen zusammen. Wenigstens hatte sie letzte Nacht keine Magenkrämpfe bekommen.

»Ach ja, das Handy kannst du gleich hierlassen«, sagte Herr Ava und sie legte es augenrollend auf den Küchentisch. Es hatte sowieso keinen Sinn, mit ihm zu diskutieren. Während des Frühstücks sprach Eliana kein Wort mit ihren Eltern. Nachdem die Familie Ava mit dem Essen fertig war, klingelte das Telefon. Elianas Mutter nahm das Gespräch an, Minako war am anderen Ende der Leitung. Sie wollte mit Eliana in die Stadt fahren. »Heute geht es leider nicht, wir machen einen Familienausflug«, sagte Frau

Ava.

»Wenn alle satt sind, können wir los«, äußerte Herr Ava und schnallte sich seinen Rucksack um. Eliana seufzte, das konnte ja heiter werden.

Minako war in die Stadt gefahren, um auf andere Gedanken zu kommen. Sie war traurig, dass Eliana sie nicht begleiten konnte. Sie sahen sich eh schon so selten.

Nach einigen Schaufensterbummeln und um ein Paar Sandalen reicher, war Minako erschöpft. Sie ging in das Straßenrestaurant Marcelo, das in der Nähe eines Sees lag. Viele weiße Sonnenschirme spendeten angenehmen Schatten. Die roten Polster auf den Stühlen luden zum Sitzen ein. Minako schlängelte sich durch das Café, denn an den Wochenenden war hier immer viel los, vor allem bei schönem Wetter. Sie sah ihren langhaarigen Macho auf einem der Stühle sitzen. Er aß einen Burger mit Pommes. Darek sah das Mädchen an sich vorbeihuschen. Ihre Blicke trafen sich. Sofort streckte sie ihm die Zunge entgegen und fauchte: »Weiberheld!« Er konnte nicht antworten, denn er hatte einen Bissen von dem Burger im Mund. Er guckte sie nur blöd an.

Stolz hob sie die Nase und setzte sich auf einen freien Platz abseits von ihm.

Minako bestellte sich ein Avocado-Paprika-Sandwich und zum Nachtisch einen Erdbeerbecher. Ihre Augen schauten gedankenverloren auf das Wasser, das im Sonnenlicht wie Diamanten glitzerte. Wie Eliana diesen Anblick genossen hätte. Ob sie jemals wieder ein Eis zusammen essen werden? Sie erinnerte sich an den Tagesvers:

»Darum werft euer Vertrauen nicht weg, welches eine große Belohnung hat.« LUT Hebräer 10,35.

Gott, es fällt mir so schwer, sprach sie innerlich und biss in ihr Sandwich.

»Hey Mina, aufgeben ist nicht drin, noch ist nichts verloren. Eliana ist noch nicht tot!«, schossen ihr Dareks Worte durch den Kopf, als wollten sie dem Vers mehr Nachdruck verleihen.

Sie schmunzelte. »Okay, ich versuch's«, sagte sie zu sich und schob sich den letzten Bissen in den Mund.

Die Kellnerin latschte zu Dareks Tisch und fragte, ob er noch einen Wunsch hatte. »Ja, ich möchte noch ein Nougat-Becher. Bring ihn bitte an den Tisch da drüben«, äußerte er mit einem verschmitzten Grinsen und zeigte in Minakos Richtung. Die Kellnerin guckte ihn verdutzt an.

»Keine Sorge, die Kleine ist sozusagen ´ne Freundin von mir.« Er stand auf und zwinkerte der Frau zu.

Minako aß ihren Erdbeerbecher. Plötzlich sah sie, wie sich ein männlicher Körper vor ihr hinsetzte. Sie blinzelte hoch und sah nur Dareks dämliches Grinsen. Sie öffnete den Mund, brachte jedoch nichts heraus. Die Kellnerin überreichte ihm seinen Nougatbecher, den er mit Freuden entgegennahm.

»Was soll das jetzt wieder?«, maulte sie ihn an.

Darek strich sich wie ein eitler Pfau durch die Haare und fragte gespielt ahnungslos: »Was denn? Andere Mädchen würden jetzt schreien, wenn ich das machen würde.«

Für wen hält der sich eigentlich, dachte sie. Mit verschränkten Armen und hochgezogener Augenbraue erwiderte sie: »Ja, das kann ich mir vorstellen, wahrscheinlich vor Entsetzen!« Darek stützte den Kopf in seine Handfläche und grinste sie weiter an. »Ach komm, Süße, sei nicht immer so hässlich zu mir.«

»Jeder, wie er es verdient.«

»Oho, heute sind wir aber besonders bissig.«

»Oho, und wir sind heute besonders unhöflich«, äffte sie ihn nach und fügte hinzu: »Jeder normale Mensch würde vorher fragen, ob er sich dazusetzen darf.«

»Dareks tuen das aber nicht. Immerhin sind wir schon Kumpels, da fragt man nicht mehr. Außerdem ist das Café so voll, da wäre es unhöflich, nicht Platz für andere Leute zu machen. Gib's doch zu, du freust dich insgeheim, dass sich so ein gutaussehender Typ wie ich zu dir gesetzt hat«, meinte er neckisch.

Minako sah ihn nicht weiter an. Es war ihr peinlich, dass er sie ertappt hatte. »Na, das wüsste ich aber, dass wir befreundet sind! Aber von mir aus, bleib halt da sitzen«, erwiderte sie und schob sich einen Löffel Eis in den Mund. Darek grinste sie an und freute sich, dass er den Machtkampf gewonnen hatte.

Der Duft von Zucker und Kakao entzückte Leas Näschen. Ihre Schwester backte Käsekuchen-Brownies. Sie mischte die Zutaten und gab den Teig in eine Kuchenform.

»Oh, wie süß, ist der Kuchen für Erik?«, fragte Lea, wie bei einem dreijährigen Kind.

Melina antwortete nur mit einem knappen »Ja« und marmorierte lächelnd die Frischkäsemasse mit dem Brownieteig.

»Glaubst du wirklich, dass Erik auf solche Kindereien steht? Außerdem habe ich wichtige Dinge mit ihm zu besprechen, da bleibt keine

Zeit für ein Kaffeekränzchen«, äußerte Lea. In diesem Moment kam ihre Mutter ins Zimmer. Sie hatte ihre dunklen Haare blond gefärbt, denn sie wollte um jeden Preis jugendlich aussehen. »Lea, deine Schwester hat sich so viel Mühe gegeben. Jetzt sei nicht so und stell den Kuchen in dein Zimmer«, sagte sie, während Melina die Himbeeren in den Teig drückte und den Kuchen in den Ofen schob.

Das Mädchen stöhnte augenrollend auf, versprach aber, der Aufforderung nachzukommen. Frau Jannik schüttelte nur seufzend den Kopf. Mit ihren beiden Kindern war sie manchmal überfordert. Seit der Scheidung von ihrem Mann hatte sich die Familie auseinandergelebt. Die attraktive Frau hatte wieder einen Lebensgefährten, den die Mädchen zwar mochten, jedoch wünschten sie sich ihren Vater zurück, zumindest Melina. Lea tat so, als würde ihr die Situation nichts ausmachen. Alle sollten denken, dass sie reif und vernünftig war.

Sie stellte den Kuchen in ihrem sterilen Reich ab. Es klingelte an der Tür und Melina sprintete wie ein Gepard dorthin. Wenigstens diesen Moment mit Erik wollte sie für sich haben. »Hallo«, quietschte sie aufgeregt und hielt sich sofort die Hand vor den Mund. Er erwiderte den Gruß souverän, ihre süße Verlegenheit brachte ihn zum Schmunzeln. Das Blaugrün ihrer Augen nahm ihn sofort gefangen.

Sie hatten etwas Geheimnisvolles an sich.

»Ah Melina, wie schön, du hast meinen Gast schon hereingelassen«, sagte Lea überheblich. Der magische Moment war mit einem Schlag zerstört. Na, vielen Dank auch, dachte Melina wütend. »Stört es euch, wenn ich euch Gesellschaft leiste?«, fragte sie.

»Melina, wir haben etwas Wichtiges zu besprechen. Sei so lieb und bleib in deinem Zimmer, ja?«

»Aber ...«

»Kein Aber, ich will keinen Mucks mehr hören!«, zischte Lea.

Wo waren diese Erdlöcher, in die man sich verkriechen konnte, wenn man sie am meisten brauchte? Ausgerechnet vor Erik musste ihre große Schwester sie wie ein Kleinkind behandeln. Was konnte noch demütigender sein?

»Ich hab's kapiert, esst wenigstens den Kuchen«, maulte sie. Am liebsten würde sie Lea die Meinung sagen, doch dann würde sie die Situation so hindrehen, dass Melina die Blöde war, und das wollte sie vor Erik nicht riskieren.

»Keine Sorge, der wird restlos vermampft«, antwortete er, noch bevor Melina sich in ihr Zimmer begab. Ihr Herz machte einen Sprung, das war alles, was sie wollte.

Der Gitarrist fand Leas Verhalten unmöglich, trotzdem konnte er nicht aufhören, von ihr zu schwärmen. Er sah sich ihr Zimmer genau an.

Es interessierte ihn, wie sie lebte.

»Setz dich doch«, sagte sie und deutete mit einer Handbewegung auf das Kissen, das auf dem Boden lag. Er folgte ihrer Aufforderung und nahm sich ein Stück Kuchen.

»Schmeckt's?«, fragte Lea schnippisch, nachdem er abgebissen hatte, und zog verächtlich die Mundwinkel hoch.

»Ja, sogar sehr gut«, antwortete Erik.

Lea drehte sich von ihm weg. Sie mochte es nicht, wenn er ihre kleine Schwester lobte. Schließlich war sie die Nummer eins.

»Hey Babe, was ist los? Du scheinst nicht gut drauf zu sein«, hakte er nach. Ein perfides Grinsen zeichnete sich auf ihrem Gesicht ab, er rannte geradewegs in das Spinnennetz hinein, das sie gewebt hatte.

»Wie soll ich gut drauf sein?«, sagte sie zu ihm gewandt, »meine Schwester ist mit einem Mädchen befreundet, das mir das Leben zur Hölle macht. Ich möchte mir gar nicht vorstellen, was sie ihr antun wird.«

»Was meinst du damit?«, fragte Erik.

»Das ist der Grund, warum ich dich angerufen habe. Es gibt ein neues Mädchen an der Schule, sie heißt Noelle D'Angelo. Sie hat mich um meinen Sieg gebracht. Und das mit unsauberen Methoden.«

»Inwiefern?«

»Sie wollte sich den zweiten Platz sichern,

deshalb hat sie mein Band manipuliert. Es kann nur sie gewesen sein, Augenzeugen sollen sie in der Nähe gesehen haben.«

Erik nickte nachdenklich

»Aber weißt du, wer der eigentliche Drahtzieher ist? – Minako!«

»Das blonde Engelchen? Bist du sicher? Die ist doch viel zu sehr damit beschäftigt, ihren Heiligenschein zu polieren und würde niemals riskieren, dass er beschmutzt wird.«

»Deswegen hat sie Noelle wahrscheinlich manipuliert.«

»Warum sollte sie so etwas tun?«

»Weil sie neidisch auf mich ist. Sie kann es nicht ertragen, dass ich mit euch befreundet bin. Sie würde alles tun, um mit Darek oder dir zusammen zu sein. Wenn du nicht aufpasst, hat sie mit euch beiden was am Laufen.«

»Aber sie hatte doch schon genug Gelegenheiten, Darek näher zu kommen, schließlich gräbt er sie überall an. Er hat sie sogar gefragt, ob er in ihrem Musikvideo mitspielen will, und sie hat ihm voll eine gescheppert.«

»Wie bitte?«, fragte Lea empört

»Ja, sie ist richtig wütend geworden, deshalb hat er dann lieber dich gefragt«, erklärte Erik.

So war das also. Die blöde Kuh ist zuerst gefragt worden und sie war nur zweite Wahl gewesen. Lea zitterte vor Wut.

»Weißt du, Erik, sie macht mir schon die ganze Zeit das Leben zur Hölle, indem sie Eliana ständig zu irgendwelchen Gemeinheiten anstiftet. Und jetzt hat sie in Noelle auch noch die perfekte Verbündete. Ich traue mich kaum noch, zum Sport zu gehen. Ich will mir gar nicht vorstellen, was Noelle mit mir macht, wenn sie Melina bei uns besucht. Minako, lässt sich bestimmt irgendetwas für sie einfallen«, klagte Lea und tat so, als ob sie weinen musste.

»Okay, dann werde ich mal mit Melina reden und ihr sagen, dass Noelle kein Umgang für sie ist. Auf ihr Idol hört sie sicherlich«, sagte der Gitarrist. Er wollte aufstehen, um seinen Worten Taten folgen zu lassen, doch Lea zog ihn plötzlich wieder auf den Boden und wimmerte: »Nein, mach das nicht. Ich will mich nicht schon wieder mit Melina streiten. Außerdem machst du alles nur noch schlimmer, Noelle hat Melina fest im Griff.« Lea spielte die Rolle der hilfsbedürftigen Prinzessin perfekt.

»Okay, das ist übel. Aber das kannst du dir doch nicht auf Dauer gefallen lassen«, sagte Erik fürsorglich.

»Wir müssen das Übel an der Wurzel packen. Wenn wir Darek beweisen, was für ein Flittchen Minako ist, dann erledigt sich das mit Noelle von selbst«, erklärte Lea.

»Wie wollen wir das machen?«, fragte Erik.

»Ich habe schon einen Plan«, antwortete

Lea und ihre Augen blitzten gefährlich. »Es wird noch eine Weile dauern. Aber wenn es so weit ist, kann ich dann auf dich zählen?« Ohne nachzudenken, stimmte der Metalhead ihr zu. »Klar. Für dich würde ich alles tun. Außerdem kriege ich bei solchen scheinheiligen Tussen eh immer das Kotzen, von daher wird es mir ein Vergnügen sein, sie dorthin zu katapultieren, wo sie hingehört.« Lea schmiegte sich an ihn. »Du bist so ein lieber Kerl, glatt zum Verlieben«, sagte sie.

»Ich wäre glücklich, wenn du diejenige wärst«, antwortete er.

»Vielleicht ...«, sagte sie nur. Träum weiter, du bist nur eine nützliche Schachfigur in meinem Plan. Während du Minako langsam, aber sicher zerstörst, mache ich mich an Darek heran. Wenn ich dich nicht mehr brauche, werde ich dich entsorgen.

Kapitel 27

Na toll, heute wäre das perfekte Strandwetter und ich muss mit meinen Eltern bei dieser brütenden Hitze durch den Wald latschen, dachte Eliana. Ihre Mundwinkel hingen die ganze Zeit wie bei einer Bulldogge nach unten. Wenigstens spendeten die Bäume genug Schatten, das machte das Gelatsche etwas angenehmer.

»Ach, bevor ich es vergesse, Minako hat angerufen, du sollst dich melden, wenn du wieder Zeit hast«, sagte ihre Mutter plötzlich.

»So, hat sie das?« Eliana runzelte die Stirn.

»Überrascht dich das?«, fragte Frau Ava.

»Sie ist im Moment mit anderen Dingen beschäftigt, da habe ich mich nur gewundert, dass sie noch Zeit für mich übrig hat«, antwortete Eliana und ihre Stimme klang distanziert.

»Verstehe ... Was macht Aviel bei diesem

schönen Wetter?«

»Weiß ich nicht. Er spricht nicht mehr mit mir«, antwortete Eliana knapp.

Frau Ava entglitten die Gesichtszüge. »Aber warum, ihr seid doch so ein hübsches Paar. Habt ihr euch gestritten?«

Das Mädchen antwortete nicht.

»Eliana, erzähl uns doch, was los ist«, mischte sich Herr Ava in das Gespräch ein. Sein Ton war bestimmt. Trotzig schaute ihn das Mädchen an.

»Herrgott, was weiß ich! Er war wütend, weil ich mich mit Noelle nicht verstanden habe. Seit sie hier ist, habe ich nur Ärger! Ich wünschte, sie würde wieder verschwinden, dann wäre alles wieder beim Alten!«

»Glaubst du wirklich, dass Noelles Auftauchen schuld an deinen Problemen ist?«, fragte ihr Vater eindringlich.

Eliana schwieg und versuchte mit aller Kraft, die Mauer, die sie um sich errichtet hatte, aufrechtzuerhalten.

»Was ist das Problem mit Noelle? Hat sie dir etwas getan?«, fragte ihre Mutter.

Das Mädchen schüttelte den Kopf. »Redet sie schlecht über dich?«

Wieder schüttelte Eliana den Kopf.

»Was ist es dann?«, fragte Frau Ava.

Eliana zitterte, sie spürte, wie ihre Mauer zerfiel. Die Tränen fluteten, wie gebrochene

Dämme aus ihren Augen. »Ich wollte Noelle nicht verletzen«, erklärte Eliana und rang nach Luft.

»Was wolltest du dann?«, fragte Frau Ava.

»Ich wollte sie nur nicht in meiner Nähe haben. Aviel hat meine Bitte ignoriert. Er hat ihr sogar ein Eis gekauft! Deshalb haben wir uns gestritten. Er fragte mich, was Uriel von meinem Verhalten halten würde und warum ich jemanden ablehne, der ihm ähnlich ist. Daraufhin sind mir die Sicherungen durchgebrannt und ich habe sie geschubst.«

»Und ist sie ihm ähnlich?«

»Ja, sehr. Trotzdem! Sie ist nicht Uriel, und es wird ihn auch niemand erreichen.« Frau Ava strich ihr über den Kopf. »Nein, natürlich ist sie nicht Uriel und es wird ihn auch niemand ersetzen« Auch Herr Ava hatte Mitgefühl mit Eliana und fragte: »Dein Bruder fehlt dir schrecklich, nicht wahr?« Eliana nickte, während die Tränen weiter über ihre Wangen liefen. »Ist das der Grund, warum du Noelle geschubst hast?«, fragte Herr Ava.

Sie nickte erneut. »Ja, ich kann ihre Nähe nicht ertragen. Uriel ist weg und damit habe ich mich abgefunden. Aber wenn sie mich jeden Tag an ihn erinnert, wie soll ich ihn dann vergessen?«

»Aber du sollst ihn doch gar nicht vergessen. Vielleicht wurde dir Noelle geschickt, damit du Uriels Tod überwinden kannst. Du hast alles, was dich an ihn erinnert, weggesperrt und ihn aus deinem Leben gestrichen. Aber anstatt wegzulaufen, solltest du dich dem Schmerz stellen. Denn nur so kannst du damit umgehen.«

Eliana schwieg.

»Sieh dir die Bäume im Wald an. Sie trotzen sämtlichen Witterungen und halten jedem Sturm stand. Mit jedem Jahr reifen sie an Größe und Stärke. Das gleiche gilt für uns Menschen. Je mehr wir uns den Stürmen stellen, desto mehr wachsen wir an ihnen, bis sie uns nichts mehr anhaben können.«

Eliana verstand nicht, worauf er hinauswollte.

»Noelle kreuzt immer wieder deinen Weg, weil du dich deinem Kummer verschließt. Löse das Problem in deinem Herzen, dann löst sich auch das Problem mit Noelle«, erklärte Herr Ava.

»Ich habe Angst«, sagte Eliana und spürte, wie sie innerlich zitterte.

»Wovor?«, fragte ihre Mutter.

»Davor, dass Uriel in Vergessenheit gerät und Noelle seinen Platz einnimmt.«

»Glaub mir, das wird nicht passieren. Er wird immer einen Platz in unseren Herzen haben und auch in deinem«, erwiderte Frau Ava.

»Jemandem ähnlich zu sein, bedeutet nicht, dass man gleich ist.

Uriel ist Uriel und Noelle ist Noelle«, sagte Herr Ava. Eliana schwieg, sie wusste nicht, wie sie mit den Worten ihres Vaters umgehen sollte.

Tränen tropften auf den silbernen Blister. Die bisherigen Tabletten hatten nicht gewirkt, Elianas Werte waren unverändert. Ein Pharmaunternehmen hatte ein neues Medikament gegen Morbus Crohn erfunden. Man könne es auch bei ihrem Leiden ausprobieren, hatte Dr. Cordes vorgeschlagen. Eliana schaute in den Spiegel.

Glaubst du, du wirst mich damit los?, sprach eine Stimme aus ihrem Inneren. Alles um sie herum verfinsterte sich.

»Lass mich in Ruhe, ich werde wieder gesund«, rief sie.

Ihr Spiegelbild sah sie ernst an, dann begann es wie von selbst zu sprechen. Versuch es doch, nimm die neuen Tabletten, allerdings wird es dir nichts nützen. Du wirst mich nie besiegen.

»Lass mich in Ruhe.

Keine Sorge, ich werde dich in Ruhe lassen. Aber erst, wenn ich deinen Körper völlig zerstört habe, sprach das Spiegelbild erneut zu ihr.

»Nein!«, schrie sie und schlug dagegen.

Plötzlich klopfte es an der Badezimmertür.
»Eliana, ist alles in Ordnung?«, hörte sie ihre
Mutter sprechen.

Die ganze Dunkelheit um sie herum verschwand. »Ja, alles okay«, sagte sie nur und
schaute erneut ihr Spiegelbild an, aber es führte
kein Eigenleben mehr.

Die Glocke der Sankt Engelsschule läutete den
Schulschluss ein. In Windeseile packten die
Schüler ihre Sachen zusammen und stürmten
nach draußen. Eliana schlenderte den Schulflur
entlang. Sie entdeckte Aviel mit ein paar seiner
Freunde, sie johlten und lachten zusammen,
bestimmt wollten sie gleich zur Basketball AG.
Plötzlich kam Lydia auf ihn zu und sie sprachen
ein paar Worte miteinander. Das Model kicherte amüsiert und verabschiedete sich. Ihr Herz
zersprang wie eine Glaskugel. Alles war wie
früher, so als wären sie nie zusammen gewesen.
Nein, es ist besser so, er soll glücklich sein,
dann muss er nicht so sehr unter ihrer Krankheit leiden. Sie versuchte, den Schluchzer in
ihrem Hals hinunterzuschlucken, gleich darauf
kniff sie die Augen zusammen, damit keine
Träne entweichen konnte.

»Hey Elli-Maus, ist alles okay?«, hörte sie

Minakos Stimme hinter sich. Das Mädchen drehte sich um und zog eine Augenbraue hoch. »Na, hat deine kleine Schwester Noelle keine Zeit für dich?«, zickte sie.

»Wie meinst du das? Wie kommst du auf Noelle? Ich habe gefragt, wie es dir geht«, erwiderte Minako verdutzt.

»Tu nicht so, ich weiß genau, dass du mich abgeschrieben hast«, zeterte Eliana.

»Nein, das habe ich nicht. Warum sagst du so etwas?«, fragte Minako empört.

Ein bitteres Grinsen setzte sich auf Elianas Lippen. »Ich habe gehört, wie du neulich in der Turnhalle zu ihr gesagt hast, sie sei wie eine Schwester für dich.«

»Ach, das meinst du, vielleicht sollten wir uns in Ruhe unterhalten«, erwiderte Minako und lud sie in die Cafeteria ein. Bei einem Glas Limonade unterhielten sich die beiden Mädchen ausgiebig. »Ich mag Noelle sehr, aber du bist meine Seelenfreundin und daran wird sich nichts ändern«, erklärte Minako und schaute Eliana liebevoll an. Sie atmete erleichtert auf. Seelenverwandte klang genauso gut, wenn nicht sogar ein bisschen besser. »Ach so ist das«, sagte Eliana lächelnd.

»Ja, so ist das. Warum bist du nicht gleich zu mir gekommen?«, fragte Minako. In ihrer Stimme schwang ein leichter Vorwurf mit.

Eliana senkte den Kopf.

»Weil ich Angst hatte.« Sie schlug die Hände vors Gesicht und weinte. Minako stand auf und setzte sich auf den Stuhl neben ihr. Sie umarmte Eliana und sagte: »Du wirst mich nie verlieren, ich werde immer deine Freundin sein.« Es war, als ob ein Engel ihr ins Ohr flüsterte.

Plötzlich schaute Minako auf und verzog das Gesicht. »O Gott, das darf nicht wahr sein«, stöhnte sie. Darek, Erik und Noah betraten die Cafeteria. Noah hatte Zimti-chan an der Leine. Sie setzten sich ein paar Tische weiter von Minako und Eliana hin. Eliana hatte sie nicht bemerkt. Zimti-chan legte sich brav neben Noahs Stuhl. Der Junge freute sich, hier zu sein, er hoffte, Noelle wiederzusehen. Darek war eher widerwillig hier. Er war Atheist und unter Gläubigen zu sitzen war ihm unangenehm, trotzdem tat er seinem Bruder den Gefallen. Die Kellnerin brachte Zimti-chan eine Schüssel mit Wasser und nahm die Bestellung auf, dann verschwand sie wieder. »Ach, Danke übrigens, dass du mitgekommen bist«, sagte Darek zu Erik.

»Ach, so schlimm ist das nun auch wieder nicht. Wir Metalheads müssen zusammenhalten. Außerdem sehe ich wenigstens Lea, wenn ich Glück habe«, erwiderte der Gitarrist. Darek sah seinen Kumpel spitzbübisch an. »Hey, so kenn ich dich gar nicht. Die Kleine hat es dir wohl angetan.«

»Kann man so sagen«, antwortete er mit einem Schmunzeln. Darek wunderte sich, wieso Erik sich von Lea den Kopf verdrehen ließ. Er selbst fand sie sogar für einen One-Night-Stand zu anstrengend. Dass ausgerechnet sie ihn in der Hand hatte, obwohl er sich von niemandem etwas sagen ließ und alles anknabberte, was nicht bei drei auf den Bäumen war, war wirklich Ironie des Schicksals gewesen.

Die Kellnerin servierte den Kaffee und den Kuchen. »Also eins muss ich den Leuten hier ja lassen, sie haben etwas an sich, dass man sich wohl und aufgenommen fühlt«, stellte Darek fest.

Noelle und Melina betraten die Cafeteria. »Na, da hast du aber Glück, dass sie dir gleich in die Arme gelaufen ist«, flüsterte Darek seinem Bruder mit einem Zwinkern ins Ohr und nahm einen Schluck Kaffee. Das Mädchen entdeckte Noah sofort und forderte ihre Freundin auf, sich zu ihm zu setzen. Melina versuchte, ihren Puls zu beruhigen, schließlich stand sie ihrem Idol Erik erneut gegenüber. Nicht nur Noelle war auf Noah aufmerksam geworden, auch ein anderes Mädchen hatte sofort ihr Interesse an ihm geweckt. Es war Jessica, die ein paar Tische weiter saß. Aufgrund seiner Größe schätzte sie ihn auf mindestens sechzehn Jahre.

»Was machst du mit The Wolves hier?«, fragte Noelle überrascht.

Noah nahm einen Bissen von seinem Kuchen und erklärte: »Darek ist mein Bruder, wir wollten mal eure Cafeteria ausprobieren.« Noelle nickte nur. Darek boxte seinen Bruder in die Seite. »Ist das alles, was du zu sagen hast?«, fragte er ihn mit einem gespielt strengen Blick, der bedeutete: Nun gib doch zu, warum du hier bist. Noah senkte beschämt den Kopf und fügte hinzu: »Na ja, und weil ich dich wiedersehen wollte.« Noelle stieg die Röte ins Gesicht. Ein verlegenes Lächeln huschte über ihre Lippen. Erik beobachtete sie schweigend, er konnte nichts Böses an ihr finden. Aber gut, schon viele Menschen haben sich als Wolf im Schafspelz entpuppt, dachte er und trank von seinem Kaffee.

»Hey Noelle, wir müssen zum Training«, ertönte plötzlich Minakos Stimme. Sie schaute ihre Freundin an, zog jedoch den Kopf wie eine Schildkröte in ihre Schultern ein, nachdem sie Eliana gesehen hatte.

»Ist sie das?«, flüsterte Noah, was das Mädchen mit einem Nicken bestätigte. Er musterte Eliana abschätzig, was ihr nicht entging. Sie machte einen Schritt auf ihn zu und kläffte ihn wie ein tollwütiger Hund an. »Sag mal, hab ich was im Gesicht, oder warum glotzt du mich die ganze Zeit so blöd an, Mischauge?« Der Junge kippte fast vom Stuhl, auch einige Gäste, die in der Cafeteria saßen, schauten herüber.

»Oh-Äh, tut mir leid, das war nicht meine Absicht«, stammelte Noah, was Eliana mit einem Knurren zur Kenntnis nahm. Ohne seine Aussage zu kommentieren, stapfte sie davon. Alle sahen ihr nach.

»Minako, Noelle, wo bleibt ihr? Wenn ihr keine Extrarunde um den Sportplatz laufen wollt, solltet ihr zum Training aufbrechen«, rief ein Mädchen aus dem Gymnastikkurs, das gerade an der Cafeteria vorbeikam.

Noelle stand sofort auf und verabschiedete sich von den Jungs. Darek griff nach Minakos Handgelenk und sagte provokativ: »Ruf mich mal an, Süße!« Sein Blick verriet, dass er es ernst meinte. Das Mädchen ignorierte ihn und blockte ab: »Darauf kannst du lange warten!« Dabei entriss sie sich seines Griffes und zog Noelle mit sich.

»Tschüss, mein Prinzesschen!«, rief er ihr beleidigt hinterher.

Erik hatte sein Urteil gefällt. Es war genau so, wie Lea es gesagt hatte. Eliana hatte offensichtlich kein Problem damit, Fremde einfach so anzublaffen. Außerdem schien Noelle Angst vor ihr zu haben, vielleicht setzten Minako und Eliana sie unter Druck. Er konnte sich vorstellen, wie sie dann mit Lea umgingen. In diesem Punkt hatte sie die Wahrheit gesagt, warum sollte der Rest gelogen sein?

Ein Raunen ging durch Aviels Klasse. Kurz vor den Ferien hatte der Klassenlehrer, Herr Schlüter, die Idee, den Schülern ein Referat aufzudrücken. Aviel wurde mit Lydia in ein Team eingeteilt, ihr Thema waren die biblischen Speisegebote. Die beiden rückten zusammen, um die ersten Recherchen schriftlich festzuhalten.

»Der hat es echt wieder übertrieben, das schaffen wir nicht bis Freitag.« Aviel seufzte.

»Dann komme ich eben zu dir nach Hause. Wenn wir uns an einem Nachmittag bei dir treffen, sind wir ganz schnell durch«, schlug Lydia vor, ihr Blick war arglos.

»Ich denke, wir haben keine andere Wahl, dann treffen wir uns morgen nach der Schule, am besten kommst du direkt zu mir«, antwortete Aviel.

Und ich werde dich direkt verführen, dachte sie und grinste in sich hinein.

Kapitel 28

Die Schulglocke entließ die Mädchen ins Freie. Eliana packte ihre Sachen zusammen und schaute auf den leeren Platz neben sich. Früher hatte Minako dort gesessen. Ohne sie war es wie ein Himmel ohne Sonne. Es war viel lustiger, als sie noch da war. Mit einem Klick schloss sie ihre Schultasche und verließ den Raum. Am Haupteingang entdeckte sie Minako, die sich mit Noelle unterhielt. Sie kicherten zusammen, dann verschwand Noelle in Richtung Turnhalle. Du solltest dich bei ihr entschuldigen, klopfte ihr Gewissen an. Aber wie? Sollte sie einfach hingehen und sagen: »Hey, Noelle, es tut mir leid, dass ich dich in den Springbrunnen geschubst habe?« Nein, das wäre ihr viel zu peinlich. Vielleicht sollte sie eine Tüte Kekse backen und eine nette Karte dazulegen. Na toll, und das bei dieser Affenhitze.

Vielleicht wollte Minako ja helfen.

»Hey Mina, hast du Lust, heute Plätzchen zu backen?«, rief sie und lief ihr entgegen.

»Eigentlich schon, leider habe ich heute Nachmittagsunterricht«, antwortete ihre beste Freundin und sah sie entschuldigend an.

»Ach ja, das hatte ich total vergessen.« Eliana senkte den Kopf.

»Frag doch Aviel, ob er Lust hat«, schlug sie vor.

Eliana zuckte zusammen, Minakos Bemerkung tat ihr weh, aber sie wusste ja nichts von ihrer Situation.

»Tja, er spricht nicht mehr mit mir«, sagte sie.

Minakos Augen weiteten sich. »Was meinst du damit?«

»Seit ich Noelle in den Brunnen geschubst habe, bin ich nur noch Luft für ihn.«

»Elli, das tut mir leid, warum hast du mir nichts gesagt?« Minako machte ein besorgtes Gesicht.

»Es war ja so viel los«, antwortete Eliana.

»Du solltest das mit ihm klären.«

»Ich habe Angst, dass er mich zurückweist.«

»Ich glaube nicht, dass Aviel sich einfach so von dir zurückzieht. Dafür liebt er dich viel zu sehr.«

»Wenn er mich lieben würde, würde er

sich nicht so benehmen.«

»Vielleicht will er aus der Ferne über dich wachen, bis es dir besser geht.«

Ein Lachen ertönte. Die Mädchen drehten sich um, und hinter ihnen stand Lydia. Neben ihr befanden sich Lea und Jessica.

»Tja, nur schade, dass er nicht über Krawall-Elli wacht«, äußerte sie, ihre Stimme triefte vor Häme. Lea und Jessica kicherten.

»Ach, lass mich in Ruhe«, fauchte Eliana, woraufhin sich Lydias Lippen zu einem diabolischen Grinsen verzogen. »Keine Sorge, das werde ich, denn ich muss shoppen gehen, ich habe nämlich ein Date«, erwiderte das Model und fügte hinzu: »Soll ich verraten mit wem?«

Elianas Augen weiteten sich.

»Aviel hat mich direkt für morgen zu sich nach Hause eingeladen«, sagte Lydia.

»Das ist eine Lüge! Du willst uns nur auseinanderbringen«, fauchte Eliana.

»Ach ja? Wenn du mir nicht glaubst, dann besuche ihn doch morgen und überzeuge dich von der Wahrheit.« Ihre Boshaftigkeit glich einer Gift speienden Kobraschlange. »Na dann, einen schönen Tag noch, meine Lieben«, sagte sie und ließ die Mädchen stehen. Eliana fiel in ein tiefes Loch, alles um sie herum wurde grau.

»Mach dir keine Gedanken, sie hat schon einmal die Tatsachen verdreht, er würde sie nie zu sich nach Hause einladen«, sagte Minako.

»Du hast Recht, Aviel und ich müssen uns dringend aussprechen, ich werde ihn heute Abend anrufen«, antwortete Eliana.

Erik saß bei Darek im Wohnzimmer und trank eine Cola. Minako war für ihn der Inbegriff einer scheinheiligen Christin. Ihre Lügen verbarg sie hinter einer Maske der Freundlichkeit. Er kannte die christliche Gesinnung zu gut. Wie gern versteckten sie sich hinter dem Kreuz und jagten einem das Messer in den Rücken, wenn man nicht aufpasste. Sie lauerten im Laubhaufen wie eine Schlange. Ihr Jesus gab ihnen das Privileg dazu. Denn sie entschuldigten ihre Fehltritte mit ihm, ohne jedes Verantwortungsgefühl. Sie hatten sich ihren Gott geschaffen, um für nichts geradestehen zu müssen. Das war für ihn ebenso eine Farce wie die Freiheit im Paradies. Wo waren die Christen, wenn es wirklich darum ging die Not zu bekämpfen?

»Ey, Erik alles okay?«, riss ihn Darek, der ihm gegenüber saß, aus seinen Gedanken.

»Mmh«, knurrte er. Darek grinste verschmitzt.

»Du bist wohl noch sauer, weil wir Lea gestern nicht angetroffen haben.« Der Gitarrist antwortete nur mit einem knappen Lächeln.

Er trank von seiner Cola, dann fragte er so beiläufig wie möglich: »Sag mal, wie findest du eigentlich Minako?«

»Äh, wie kommst du jetzt ausgerechnet auf Minako?«, fragte Darek verblüfft.

»Ach, nur so. Eigentlich stehst du doch gar nicht auf solche Weiber«, antwortete er gleichgültig.

»Na ja, ich weiß nicht, sie zieht mich einfach in ihren Bann. Sie ist nicht so leicht zu haben, das imponiert mir irgendwie. Außerdem macht es einfach Spaß, sie zu necken«, sagte er und musste lächeln. Ein warmes Gefühl durchströmte sein Herz, wenn er an sie dachte.

Erik rümpfte die Nase, am liebsten hätte er die Cola, die er gerade im Mund hatte, wieder ausgespuckt. »Lass dich nicht von ihr einlullen«, sagte er. Bevor er weiterreden konnte, fiel die Tür ins Schloss und Noah betrat den Raum. Zimti-chan lief schwanzwedelnd zu Darek, um sich von ihm streicheln zu lassen.

»Okay, ich geh dann mal«, sagte Erik und erhob sich von der Couch. »Wir sehen uns morgen bei der Probe«, fügte er noch hinzu und verabschiedete sich.

»Na, kleiner Bruder, hast du Hunger?«, fragte Darek und Noah nickte. »Wie wär´s, wollen wir uns ´ne Pizza bestellen?«, fragte er, was Noah bejahte. Eine weibliche Note könnte hier nicht schaden, dachte Darek, während er in die Küche schlenderte. Schließlich konnte er seinen Bruder nicht immer mit Pizza und Burgern ernähren. Er hatte wenig Zeit, um gesund zu kochen. Noah war erst vor kurzem bei ihm eingezogen, da das Verhältnis zu seinen Eltern angespannt war. Darek selbst ist gleich nach seinem achtzehnten Geburtstag ausgezogen.

»Wir können ja noch Aviel fragen, Eliana ist bestimmt auch bei ihm«, äußerte er.

Bei dem Namen zuckte Noah zusammen. »Sind die etwa ein Paar?«

»Hast du Angst vor ihr?«, fragte Darek.

»Ganz bestimmt nicht!« Noah verschränkte die Arme vor der Brust. Ein aufmunterndes Grinsen erhellte Dareks Gesicht. »Mach dir keine Sorgen, so übel ist sie nicht, vielleicht hatte sie gestern einen schlechten Tag.«

Noah nickte nur und setzte sich auf die Ledercouch, während sein Bruder bei Aviel klingelte. »Noah und ich wollen uns ´ne Pizza bestellen. Vielleicht haben du und deine Süße ja auch Bock«, sagte der Leadsänger.

Mit brüchiger Stimme erklärte Aviel, dass Eliana nicht da sei, aber er nahm das Angebot an.

Als die Jungs wieder drüben waren, rief Darek: »Kannst aufatmen, Krawall-Elli ist nicht hier!« Aviel stutzte, was dem Leadsänger nicht entging. »Hat dir deine Kleine nicht erzählt, dass Noah sie etwas zu lange angestarrt hat und sie ihn in die Schranken weisen musste?«, scherzte er. Ohne darauf einzugehen, setzte sich Aviel neben Dareks Bruder auf die Couch.

»Verstehe …«, kommentierte Darek die Situation und kräuselte die Stirn, dann griff er zum Telefon und alle gaben ihre Bestellung auf. Für Aviel gab es eine vier Käsepizza, Darek nahm eine Pizza mit Thunfisch und Oliven und Noah eine Pizza mit Putensalami und Rinderschinken. Darek stellte seinem Jugendfreund ein Glas hin und schenkte ihm ein. »Alles okay?«

»Ja, passt«, antwortete Aviel knapp.

»Du reagierst echt empfindlich, wenn das Thema Eliana auf den Tisch kommt.«

Aviels Miene verfinsterte sich. »Hm, ich weiß nicht, wie ich es dir erklären soll, es ist im Moment schwierig.«

»Aber ihr seid noch zusammen?«

»Ich habe mich erst mal von ihr zurückgezogen. Sie soll sich auf sich und ihre Genesung konzentrieren.«

Der Metalhead nickte. »Okay, Verstehe …«

Das Klingeln des Pizzaboten unterbrach das Gespräch, und kurz darauf duftete es im Wohnzimmer nach Oregano und Basilikum. »Lecker, Alonzos Pizzaservice ist einfach der Beste«, schmatzte Noah, was Aviel und Darek bejahrten. Sie spielten Karten und schauten DVDs.

Die Sonne ging unter und nahm die Sorgen des
Abends mit sich.

Die Klänge einer E-Gitarre hallten durch den Proberaum von The Wolves. Wie ein sanfter Sturm glitten Dareks Finger über die Saiten. Gefühlvoll, aber mit Kraft. In seinem Kopf spukte ein bestimmtes Mädchen herum, das ihn immer wieder schmunzeln ließ. Ihr langes, volles, blondes Haar, ihre liebevollen, reinen, azurblauen Augen, ihr süßer Duft und die Güte, die sie ausstrahlte. Sie hatte ihn verzaubert und zu einem besseren Menschen gemacht. Mehr und mehr, Stück für Stück, ganz heimlich, still und leise. Ohne dass er es auch nur im Entferntesten gemerkt hätte, und ohne, dass er sich wehren konnte. Aber wollte er sich überhaupt wehren?

Er packte seine Gitarre zurück in die Tasche und schaute auf die schwarze Couch. Das Leder war an einigen Stellen zerkratzt. Er und Erik hatten sich dort schon mit einigen Groupies vergnügt. Er verließ den Raum und öffnete die Tür des Haupteinganges. Sie quietschte leicht. Draußen wurde er von einigen Fans begrüßt, die ihn um ein Autogramm baten. Nachdem er die CDs unterschrieben hatte, die sie ihm unter die Nase hielten, ging er weiter. Ein wasserstoffblondes Mädchen stellte sich ihm in den Weg. Ihre Haare waren durch die Färberei spröde. Er schätzte sie auf achtzehn oder neunzehn Jahre. Verführerisch guckte sie ihn mit ihren Smokey Eyes an. »Hey, ich bin kein Mädchen für eine Nacht, aber für zwei Stunden hätte ich Zeit«, raunte sie ihm entgegen.

Darek musterte sie kurz und musste zugeben, dass sie mit ihrer figurbetonten Corsage und dem Nietenhalsband absolut sexy aussah. Die knallenge schwarze Lederhose brachte ihre tollen Beine und den knackigen Hintern perfekt zur Geltung. Normalerweise wäre er darauf angesprungen, jedoch war sie völlig uninteressant für ihn. Er wollte nur noch eine, aber für mehr als nur Sex. »Sorry, kein Interesse«, äußerte er und ließ sie stehen. Er hatte keine Lust mehr auf One-Night-Stands. Eigentlich ist es mit ihnen wie mit jedem Fastfood: Es schmeckt fast nie wirklich gut, stillt nur kurz den Hunger, und danach ist einem auch noch schlecht.

Plaudernd stopften die Schüler ihre Bücher in die Tasche, denn sie hatten Schulschluss. Eliana schaute zu Noelles Platz. Den ganzen Abend hatte sie überlegt, mit welchen Worten sie ihr die Plätzchen überreichen sollte. Gestern hätte sie den Mut dazu gehabt, aber jetzt, in diesem Moment, zögerte sie. Ihre Scham verwandelten ihre Beine in Blei. Wenn du dich jetzt nicht traust, war die ganze Schufterei in der Küche umsonst. Für einen kurzen Moment kehrte der Mut zurück, doch gerade, als sie aufstehen wollte, rief eine Schülerin: »Hey, Noelle! Kannst du mir noch mal Aufgabe drei erklären?« Sie nickte und schlenderte zu dem Mädchen. Ach Mist, dachte Eliana. Heute hatte sie keine Zeit zu warten, da sie einen Termin im Krankenhaus hatte. Sie schlich sich zu Noelles Platz, legte die Kekse und den Brief auf ihr Pult und verschwand.

Am Haupteingang entdeckte sie Aviel und Lydia, die nebeneinanderher schlenderten und quatschten. Das Model drehte sich kurz um, die Blicke der Mädchen trafen sich. Ein hämisches Lächeln umspielte Lydias Lippen. Das Schicksal war ihr besonders gnädig. Sie knickte mit dem Fuß um, so dass Aviel sie auffangen musste.

Lydia bückte sich, um ihren Knöchel zu halten. »Au, mein Fuß!«, jammerte sie und machte ein schmerzverzerrtes Gesicht.

»Geht es?«, fragte Aviel.

»Ja, wenn du mich stützen würdest, bis wir beim Parkplatz sind, wird es schon klappen«, keuchte sie.

»Sollen wir das Referat lieber bei dir proben?«, fragte er. Mist, das hatte sie ganz vergessen. »Nein, das geht nicht, meine Mutter hat heute ein wichtiges Meeting und braucht die Villa für sich allein, mein Chauffeur wird mich später herumfahren«, keuchte sie. Lydia drehte sich noch einmal zu Eliana um und lächelte siegessicher.

Leere befüllte Elianas Seele und ihr Körper wurde taub. Lydia nahm ihr Aviel weg und er ließ es zu.

Mach dir keine Sorgen, bald wirst du nicht mehr sein. Mit jedem Tag mehr fresse ich mich weiter durch deinen Körper, bis ich dich ganz verschlungen habe, sprach eine Stimme in ihrem Inneren.

Ich ersticke, dachte Eliana im sterilen Behandlungszimmer des Krankenhauses. Neben der Liege, auf der sie saß, lag ein weißes Tray mit

einer Spritze und einigen Blutabnahmeröhrchen. Ihre Mutter saß neben ihr und flüsterte ihr ins Ohr, dass alles Gut werden würde. Nichts war gut! Sie verlor Aviel immer mehr an Lydia und konnte nichts dagegen tun. Er hatte eine unsichtbare Mauer um sich gezogen, die nur für sie galt.

Dr. Cordes und die Assistenzärztin Raphaeli betraten das Zimmer. Er schüttelte Frau Ava und Eliana die Hände und bat das Mädchen, sich auf die Liege zu legen. Frau Raphaeli klemmte Elianas Oberarm mit einer Binde ab und tastete ihre Venen ab. Ihr Herz raste vor Panik, bald wusste sie, ob sie leben oder sterben sollte. Die Ärztin setzte die Spritze an und stach daneben. »Tut mir leid«, sagte sie, streichelte Elianas Arm fürsorglich und setzte die Kanüle erneut an. Wie Kirschsaft floss das Blut in die Röhrchen. Dr. Cordes nahm die Proben an sich und sagte: »Wir werten die Ergebnisse gleich aus, ich bitte um einen Moment Geduld.«

Völlig verschwitzt kam Minako nach Hause und nahm sofort eine Dusche. Das Thermometer zeigte über 30 Grad an, deshalb hatte Frau Weber das Training früher beendet. Das hat gutgetan, dachte Minako zufrieden und hüllte sich in ein Handtuch. Sie holte ihr korallenrotes Sommerkleid aus dem Schrank, das am Ausschnitt mit kleinen Münzen und Glitzersteinen verziert war. Es war luftig und betonte dennoch ihre schlanke Figur. Ihr Haupthaar hatte sie zu einem elfengleichen Zopf frisiert, der Rest der Mähne fiel ihr kaskadenförmig über den Rücken. Plötzlich klingelte das Handy, das sie auf dem Bett abgelegt hatte. Sofort sprang ihr das Geilster Typ on Earth entgegen. Ihr Herz galoppierte wie bei einer Stampede. Was will der denn von mir, dachte sie. Tief durchatmend griff sie nach ihrem Handy.

»Hallo?« Ihre Stimme klang für ihn lieblicher als Honig.

»Ey Mina, hier ist Darek«, meldete er sich in seiner gewohnt lockeren Art.

Mina? So weit sind wir noch nicht, du Frechdachs, dachte sie. Trotzdem konnte sie sich dem Schmunzeln, was ihre Mundwinkel hochzog, nicht widersetzen. Sie musste sich eingestehen, dass es ihr gefiel, dass er sie bei ihrem Spitznamen nannte. »Hi Darek, das ist ja eine Überraschung. Wie kann ich dir helfen?«, fragte sie.

»Es ist schönes Wetter draußen und ich habe Lust auf ein Eis. Und zwar mit dir! Hast du heute Zeit?«, fragte er.

Für einen kurzen Moment presste Minako die Hand vor den Mund, weil sie sich das Lachen verkneifen musste. Die Art, wie er dieses »und zwar mit dir!« sagte, erinnerte sie an das Poster bei der Autogrammstunde, über das sie sich noch wochenlang wegen Dareks alberner Pose lustig gemacht hatte. Sie stellte sich vor, wie er das in derselben Pose am Telefon zu ihr sagte. Hastig schob sie die Bilder aus ihrem Kopf und sagte: »Okay, aber nur, wenn du nicht wieder so unverschämt wirst!«

»Werde ich nicht, Süße.«

»Wie bitte?«, fragte Minako empört, dabei baute sie sich auf, als würde er tatsächlich vor ihr stehen. Nun war er es, der sich das Lachen verkneifen musste, denn er sah sie bildlich vor sich, wie sie sich aufbäumte. Er riss sich zusammen und sagte: »Ich werde ganz lieb sein, versprochen.«

Die Tür fiel ins Schloss und Darek machte sich auf den Weg zum Eishuus. Im Flur entdeckte er Lydia und Aviel. Er musterte ihr knappes Kleid, das ihr Dekolleté nur mit einem schwarzen Chiffonstoff bedeckte.

»Hallo Aviel, was hast du dir denn da angelacht?«, fragte er, was Lydia mit einem verächtlichen Blick quittierte. Darek lächelte nur müde darüber.

»Das ist Lydia, sie geht in meine Klasse. Und was hast du vor?«, fragte Aviel.

»Ich gehe mit Mina Eis essen«, antwortete der Leadsänger.

»Mit Mina? Na, das ist ja eine Überraschung. Ich wünsche euch viel Spaß.« Aviel grinste. Lydia beobachtete die Jungs schweigend. Lea würde in Flammen aufgehen, wenn Minako sich ihren Schwarm krallen würde. Sie wollte ihre Freundin sofort in Kenntnis setzen.

Elianas Ergebnisse lagen vor, doch Dr. Cordes Gesicht sagte nichts Gutes aus. Nackte Panik durchflutete ihren Körper, und auch ihre Mutter versteifte sich.

»Tja, Eliana, es tut mir leid, aber die Medikamente schlagen nicht an. Deine Werte haben sich sogar drastisch verschlechtert«, sagte er und hielt ihr das Klemmbrett unter die Nase. Darauf standen nur Wörter, von denen sie die meisten nicht einmal kannte, und Zahlen, mit denen kein Normalsterblicher irgendetwas anfangen konnte. Sie unterdrückte ihren tiefen Schluchzer.

Ich habe doch gesagt, dass ich dich töten werde, sprach die Stimme in ihrem Inneren zu ihr.

Dr. Cordes erklärte ihr, wie die Werte im Idealfall aussehen sollten, jedoch rauschte es nur durch ihre Ohren. So viele Menschen sind kerngesund, obwohl die Werte nicht im Normbereich liegen, und werden erst krank, wenn sie davon erfahren, doch bei ihr war das Schicksal so unbarmherzig, dass der Körper es nicht selbst lösen wollte. Jetzt holte er einen Zeigestock hervor und ging auf den Torso zu, der auf der Kommode lag.

»Deine Darmbakterien wenden sich gegen dich. Anstatt deinen Darm bei der Verdauung zu unterstützen, greifen sie ihn an und lösen ihn nach und nach auf«, sagte er und fuhr mit dem Zeigestock über den Darm des Plastikrumpfes. »Wir können dir einige Kortisontherapien anbieten, um deine Schübe in Schach zu halten«, fügte er hinzu.

»Kann dadurch meine Krankheit besiegt werden?«, fragte Eliana.

»Nein, wie gesagt, es hält nur die Schübe etwas in Schach. Dafür müssten wir dir die ganze Zeit Kortison spritzen, und das wäre schädlich für deinen Körper. Diese Therapie verlängert nur deine Lebenserwartung«, sagte der Arzt. Elianas Augen weiteten sich. Sie spürte, wie die blutverschmierten Klauen des Todes nach ihr griffen und sie in den Abgrund zogen.

Dr. Cordes nannte sogar einige Heilmethoden für ähnliche Darmerkrankungen, erklärte jedoch im gleichen Atemzug, warum sie bei ihr nicht anschlagen würden. Wieso sagte er ihr nicht, was ihr helfen würde? Gab es nichts, was man für sie tun konnte? War sie wirklich dem Tode geweiht? Sie wollte nur noch eines, zu ihm. Auch wenn er sie nie wieder ansehen würde, sie wollte jetzt nur noch zu Aviel. Ohne ein Wort stand sie auf und rannte aus der Klinik.

»Eliana!«, rief Frau Ava ihr hinterher, aber ihre Tochter hörte sie nicht.

Kapitel 30

Minako versuchte, ihr wild klopfendes Herz zu bändigen. Eigentlich konnte sie Darek überhaupt nicht ausstehen. Tja, eigentlich ... Das Eishuus befand sich direkt vor ihr und da stand er, Darek. Er trug eine weite, knielange Armeehose und ein schwarzes Shirt mit einem Wolfskopf drauf. Und natürlich hatte er seine blöde Pilotensonnenbrille auf. Das verunsicherte sie, es war wie auf einen Unbekannten zuzugehen. Darek wusste das, deshalb machte er sich einen Spaß daraus. Bei ihrem hübschen Anblick musste er sich konzentrieren, die Fassung zu bewahren. Sein Mund öffnete sich leicht, aber er schloss ihn schnell wieder. Die Sommerbriese spielte mit ihrem langen Haar und das Kleid schmeichelte ihrer Figur. Noch nie war er mit einem Mädchen verabredet, das ihm so die Sinne raubte.

»Hi Mina«, begrüßte er sie mit einem Lächeln.

»Hi, wartest du schon lange?«, fragte sie.

»Nein. Du siehst übrigens wunderschön aus«, sagte er.

In ihrer Magengegend kribbelte es wie in einer Champagnerflasche. »Danke, du gefällst mir auch.« Minako schaute verlegen zu Boden.

Darek trat einen Schritt auf sie zu und hob sanft ihr Kinn an. »Was ist, mach ich dich nervös?«, fragte er sie. Minako nahm seine Sonnenbrille ab und sagte mit sanfter Stimme: »Ja, aber nur, weil ich nicht in deine Augen gucken kann.«

»Na gut, dir zuliebe lasse ich sie ab«, sagte er sanft.

Das Eishuus war brechend voll. Die Leute drängten sich durch die Gänge, um einen Sitzplatz zu ergattern. Besonders Darek war enttäuscht, denn er hatte sich vorgestellt, mit ihr in einer lauschigen Ecke zu sitzen und ihre Hand zu halten.

»Lass uns ein Waffeleis kaufen und uns in den Wald setzen«, schlug Minako vor. Darek stimmte zu, das war allemal besser, als sich in dem überfüllten Café um einen Platz zu kloppen.

Bei der riesigen Auswahl an Eissorten fiel den beiden die Entscheidung schwer. Von klassisch Schokolade und Vanille bis exotisch Ananas und Mango war alles vertreten.

Minako entschied sich für Erdbeere und Zimt, Darek für Schokolade und Kirsche. Er bezahlte beide Eistüten, Minakos Protest überhörte er schmunzelnd. Es gefiel ihm, dass sie nicht diese arrogante Selbstverständlichkeit in sich trug, dass der Mann zu bezahlen hatte.

Im Wald hatten sie es sich auf einer Bank gemütlich gemacht. Die Bäume spendeten Schatten und vor ihnen lag ein Weizenfeld, aus dem ein paar Mohnblumen herausragten. Darek legte locker den Arm um sie, Minako ließ es geschehen.

»Weißt du noch, wie du mich im Bus ge-ohrfeigt hast? Damals hätte ich nie gedacht, dass wir hier auf einer Bank sitzen werden und Eis zusammen essen«, sprach Darek plötzlich.

Gespielt vorwurfsvoll sah sie ihn an und erwiderte: »Ich wäre viel sanfter zu dir gewesen, wenn du nicht so ungehobelt gewesen wärst.« Beide lachten über den Vorfall. Darek räusperte sich und sah sie ernst an. »Du hast mir damals einen Korb gegeben. Ich hoffe, dass ich heute nicht wieder einen von dir bekomme, denn ich glaube, das würde ich nicht so leicht wegste-cken.«

Minako sah ihn mit großen Augen an.

Wieder räusperte er sich. »Ähm, ich möch-te dir danken Minako, du hast mich zum Guten gewandelt. Weißt du, bevor ich dich kannte, waren Frauen für mich nur zum Spaß da.

Alle hatten immer nur den Sänger von The Wolves in mir gesehen und die meisten wollten mich nur als Schmuckstück haben. Keiner interessierte sich für den echten Darek. Na ja, und ich war auch nicht an ihnen interessiert. Ich habe mit vielen Mädchen geschlafen und würde es am liebsten ungeschehen machen. Leider kann ich das nicht. Du hast mich klammheimlich Stück für Stück verändert, ohne dass ich es gemerkt habe. Du hast mich einfach in deinen Bann gezogen, ohne dass ich mich wehren konnte. Und dann hattest du auch noch die Frechheit, mein Herz zu rauben«, sagte er und schaute ihr tief in die Augen. »Minako D'Amore, ich habe mich in dich verliebt.«

»Du machst mich verlegen«, erwiderte sie und senkte leicht den Kopf. Ihre Schüchternheit beflügelte ihn noch mehr, er nahm ihr Gesicht in beide Hände und sie wehrte sich nicht. Er legte seine Lippen auf ihre und Minako schloss die Augen. Sie genoss den Kuss in vollen Zügen, denn insgeheim hatte sie sich gewünscht, dass er sie küssen würde. Er ließ von ihr ab und sie legte ihren Kopf auf seine Schultern.

»Du hast auch mich verändert. Als ich dich das erste Mal sah, hielt ich dich für einen groben Klotz. Aber mit der Zeit habe ich gemerkt, dass du ein sehr lieber Mensch bist. Du hast mir immer Mut gemacht, mich in meinen dunkelsten Stunden aufgebaut und mir mit deiner Art ein Lächeln ins Gesicht gezaubert. Du hast mir beigebracht, nicht immer alles so eng zu sehen. Ich bin mir sicher, dass unsere Begegnung kein Zufall war, sondern dass Gott unsere Wege immer wieder Kreuzen ließ«, sagte sie.

Darek nickte nur, er war zwar nicht gläubig, jedoch wollte er sie nicht berichtigen. Langsam fand er den Gedanken gar nicht mehr so abwegig, dass es vielleicht doch mehr zwischen Himmel und Erde gab. Schon gar nicht bei einem Geschöpf wie Minako. Irgendwas musste an dem Glauben ja dran sein, denn die Gläubigen, die er bisher durch Aviel kennengelernt hatte, waren alle sehr gütige Menschen.

Sie saßen eine Weile da und schauten auf das Weizenfeld. Darek strich immer wieder mit seinen Fingern über ihren Oberarm. Plötzlich dachte er an Uriel. Minako hatte ihn einst geliebt. Hatte sie seinen Tod schon überwunden? Wie sollte er sie darauf ansprechen, ohne sie zu verletzen?

»Du?«, fragte er und sah zu ihr hinunter. Sie hob den Kopf und erwiderte seinen Blick. »Liebst du Uriel noch? Oder bist du über seinen Tod hinweg? Ich will dich mit meiner Zuneigung nicht unter Druck setzen, sondern du solltest deine Gefühle sorgfältig bearbeiten.«

Minako nahm seine Hand und erwiderte

»Mach dir darüber keine Gedanken. Ja, ich habe Uriel sehr gern gehabt. Sein Tod hat mir das Herz herausgerissen und ich dachte, ich könnte nie wieder lachen, geschweige denn mich verlieben, doch du hast mir immer wieder Kraft gegeben.« Sie schmiegte sich wieder an ihn und flüsterte ihm zu: »Ich bin froh, dass ich dich habe.« Dann versanken beide in einen endlosen Kuss, der besser schmeckte als jedes Eis.

»Für den Anfang nicht schlecht, aber wir sollten es noch ein paar Mal üben, bis es sitzt«, sagte Aviel. Er und Lydia hatten den ganzen Mittag an ihrem Referat gefeilt. »Ich brauche eine Pause, mir platzt schon der Kopf«, jammerte Lydia und legte die Hand an die Stirn.

»Ich kann mich auch nicht mehr konzentrieren, vielleicht sollten wir uns morgen nach der Schule noch einmal treffen«, schlug Aviel vor.

»Ja, gerne – Ach Mist morgen bin ich für ein Shooting gebucht, da komme ich vor 21 Uhr nicht raus«, erwiderte Lydia theatralisch.

»Ach so, okay, da kann man nichts machen. Dann müssen wir hoffen, dass es am Freitag so läuft wie bei der Generalprobe«, sagte Aviel.

»Was hältst du davon, wenn ich bei dir übernachte?

Dann haben wir noch Zeit zu proben. Mein Chauffeur kann mir frische Kleidung bringen.« Sie sagte es, als wäre es das Normalste der Welt, als Mädchen bei einem Jungen zu übernachten.

»Also, Lydia, ich weiß nicht, ich glaube, das ist keine gute Idee«, sagte Aviel.

Lydia schaute ihn verführerisch an und rutschte immer näher an ihn heran. »Keine Angst, ich werde dich nicht beißen, nur …«, sie beendete den Satz nicht und kam ihm mit ihrem Gesicht immer näher.

Keuchend kam Eliana bei Aviels Wohnung an. Es war komisch, hier zu sein. Wie bei einem Fremden und nicht bei ihrem Freund. Ihre Glieder schlotterten vor Angst, wie würde er wohl auf sie reagieren? Sie schluckte den Kloß in ihrer Kehle hinunter und tapste zur Haustür. Der Weg kam ihr wie ein endloser Korridor vor. Mit zitternden Fingern ging sie auf den Klingelknopf zu, doch dann brach sie ab. Eliana drehte sich um und rannte davon. Nein! Du wirst jetzt nicht feige sein! Sie blieb stehen und drehte sich wieder um. Bei der Klingel angekommen, kniff sie die Augen zu und drückte auf den Knopf.

Lydias Lippen berührten fast Aviels, doch die

Klingel unterbrach sie. Erleichtert atmete Aviel aus und eilte zur Gegensprechanlage. Lydia kochte vor Wut. Den ganzen Tag war er nicht auf ihre dezenten Flirtversuche eingegangen, und jetzt hatte sie ihn fast. Das durfte nicht wahr sein! Japsend kam Eliana im zweiten Stock an, ihre Beine waren wie Blei.

»Was machst du denn hier?« Aviel war überrascht.

»Wir müssen reden, ich muss dir etwas sagen«, antwortete sie. Ihre Aufregung hatte sie abgelegt und sich in einen Schutzwall aus Stacheldraht eingezäunt.

Aviel ging einen Schritt auf sie zu und streckte für einen Moment die Hand nach ihr aus, zog sie jedoch gleich wieder zurück. »O Gott, Eliana, was ist passiert? Du siehst blass aus«, sagte er, »gib mir fünf Minuten, dann gehe ich mit dir runter.« Was sollte er mit Lydia machen? Wenn Eliana herausfand, dass sie bei ihm war, würde sie sich nur unnötig aufregen.

»Alles in Ordnung, Aviel?«, hörte Eliana eine hochnäsige Frauenstimme fragen, die sie nur zu gut kannte. Sie war tatsächlich bei ihm. Bitte, lieber Gott, tu mir das nicht an. Lydia lehnte sich an die Wand im Flur, damit ihre Klassenkameradin sie gut sehen konnte. Zusammen mit dem knappen Sommerkleid gab das wirklich ein tolles Bild ab. Elianas Herz blieb stehen. »Sag mir, dass das nicht wahr ist, warum ist sie hier?«, fragte sie fassungslos. Das Beben ihres Körpers unterdrückte sie.

»Wir lernen«, antwortete Aviel knapp.

»Ach so, in diesem Fummel? Aber jetzt weiß ich wenigstens, warum du mir aus dem Weg gehst«, sagte sie.

»Eliana, du verstehst das falsch. Das ist nicht der richtige Ort, um das zu besprechen. Warte bitte unten, ich komme gleich nach«, erwiderte Aviel. Nun mischte sich Lydia ein, die immer noch lasziv an der Wand lehnte. »Na, so falsch versteht sie das doch gar nicht. Schließlich verbringe ich die Nacht bei dir.«

Stille legte sich über den Raum. Aviel wollte gerade das Wort ergreifen, doch Eliana kam ihm zuvor. »So ist das also, du bandelst mit ihr an, ohne mir auch nur ein Wort zu gönnen. Du bist so gemein! Ich habe dich geliebt, ich habe dir vertraut. Aber vielleicht ist es besser so, denn ich wollte dir eh gerade sagen, dass es keine Rettung mehr für mich gibt. Ich werde bald sterben. Ich hätte es mir nur anders gewünscht. Lebe wohl und alles Gute.« Tränen liefen ihr über die Wangen, dann rannte sie davon.

»Eliana, warte. So ist es nicht!«, rief Aviel ihr nach und stürmte die Treppe hinunter. Er versuchte, sie einzuholen, jedoch war sie zu schnell, so als würden sie Schwingen davontragen. Für Aviels Reue war es zu spät, viel zu spät.

Er konnte nur noch hoffen, dass sie ihm eine zweite Chance geben würde. Lydia beobachtete das Spektakel vom Küchenfenster aus. Sie schlenderte ins Wohnzimmer und setzte sich summend aufs Sofa. Ein zufriedenes Lächeln breitete sich auf ihrem Gesicht aus.

Eliana rannte in den Wald, bis ihre Kräfte sie verließen. Erschöpft warf sie sich auf den Boden und vergoss bittere Tränen.

»Wir beide werden jeden Sturm überstehen«, hatte Aviel ihr versprochen, und sie hatte an das Band der ewigen Liebe geglaubt. Eliana lachte bitter auf. »Von wegen, du elender Lügner, alles gelogen. Es war alles eine Lüge.«

Die Tränen brannten ihr glühend heiß über das Gesicht. Sie hatte sich geirrt, er war mit Lydia zusammen. Dieses starke Band hatte es nie gegeben, so wie es auch keine ewige Liebe gab. Nein, er ist zu ihr gegangen, weil ich krank bin. Er ist zu ihr gegangen, weil er sie mehr mag als mich, weil sie hübscher ist und vor allem … weil sie gesund ist. Diese Liebe war nie stark. Es waren nur leere Worte und Versprechungen von ihm, mehr nicht.

Eliana spürte, wie eine erneute Attacke auf sie zu kam.

Wie eine Schlange kroch die Krankheit durch ihren Darm.

»Gott, warum? Warum wird mir alles genommen, was ich liebe? Warum hast du Uriel und mich mit dieser Krankheit bestraft? Wenn du wirklich meinen Tod willst, dann erlöse mich jetzt. Ich halte das nicht mehr aus. Ich kann diese Schmerzen nicht mehr ertragen. Erlöse mich, damit ich wenigstens bei Uriel sein kann, meinem geliebten Brüderchen«, flehte sie verzweifelt. Der Schmerz in ihrem Körper breitete sich langsam aber stetig aus, bis er seinen Höhepunkt erreichte. Ihre Sinne vernebelten sich und ihre Lider wurden immer schwerer. Elianas Seele versuchte sich von ihrem Körper zu lösen. Ein Licht kam auf sie zu. Sie sah die warmen, liebevollen Augen ihres Bruders vor sich und seufzte noch ein schwaches: »Uriel.«

Kapitel 31

»**O** je, Noah, wir müssen sie irgendwie hier rausschaffen«, sagte Noelle besorgt und strich Eliana ein paar Strähnen aus der Stirn. Der Lichtkegel von Noahs Taschenlampe war auf die Mädchen gerichtet. »Ich rufe meinen Bruder an, der kann uns bestimmt helfen«, antwortete er und suchte gleichzeitig nach Dareks Kontakt auf seinem Handy. »Beeil dich, sie kocht ganz doll. Ich fühle kaum noch ihren Puls!«, drängte Noelle, während sie Eliana auf Lebenszeichen untersuchte.

Darek saß immer noch auf der Bank und hatte seinen Arm um Minako gelegt. Sie hatte sich an ihn geschmiegt. Beide genossen den Anblick des Silbermondes, der von vielen Sternen umgeben war. Keiner von ihnen wollte, dass dieser Moment endete, und doch unterbrach Darek ihn schweren Herzens.

»Du, ich sollte dich mal nach Hause bringen, deine Eltern machen sich bestimmt schon Sorgen.« Minako zog ein Schmollmund, sie hatte nicht vor, sich von ihrem Liebsten zu trennen, musste sich jedoch eingestehen, dass er Recht hatte. Sie hätte vor Einbruch der Dunkelheit zu Hause sein müssen. Aber die Stunden mit Darek waren so schön, dass sie es einfach ignoriert hatte. Ihr Vater würde toben wie ein Orkan. Das Opfer nahm sie allerdings gerne in Kauf.

»Komm«, sagte er und zog sie von der Bank hoch. Plötzlich klingelte sein Handy. Augenrollend sah er auf das Display. »Sorry, Süße, das ist mein Bruder, ich geh mal ran«, äußerte er und nahm das Gespräch an. Minako legte fragend den Kopf schief. Als sie den Gesprächsverlauf mitbekam, wich die Farbe aus ihrem Gesicht. Sie hörte nur Eliana – bewusstlos – lag neben ihrem Erbrochenen. O nein, was mag da nur passiert sein?

Bitte, Gott, nimm mir nicht auch noch meine beste Freundin weg.

»Eliana ist zusammengebrochen, sie liegt hier ganz in der Nähe. Jede Sekunde zählt, ich gehe schnell und helfe. Leider kann ich dich nicht mehr bringen«, sagte Darek mit aufgeregter Stimme.

»Ich gehe doch jetzt nicht nach Hause, wenn es meiner Freundin so schlecht geht. Ich komme mit«, sagte Minako entschlossen.

»Aber deine Eltern ...«, weiter kam er nicht, denn sie unterbrach ihn. »Lass das meine Sorge sein! Mir fällt schon was ein«, beruhigte sie ihn mit einem Augenzwinkern. Dann rannten beide ohne zu zögern zu der Stelle, die Noah beschrieben hatte. Zum Glück kannte Minako sich gut im Wald aus.

»Gott sei Dank«, sagte Noelle, sie sah Minako und Darek schon von Weitem. In Minakos Augen sammelten sich Tränen, Elianas Anblick war einfach schrecklich. »Am besten bringen wir sie zu mir«, äußerte Noelle.

Darek hob eine Augenbraue. »Hältst du es nicht für sinnvoller, sie ins Krankenhaus zu bringen?«, fragte er.

»Dort ist sie schon in Behandlung und niemand hilft ihr. Mein Vater ist Arzt und kennt sich mit Naturheilkunde und Schulmedizin aus. Er kennt Elianas Fall und kann ihr helfen«, erklärte Noelle.

»Gut, versuchen wir es«, erwiderte Darek. Der Leadsänger packte Eliana auf den Rücken und trug sie aus dem Wald. Minako hatte inzwischen ein Taxi bestellt.

Keine fünf Minuten später war der Wagen bei den D'Angelos angekommen. Der freundliche Fahrer verzichtete sogar auf das Geld, denn er hatte mitbekommen, dass es sich um einen Notfall handelte. Noelles Anwesen ähnelte dem der D'Amores, selbst das weiße Haus mit dem roten Dach war im gleichen Stil gebaut. Noelle tippte den Zahlencode für das Tor ein und es öffnete sich von selbst. Wenn ihr Vater auch Italiener ist, bekomme ich ein Lachflasch, dachte Minako. Kaum hatten sie das Haus betreten, kam Noelles Mutter in den Flur gestürmt. Sie war ihr wie aus dem Gesicht geschnitten. Ihre Arme waren in ihren Hüften gestemmt, das lange kastanienbraune Haar fiel ihr bis zur Taille. »Ach, kommst du auch mal nach Hause, junge Dame? Weißt du eigentlich, wie spät es ist?! Wir hatten acht Uhr ausgemacht, du bist schon zwei Stunden überfällig!«, zeterte sie.

»Deine Schwester ist ganz schön streng«, flüsterte Noah ihr ins Ohr.

»Das ist meine Mutter«, antwortete Noelle knapp und wandte sich an Frau D'Angelo. »Es tut mir leid. Ich erkläre dir alles später, es ist ein Notfall, wir brauchen Papa!«

Frau D'Angelo, die französische Wurzeln hatte, entdeckte die bewusstlose Eliana auf Dareks Schultern und seufzte besorgt: »Mon dieu!« Dabei strich sie ihr über den Kopf.

»Giuseppe! Komm runter, hier ist eine Patientin für dich. Beeil dich, es geht ihr sehr schlecht«, rief Madeleine D'Angelo.

Sofort kam ein Mann mit welligem, dunklem Haar und Dreitagebart die Holztreppe heruntergerast. »Mamamia!«, rief er entsetzt, als er das bewusstlose Mädchen sah. Er trug Eliana in sein Behandlungszimmer, jede Sekunde zählte.

Im Badezimmer der Jannicks war das Plätschern der Dusche zu hören. »Lea, bist du bald fertig? Martin und ich haben heute Jahrestag, ich muss mich noch fertig machen!«, rief Frau Janick und klopfte an die Badezimmertür.

»Ja, gleich, Mama, noch fünf Minuten, okay?«, antwortete Lea. Selbst bei ihrer Mutter erhob sie die Stimme, wie bei einem dreijährigen Kind. Das Mädchen wickelte ihren zarten Körper in ein Handtuch und öffnete die Tür. »Das Bad ist frei«, sagte sie knapp. Das Nörgeln ihrer Mutter über den beschlagenen Spiegel und die Wassertropfen an der Duschscheibe überhörte sie mit Absicht. Sie zog sich ihren pastellfarbenen Pyjama über und nahm ihr Handy, das auf ihrem Schreibtisch lag. Zwei Nachrichten waren eingegangen, die sie erst prüfte, nachdem sie es sich auf ihrem Bett bequem gemacht hatte. Die erste war von Erik, der ihr beteuerte, wie heiß er sie fand und dass er sie gerne wiedersehen würde. Oh, arme Melina, das würde ihr gar nicht gefallen, dachte sie mit einem boshaften Lächeln.

Doch die nächste Nachricht traf sie wie ein Schlag. Sie kam von Lydia, die ihr erzählte, dass Darek mit Minako ausgegangen war. Ihr Kiefer verkrampfte sich. Was fiel diesem Engelsgesicht ein, ihr die Beute wegzuschnappen?! »Na warte!«, fluchte sie und suchte Eriks Nummer heraus. Es tutete ein paar Mal, dann ging der Gitarrist ans Handy heran.

»Hallo Erik, hier ist Lea. Ich brauche deine Hilfe.«

»Was ist denn passiert?«

»Es geht um Darek. Er ist kurz davor in Minakos Hände zu fallen.«

Aviel lief durch den Wald. »Eliana!«, rief er ihren Namen gefühlte hundert Mal. Er hatte sich schon die Seele aus dem Leib geschrien. Die Sorge um sie machte ihn krank, er hatte nie gewollt, dass es so endete. Er hatte immer nur das Beste für sie im Sinn gehabt. Keuchend erreichte Aviel eine Lichtung, es war sein Lieblingsplatz. Wie konnte er so naiv sein und hoffen, dass sie dort war? Er hatte ihr ihr noch nicht einmal gezeigt. Er wollte so viele schöne Plätze mit ihr entdecken und ihr angebranntes Essen probieren. Doch es war zu spät. Aviel fiel vor dem See auf der Lichtung auf die Knie.

Der Mond schien so hell, dass das Wasser silber schimmerte. Es wirkte so, als ob weiße Perlen aufgestickt waren. Die glücklichen Momente mit Eliana zogen an ihm vorbei. Er erinnerte sich an die Party bei Minako oder wie sie auf der Eisbahn auf ihren Hintern gefallen war. Er hatte auch nicht vergessen, wie sie auf dem Sportplatz über ihre Füße gestolpert war und wie ihr erster Kuss geschmeckt hatte. Und an das fröhliche Lachen, das sie damals gehabt hatte. Er schmunzelte, und ihm wurde warm ums Herz.

Wie konnte er nur so dumm sein und sie allein lassen? Seine Augen füllten sich mit Tränen. »Vater im Himmel, erhöre mich. Ich habe versagt. Ich war schwach, ich war dumm. Ich habe mich nicht ordentlich um Eliana gekümmert. Ich dachte, ich tue das Richtige, wenn ich sie in Ruhe lasse, damit sie sich auf ihre Genesung konzentrieren kann. Sie hätte mich mehr gebraucht und ich habe sie im Stich gelassen. Ich hätte unsere knappe gemeinsame Zeit besser genießen sollen. Das ist mir jetzt klar«, schrie er verzweifelt zum Himmel. Mit klarem Blick sah er, welche Fehler er gemacht hatte. Der Schmerz überwältigte Aviel wie ein fünfhundert Kilo schweres Gewicht, das auf seinen Brustkorb drückte. Es drohte ihn zu zerquetschen. Die Qualen waren so stark, dass er sie kaum ertragen konnte.

Für einen Moment wurde ihm schwarz vor Augen und er brach zusammen. Ein gleißendes Licht erschien in seinem Geist und gütige braune Augen schauten ihn an. Er erschrak.

»Aviel, mein Freund, hab keine Angst! Ich bin es nur«, sagte die sanfte Stimme der leuchtenden Gestalt.

»Uriel?«, fragte er überrascht. Uriel sah enttäuscht aus. »Wieso hast du Eliana nicht gesagt, warum du dich von ihr zurückgezogen hast?«

»Weil ich dachte, dass es so für sie am besten ist.«

»Es scheint in der Natur von euch Menschen zu liegen, alles mit euch alleine ausmachen zu wollen. Das ist ein fataler Fehler! Nur deshalb gelingt es dem Bösen immer wieder, seine Wurzeln zu schlagen und verdorbene Früchte hervorzubringen.«

»Ich wünschte, ich könnte es rückgängig machen«, erwiderte Aviel. Die Gesichtszüge seines Freundes wurden weicher. »Es hängt jetzt von Elianas Willen ab, ob sie es schafft. Geh zu ihr, sie braucht dich!« Aviel sah Uriel hilflos an. »Ich würde ja gerne, aber ich weiß nicht einmal, wo sie ist.«

»Ruf Minako an«, forderte er ihn auf und verschwand.

»Uriel, warte ...!«, rief Aviel und streckte die Hand nach ihm aus, dann wachte er auf.

Seine Hand war noch in der Luft. Mit belegter Stimme sagte er: »Dein Tod hat ein großes Loch hinterlassen. Wir könnten deine Weisheit in dieser vergifteten Welt gut gebrauchen. Sie hat uns immer aus der Patsche geholfen. Ohne dich schaffen wir es nicht, du fehlst uns.« Eine Träne stahl sich aus seinem Auge.

Der Wind wehte stärker, so dass auch der See leichte Wellen schlug. Auch der Mond schien heller und ließ das Wasser noch mehr glänzen und glitzern. Aviel hörte eine Stimme: »Habt Vertrauen, ihr schafft das. Ihr seid stärker, als ihr denkt. Gott will, dass ihr ihm ähnlich werdet, glaubt ihr nicht, dass er euch dabei die ganze Zeit unterstützt? Er ist immer bei euch.«

»Du solltest schon längst zu Hause sein, bevor es ist dunkel und nun höre ich, dass du bist bei einer Fidanzata (Freundin), Bambina?«, keifte Luigi so laut ins Telefon, dass Minako vor Schreck fast den Hörer fallen ließ. Darek kräuselte die Stirn, obwohl er weiter weg saß, konnte er das Gezeter des Italieners hören. Seine Freundin tat ihm leid, es war, als würde sie gegen einen Taifun ankämpfen. Auch Noelle drückte ihr Mitgefühl mit zusammengezogenen

Augenbrauen aus. Ihr Vater legte genau dasselbe Temperament an den Tag.

»Papa, es ist ein Notfall«, versuchte Minako es noch einmal, wurde jedoch unterbrochen – das gefühlt hundertste Mal.

»Das interessierte mich nichte! Du kommen nach Hause, aber pronto, Principecca!«, zeterte Luigi am anderen Ende der Leitung herum.

»Jetzt lass mich wenigstens mal ausreden«, beschwichtigte Minako ihren Vater und rollte mit den Augen.

»No, du kommen nach Hause jetzte, oder es gibt Stubenarreste!«, donnerte Luigi.

Nun reichte es ihr! »Ora lasciami finire gentilmente! (Jetzt lass mich gefälligst aussprechen)«, keifte sie wie ein Lava speiender Vulkan zurück. Endlich verstummte ihr Vater. Minako brachte ihn meistens zum Schweigen, wenn sie Italienisch sprach. Darek schmunzelte, er fand Minakos Temperament niedlich, genauso wie ihre italienische Stimme. Das Mädchen nutzte die Stille sofort für sich und sprach seelenruhig: »Geht doch! Ja, ich habe die Zeit mit Darek vergessen. Aber nun bin ich bei Noelle, weil Eliana zusammengebrochen ist.«

»Dio mio (mein Gott)! Ich werde unterrichten die Avas, pronto. Wir kommen dann nach, äußerte Luigi, »wo wohnt Noelle?«

»Himmelspforten 7«, antwortete Minako

knapp und legte auf.

»Wer iste Darek?«, fragte sich Luigi.

Minakos Handy klingelte, kurz nachdem sie aufgelegt hatte. Ihr klappte der Mund auf, der Anrufer war Aviel.

»Hallo?«

»Hey Mina ich bin´s Aviel, ist Eliana bei dir?« Er klang wie ein geprügelter Hund.

Ihre Stimme triefte vor Vorwürfen. »Ja, ist sie. Aber eigentlich solltest du bei ihr sein. Es geht ihr schlecht, um genau zu sein, steht sie mit einem Bein im Grab, doch du scheinst dich in letzter Zeit mehr für Lydia zu interessieren.«

»Ja, ich weiß, ich hab´ Bockmist gebaut, doch das mit Lydia ist ein großes Missverständnis. Kannst du mir Eliana geben? Ich möchte ihr sagen, dass ich nie etwas mit Lydia hatte und nur sie liebe.«

»Das geht nicht, sie liegt bewusstlos in Giuseppes Behandlungszimmer«, antwortete sie.

Aviel schwieg.

»Wenn du sie wirklich liebst, dann beweg deinen Hintern zu den D'Angelos, Himmelspforten 7, und zwar pronto!«, sagte Minako in bestimmtem Ton und legte auf.

»Noelle, hilfst du mir bitte beim Assistieren?«,

rief Giuseppe aus seinem Behandlungszimmer.

»Ja, ich komme«, antwortete sie.

»Darf ich zusehen?«, fragte Noah. Das Mädchen stutzte.

»Ich beschäftige mich schon lange mit Heilkräutern. Ich möchte mehr über alternative Medizin erfahren.« Schon seit seinem sechsten Lebensjahr interessierte sich Noah für Tiere und Pflanzen. Jede freie Minute verbrachte er damit, Zimti-chan zu trainieren, damit sie keine Leine mehr brauchte. Sein größter Traum war es, Heilpraktiker und Hundetrainer zu werden.

»Ich denke, das geht in Ordnung, Vater freut sich immer über Interessenten«, antwortete Noelle. Der große Behandlungsraum der D'Angelos strahlte viel Wärme aus. Die Wände waren mit Holz und Bambus verkleidet. Zwei grünliche Bambusrollos bedeckten die Fenster, damit niemand hineinsehen konnte. Trotzdem fiel natürliches Licht hindurch. Der Raum roch nach Kräutern. Eliana lag auf einer Liege, die mit einem weißen Tuch bedeckt war.

Giuseppe D'Amore befand sich an seinem Arbeitstisch. Es standen viele Gläser und Behälter herum, außerdem hatte er seine Arbeitsgeräte neben sich liegen. »Willst du uns assistieren?«, fragte er Noah.

Der Junge nickte. »Gut, wir können jede helfende Hand gebrauchen«, erwiderte Giuseppe freundlich.

»Noelle, hol mir bitte Alantwurzel, Kamille, Nelkenwurz, Frauenmantel und Taubnessel aus dem Regal«, delegierte er seine Tochter und zeigte auf das Holzregal an der Wand. Dort standen Unmengen von getrockneten Heilkräutern herum, sie waren alle in alphabetischer Reihenfolge sortiert.

»Und du, Amico«, sprach er zu Noah, »hilfst mir, die Früchte zu zerkleinern. Hier sind Quitten, Heidelbeeren, Holunder, Himbeeren und Brombeeren. Sie alle enthalten Vitamine, die den Darm unterstützen.« Noah freute sich, dass er nicht nur zugucken, sondern auch mithelfen durfte. Noah warf die Früchte in den Mixer, während Noelle die gewünschten Kräuter an den Tisch trug.

»Jetzt müssen wir die Kräuter dosieren. Von der Alantwurzel brauchen wir am meisten, die anderen können wir in gleicher Menge verabreichen«, erklärte Giuseppe und wog die Kräuter ab.

Elianas Glieder wurden schwer, doch sie tat noch ihre vorhandenen Atemzüge. Ein Licht erschien in ihrem Geist und nahm sie mit. Sie fand sich in einem Blumenmeer wieder. Nichts quälte sie dort oder bereitete ihr schmerzen. Sie fühlte sich wie ein Lufthauch. Eliana sah sich um und er stand vor ihr. Tränen stiegen ihr in die Augen. »Endlich bin ich wieder bei dir, mein Brüderchen.«

Kapitel 32

Es war früher Abend, als Eliana das Krankenhaus fluchtartig verlassen hatte. Frau Ava blieb, um mit Dr. Cordes über den Krankheitsverlauf zu sprechen. »Es ist verständlich, dass die Diagnose für Ihre Tochter ein Schock war«, sagte er trocken und fuhr fort: »Aber so sind die Fakten. Es ist unwahrscheinlich, dass Eliana geheilt werden kann. Die Testergebnisse zeigen eindeutig, dass ihr Körper die Medikamente abgestoßen hat. Wir können ihr Leiden nur noch so angenehm wie möglich machen, allerdings übernimmt die Krankenkasse die Kosten nicht.«

In seinen Augen lag weder Güte noch Mitgefühl, sondern nur berechnende Kälte. Frau Ava fühlte sich verlassen. Wie konnte Gott in dieser Situation seine Augen von ihr abwenden? Gerade jetzt, wo sie ihn am meisten brauchte.

»Ich verstehe«, sagte sie nur und verabschiedete sich.

Am Abend kam Herr Ava nach Hause. Er fühlte
sich wie ein Sack Kartoffeln und ließ sich auf
das Sofa fallen. Im Haus war es totenstill, weder
Eliana noch seine Frau waren zu hören.

»Hallo, ist jemand zu Hause?«, rief er.
Frau Ava kam wie ein Zombie aus der Küche.

»O Gott, Katharina! Ist alles in Ordnung?«,
fragte er. Schweigend setzte sie sich zu ihm auf
die Couch.

»Für Eliana gibt es keine Hoffnung mehr«,
sprach sie dumpf und starrte ins Leere. Er griff
nach ihrer Hand, die auf ihrem Schoß lag.

»Was meinst du damit?«, fragte er. Katha-
rinas Augen waren wie tote Teiche, es glich
einer Folterkammer, zu erzählen, was im Krankenhaus geschehen war.

Jeremias spürte, wie sich die Trauer in seinem Herzen sammelte, doch er versteckte sie
hinter einer Eisentür. Er durfte nicht weinen,
noch nicht, denn in diesem Moment war er der
starke Part, der seine Frau stützen musste.
»Das kommt schon alles wieder in Ordnung«,
sagte er und wusste selbst nicht, warum er das
tat.

»Wie kannst du dir da so sicher sein?«, fragte Frau Ava. Das Telefon klingelte. »Ich gehe schon«, sagte Herr Ava und nahm den Hörer ab. Je länger er dem Gespräch zuhörte, desto mehr wich die Farbe aus seinem Gesicht.

»Was ist los?«, fragte seine Frau.

»Eliana ist zusammengebrochen, es könnte sein, dass sie die Nacht nicht übersteht«, antwortete Jeremias.

Ein Taxi parkte vor dem Haus der D'Angelos. Es war derselbe Fahrer, der Eliana und ihre Freunde gefahren hatte. Dieses Mal war Aviel sein Fahrgast. »Bist du ein Freund des kranken Mädchens?«, fragte er. Aviel nickte zögerlich und erklärte: »Ja, das bin ich. Oder besser gesagt, ich wäre es gerne, jedoch verdiene ich diesen Titel nicht mehr. Ich habe sie im Stich gelassen.«

Der Fahrer zog die Stirn kraus. »Aber jetzt bist du da, um ihr beizustehen, und das ist die Hauptsache«, sagte er und schmunzelte.

Aviel konnte nur müde lächeln, die Worte des Taxifahrers beschämten ihn. »Ich habe nur kein Geld bei mir. Meine Freunde sind im Haus, die leihen mir sicher etwas, wenn ich sie darum bitte. Warten Sie einen Moment«, sagte er.

»Nein, ist schon gut. Ich werde mich heute von Tütensuppe ernähren«, äußerte der Taxifahrer.

»Das kann ich nicht annehmen« Der Taxifahrer winkte ab.

»Schon gut, aber versprecht mir, dass ihr alles versucht, um das Mädchen zu retten.«

Aviel klingelte an der Pforte, kurz darauf hörte er eine Frauenstimme mit französischem Akzent durch die Anlage sprechen.

»Ja, bitte?«

»Hallo, mein Name ist Aviel Levi. Minako hat mir gesagt, dass meine Freundin Eliana bei Ihnen ist.«

»Oui, das stimmt, dann bist du wohl ihr Freund, komm rein«, sagte Frau D'Angelo und drückte auf den Summer. Sie kam ihm in einem hellen Sommerkleid entgegengelaufen. Es schmiegte sich wie Samt an ihre Haut. Aviel klappte der Mund auf, so schön war ihre Erscheinung.

»Noelle hat mir nie erzählt, dass sie Geschwister hat«, sagte er verblüfft.

Frau D'Angelo lachte. »Noelle ist ein Einzelkind. Ich bin ihre Mutter.«

»Oh, das tut mir leid«, sagte Aviel mit hochrotem Kopf.

»Das muss dir nicht leidtun, das passiert mir öfter«, erwiderte Frau D'Angelo lächelnd und führte den Jungen ins Haus.

Aviel betrachtete sie noch einmal genau. Er würde sie höchstens auf sechsundzwanzig schätzen.

»Ich war noch sehr jung, als ich mit meiner süßen Noelle schwanger war. Gerade mal zwanzig«, erzählte Frau D'Angelo.

»Und jetzt sind Sie schon über dreißig? Ich hätte sie für viel jünger gehalten«, sagte er. Ein lautes Lachen kam aus Frau D'Angelos Mund. »Wie hast du dir denn eine Frau in den Dreißigern vorgestellt?«

Aviel zuckte mit den Schultern. »Keine Ahnung, die meisten wirken mit dreißig schon steinalt.«

»Das hängt alles von der eigenen Einstellung ab und natürlich kann eine gesunde Ernährung auch nicht schaden«, antwortete Noelles Mutter und öffnete die Tür. »Ich bin übrigens Madeleine«, sagte sie mit einem lieblichen Lächeln.

Aviel betrachtete die freundlichen Fliesen im Flur. Er ging durch den runden Eingang aus rostrotem Backstein. Er entdeckte Minako und Darek auf dem Sofa. Die Augen des Mädchens waren vom vielen Weinen verquollen.

»Hey«, begann Aviel zu sprechen, weiter kam er nicht. Draußen waren quietschende Reifen zu hören, gefolgt von Luigis Gefluche, wie voll die Straßen waren und dass alle Autofahrer lahme Enten seien. »Idiote!«, schimpfte er mindestens zwanzig Mal auf dem Weg zu Noelles Haus. Dann klingelte er hastig.

»Oh, das müssen die Eltern von Eliana und Minako sein«, stellte Frau D'Angelo fest und schlenderte zur Tür. Nachdem sie sich vorgestellt hatte, bat sie die Eltern ins Wohnzimmer und schlug vor, die Avas und Aviel zu Eliana zu bringen. »Minako, vielleicht solltest du auch mitkommen. Eliana kann jede moralische Unterstützung gebrauchen«, sagte sie mit einem Augenzwinkern. Madeleine D'Angelos Leichtigkeit war wie Balsam in der angespannten Situation.

Luigi hatte bemerkt, wie vertraut Minako mit dem Leadsänger auf der Couch gesessen hatte.

»Wer ist das, Principessa?«, fragte er streng.

»Äh-ja, das ist Darek, wir sind ein Paar«, stammelte sie und verwandelte sich dabei in eine Tomate. Die Situation hätte nicht unangenehmer sein können, um ihren Freund vorzustellen. Sie hatte sich eher ein nettes Abendessen bei Kerzenschein gewünscht und vor allem eine bessere Laune ihres Vaters.

Darek setzte sein Pokerface auf und begrüßte die Eltern seiner Freundin mit einem lässigen »Hi, wie geht´s?«

»Das besprechen wir später«, knurrte Luigi in Minakos Richtung, dann setzte er sich mit seiner Frau dem Leadsänger gegenüber und musterte ihn mit Argusaugen, während Darek den Mann nur souverän angrinste. Frau D'Angelo hingegen schenkte dem Metalhead ein freundliches Lächeln, sie fand ihn auf Anhieb sympathisch.

Minako schaute wieder ins Wohnzimmer und guckte Darek mitleidig an. Es war, als würde sie sagen: »Du Ärmster.« Darek schaute, als wolle er antworten: »Mach dir keine Sorgen, Süße. Ich pack´ das schon!« Luigi entging der stumme Blickwechsel der beiden nicht. Immer wieder wanderte sein Kopf zwischen ihnen hin und her. »Hört auf zu flirten, managgia (verdammt)!«, zeterte er. Rockstar-Typen wie Darek kannte er nur zu gut. Die ließen nichts anbrennen und brachen kiloweise Herzen. Aber nicht das seiner Tochter. Diese Liebe würde er um jeden Preis verbieten.

Kapitel 33

Die Blumen, die Eliana umgaben, waren so bunt, dass der Regenbogen neben ihnen ergraut wäre. Ihre Farben leuchteten prall und kräftig. Doch ihre Schönheit verblasste neben ihrer Freude. Ihr Bruder stand vor ihr und trug das Gewand der Herrlichkeit. Sein schulterlanges, gewelltes Haar und seine braunen Augen, die so viel Güte ausstrahlten, dass jedes Herz sofort zerbrach. Alles war so, wie sie es in Erinnerung hatte.

»Uriel!«, rief sie und stürmte auf ihn zu. Bei ihm angekommen, ließ sie sich in seine Arme fallen. Trauer und Freude vermischten sich in den Tränen, die ihr über das Gesicht liefen.

»Eliana«, sagte er und hob ihr Gesicht an. Mit dem Daumen wischte er ihr die Tränen weg. Eliana lächelte. Sie spürte, wie alles in ihr leichter wurde, und eine gewisse Gleichgültigkeit machte sich frei. »Uriel, ich bin so froh, dich zu sehen. Jetzt wo ich bei dir bin, ist alles gut. Ich will weg aus dieser verlogenen Welt. Ich wollte die ganze Zeit nur bei dir sein, bitte nimm mich mit«, äußerte sie.

Herr D'Angelo legte Eliana in eines der Gästezimmer und deckte sie mit einem dünnen Laken zu. »Noelle, mach bitte ein paar Wadenwickel, das Fieber ist zu hoch, wir müssen es senken«, sagte er. Dann streichelte er ihr liebevoll über die Stirn. »Dein Körper macht seine Sache gut. Er kämpft gegen die Parasiten an. Halte durch.« Er setzte die Infusionsnadel in die Armbeuge seiner Patientin. Die Lebensessenz aus Kräutern und Früchten, die er für sie gemischt hatte, konnte nun versuchen, in ihrem Körper zu wirken. Noelle kam mit den Wadenwickeln zurück und brachte Minako, Aviel und Elianas Eltern mit.

»Ihr Körper ist sehr schwach. Es kann sein, dass sie es nicht schafft. Wir müssen diese Nacht abwarten«, sagte Giuseppe betroffen. Ein lähmender Schmerz durchfuhr die Avas und auch Minako kämpfte mit den Tränen.

»Wir können nur das Beste hoffen«, sagte

er und alle nickten.

»Ich lasse am besten die Gästezimmer herrichten, damit wir alle in Elianas Nähe sein können. Darek und die D'Amores sind sicher auch müde«, äußerte Noelle.

»Das ist eine gute Idee«, antwortete Herr D'Angelo.

»Ich werde gleich unsere Haushaltshilfe darum bitten«, sagte Noelle und flitzte aus dem Zimmer.

Luigi und Darek saßen sich immer noch gegenüber. Minakos Vater fixierte ihn die ganze Zeit über mit seinem Blick. »Soso, du bist also die Amore meiner geliebten Principessa?!«, äußerte er und sah dabei wie ein Tiger aus, der sich gleich auf ihn stürzen würde.

Der Leadsänger atmete innerlich tief durch, er wusste, worauf das hinauslaufen würde. Es sollte ein Das ist meine Tochter und ich gebe sie nicht so einfach her - Gespräch werden. Darek beschloss, nur mit einem lässigen »Japp« zu antworten, alles andere wäre glatter Selbstmord.

Luigi schimpfte wild mit den Händen fuchtelnd: »Das kannst du vergessen, si sfacciato, cheeta (du frecher Bengel/ Rotzlöffel). Vai al Diavolo (scher dich zum Teufel)!«

»Luigi, bitte!«, tadelte ihn Frau D'Amore, »vergiss nicht, dass es Darek war, der unsere Tochter damals in der Rockbar gerettet hat. Er hat eine Chance verdient!«

»Managgia (Verdammt)!«, fluchte Luigi, denn er wusste, dass seine Frau recht hatte.

Noelle betrat das Wohnzimmer. »Ich möchte nicht stören, aber wenn ihr bei uns übernachten wollt, könnt ihr unsere Gästezimmer benutzen.«

»Das ist eine sehr gute Idee«, erwiderte Tomoyo und auch Darek und Luigi nickten, zumindest in diesem Punkt waren sie sich einig.

Elianas Geist war immer noch bei ihrem Bruder.

»Warum willst du diese Welt verlassen?«, fragte Uriel.

Ihr Blick füllte eine Leere. »Ich werde meiner Krankheit sowieso bald erliegen«, antwortete Eliana. Resignation lag in ihrer Stimme.

»Ist das für dich ein Grund aufzugeben? So kenne ich meine kämpferische Schwester gar nicht.« Uriel lächelte.

»Es gibt für mich nichts mehr, wofür es sich zu kämpfen lohnt. Aviel ist jetzt mit Lydia zusammen, und hat mir nicht mal ein Wort gegönnt. Als ich ihn am meisten brauchte, war sie bei ihm. Sie war die ganze Zeit bei ihm. Jetzt liebt er sie statt mich, nur weil ich krank bin, das ertrage ich nicht.« In Eliana schnürte sich alles zusammen. »Und du«, sie hielt kurz inne, »du hast mich auch allein gelassen. Wir waren immer zusammen. Wie konntest du einfach sterben?« Tränen kullerten ihr über das Gesicht.

Uriel sah seine Schwester sanft an. »Nur weil ich nicht mehr da bin, heißt das nicht, dass ich dich allein gelassen habe. Es gibt Dinge, die den Augen verborgen sind. Du musst lernen, mit deinem Herzen zu sehen. Du hast dich Aviel verschlossen, deshalb hat er sich von dir zurückgezogen. Warum hast du nicht mit ihm gesprochen?«

»Weil ich mich nicht getraut habe.« Eliana schluchzte.

»Warum?«

»Ich hatte Angst, dass er mich zurückweist.«

»Warum hätte er das tun sollen?«

Sie senkte den Kopf.

»Er wollte dir die ganze Zeit nahe sein, aber da du dich ihm nicht geöffnet hast, hielt er es für das Beste, dich in Ruhe zu lassen. Weil ihr nicht miteinander geredet habt und alles im Stillen ausgetragen habt, konnte die Situation so eskalieren«, sagte Uriel und fügte hinzu: »Durch die Feindschaft, die zwischen dir und Noelle entstanden ist, werden noch mehr Menschen zu Schaden kommen.«

Erschrocken riss Eliana die Augen auf. »Kann ich das irgendwie verhindern?«

»Nein. Aber vielleicht kannst du es im richtigen Moment in Ordnung bringen«, antwortete Uriel und nahm seine Schwester bei der Hand. »Komm, ich will dir etwas zeigen.«

Ein Licht erschien und sie befanden sich in dem Gästezimmer, in dem ihr Körper lag. Eliana sah sich dort liegen. Ihre Freunde und Familie standen um sie herum. Ihre Eltern saßen an ihrem Bett. Frau Ava strich ihr über den Kopf und sprach: »Eliana, mein kleiner Spatz, hörst du mich? Dein Vater und ich warten hier auf dich. Wir möchten, dass du nach Hause kommst, und dann mache ich dir dein Lieblingsessen, Nudelauflauf.«

Herr Ava ergriff das Wort: »Eliana, komm zu dir! Du hast noch dein ganzes Leben vor dir.« Mehr konnte er nicht sagen. Die Trauer überwältigte ihn so sehr, dass es ihm die Stimme raubte. Er griff sich an die Nasenwurzel und unterdrückte die aufsteigenden Tränen. Frau Ava strich ihm über den Rücken.

Minakos Eltern waren ebenfalls anwesend und standen ein Stück hinter den Avas. Frau D'Amore ging zuerst auf das Mädchen zu. »Eliana, hörst du mich? Bitte gib nicht auf, wir wollen alle, dass du wieder gesund wirst.«

Dann trat Herr D'Amore ans Bett und versprach ihr einen Kuchen, wenn sie wieder zu sich käme.

Minako kniete sich vor das Kopfende. Sie streichelte ihrer Freundin über die Wange und nahm ihre Hand. »Hey Elli-Maus, wo bist du gerade? Bist du bei Uriel? Ich hoffe, er schickt dich zu uns zurück. Du darfst nicht gehen. Wir wollten doch zusammen kämpfen. Du bist meine beste Freundin. Ich möchte noch so viel mit dir erleben. Darek hat bald Geburtstag, und du bist herzlich eingeladen«, sprach sie mit Tränen in den Augen. Beim letzten Satz horchte Herr D'Amore auf, es passte ihm nicht, dass seine Tochter mit diesem Rotzbengel Geburtstagsvorbereitungen traf. Auch Darek richtete ein paar Worte an Eliana: »Hey, Kleine, du hörst doch, wie sehr dich alle vermissen, also tu uns den Gefallen und werd´ wieder gesund.«

»Halte durch, Noelles Vater hat sogar ein Gegenmittel für deine Krankheit gefunden«, sagte Noah.

Jetzt trat Noelle an Elianas Kopfende. »Hey Elli, ich konnte mich noch gar nicht für die leckeren Kekse bedanken. Ich würde mich freuen, wenn wir endlich das Kriegsbeil begraben und Freundinnen werden könnten. Aber dafür musst du durchhalten«, sagte sie schluchzend.

Aviel war der Letzte, der mit Eliana sprach. Er kniete vor ihr nieder, streichelte ihr bleiches

Gesicht und nahm dann ihre Hand.

Seine Gefühle waren so stark, dass ihr Geist neben Uriel zuckte.

Aviel begann mit leiser, trauriger Stimme zu sprechen: »Hey, meine Süße, ich weiß gar nicht, wie ich anfangen soll, aber das ist ein großes Missverständnis. Ich werde dir jetzt die ganze Wahrheit sagen. Ja, ich habe einen großen Fehler gemacht. Ich habe dich die ganze Zeit allein gelassen, als du mich am meisten gebraucht hast. Ich dachte, ich hätte das Richtige getan. Ich wollte jede Aufregung von dir fernhalten, und weil wir uns so oft wegen Noelle gestritten haben, dachte ich, meine Nähe wäre eine Gefahr für dich. Schließlich ist jede Aufregung Gift für dich. Ich wollte nur, dass du dich ganz auf deine Genesung konzentrieren kannst, damit es dir schnell wieder besser geht. Es tut mir alles so leid. Ich kann verstehen, dass du jetzt denkst, ich hätte dich mit Lydia betrogen, doch das stimmt nicht. Sie war nur bei mir, weil wir eine Schulaufgabe schreiben mussten. Das musst du mir glauben. Ich hätte mit dir reden und dir meine Gründe erklären sollen, dann wäre es ihr nicht gelungen, wieder Zwietracht zu säen. Bitte, lass uns neu anfangen, die Sommerferien genießen, die Schule beenden und wenn wir das geschafft haben, ziehen wir in unsere erste gemeinsame Wohnung. Eliana, ich liebe dich«, mit diesen Worten küsste er sie auf

ihre farblosen, blassen Lippen, ihre Hand hielt
er immer noch. Er spürte, wie Eliana sie kurz
drückte. Seine Augen weiteten sich. »Ich glaube,
sie hat reagiert!«, rief er.

Uriel schaute seine Schwester an und sagte
eindringlich: »Siehst du, alle lieben dich! Was
wirst du nun tun? Willst du weiter gegen die
Krankheit kämpfen oder willst du aufgeben und
mit mir kommen? Es liegt jetzt an dir.«

Kapitel 34

Es war still im Haus der D'Angelos. Jeder hatte sich in sein Zimmer zurückgezogen. Minako teilte sich ein Zimmer mit Noelle und lag neben ihr im Bett.

»Hey Noelle, schläfst du?«, fragte sie und lugte zu ihr hinüber.

Ihre Freundin gähnte. »So halb. Was ist los, kannst du nicht einschlafen?«

»Nein. Ich muss immer an Eliana denken. Meinst du, sie kommt durch?«

»Ich hoffe es, aber wir haben ihr einen Vitamincocktail für Magen und Darm gemixt. Mein Vater hat ihn sogar an Proben von Uriel getestet«, erklärte Noelle.

Minako richtete sich auf. »Wie das?«

»Na, er hat im Maria Schäferhof Krankenhaus gearbeitet. Er hat die Ärzte gefragt, ob er eine Gewebeprobe nehmen darf, um ein Gegenmittel zu entwickeln.

Doch sie haben ihn nur ausgelacht und behauptet, dass ihm das nie mit Naturheilkunde gelingen würde. Trotzdem glaubte er an seine Vision und widersetzte sich der Anordnung der Ärzte. In einem unbeobachteten Moment nahm er einfach die Proben und forschte Tag und Nacht an einem Gegenmittel. Irgendwann hatte er die perfekte Zusammensetzung gefunden, die dann bei Uriels Proben sofort angeschlagen hatte. Ich wollte es Eliana die ganze Zeit sagen …«

»Jedoch wollte sie dir nicht zuhören«, beendete Minako den Satz. »Ach, ich hoffe, es ist noch nicht zu spät.«

»Ich denke, dass alles gut wird. Nach Aviels Liebeserklärung hat sie ihm doch ein Zeichen gegeben. Sie muss sich jetzt nur ausruhen«, erwiderte Noelle.

Minako nickte. Apropos Liebe, dachte sie. »Du verstehst dich gut mit Noah, ne?«, fragte sie mit einem verschmitzten Grinsen.

»Äh-ich äh, ich mag ihn sehr«, stammelte Noelle und war dankbar, dass die Dunkelheit ihr rotes Gesicht verbarg. Sie konnte ihr Herzklopfen nicht einordnen. War sie wirklich in ihn verliebt?

»Und du, bist du traurig, dass du nicht bei Darek schlafen kannst?«, konterte sie. Noelles Frage war wie ein Schlag vor den Kopf. Sie erinnerte sich, wie Darek sie bei der Zimmerverteilung klammheimlich in sein Zimmer lotsen wollte, aber von ihrem Vater erwischt wurde. Nachdem Herr D'Amore wie ein verschnupftes Nashorn herumgezetert hatte, meinte Darek nur cool: »Na ein Versuch war´s wert, oder?« Daraufhin explodierte Herr D'Amore und konnte sich kaum beruhigen.

Jetzt war es Noelle, die schelmisch grinste. »Wir könnten uns zu den Jungs schleichen«, sagte sie.

»Sag mal, bist du verrückt?«, bölkte Minako und saß kerzengerade im Bett. Der Gedanke, mit Darek in einem Bett zu liegen, war ihr peinlich. Sie stellte sich sein dämliches Grinsen vor, wenn sie vor ihm stehen würde.

»Warum wirst du denn so wütend?«, fragte Noelle.

»Ach, vergiss es. Es wird eh nicht möglich sein, da das Zimmer meines Vaters zwischen uns liegt. Und ich habe keine Lust auf sein Gezeter«, antwortete Minako mit hochrotem Kopf.

»Ach, der schläft bestimmt schon«, sagte Noelle. Dabei setzte sie wieder ihr freches Grinsen auf. Gesagt, getan. Die Mädchen schlichen aus dem Zimmer. Sie tapsten über den Holzfußboden. Schweißperlen bildeten sich auf ihrer Stirn, eine falsche Bewegung konnte Luigi aus dem Schlaf reißen. Im Flur angekommen, hörten sie Luigi schnarchen. Je näher sie seinem Zimmer kamen, desto schneller schlug Minakos Puls.

Krampfhaft setzte sie einen Fuß vor den anderen. KNATSCH. Genau vor Luigis Tür, war der Boden so gemein, sie zu verraten. Luigis Schnarchen verstummte und die beiden Mädchen standen stocksteif vor der Tür.

»Was war das?«, fragte er.

»Das Holz arbeitet«, murmelte seine Frau im Halbschlaf. Daraufhin schlief er sofort wieder schnarchend ein.

Die Mädchen atmeten auf. »Glück gehabt«, flüsterte Noelle, dann schlichen sie weiter.

»Meinst du, die Jungs sind noch wach?«, fragte Minako aufgeregt.

»Das werden wir gleich sehen«, antwortete Noelle und klopfte an die Tür.

»Herein«, ertönte Dareks Stimme. Minako platzte fast vor Aufregung. Die Mädchen betraten das Zimmer und kniffen die Augen zusammen, nachdem die Jungs die Nachttischlampen angeknipst hatten.

»Na das ist ja mal 'ne schöne Überraschung, Mädels«, äußerte Darek und schenkte Minako einen tiefen Blick.

»Was verschafft uns denn die Ehre, ihr Hübschen?«, fügte er noch und grinste lasziv. Minako nestelte am Saum ihres Nachtkleides herum. »Um ehrlich zu sein, wollte ich bei dir sein«, antwortete sie. Die Scheu seiner Freundin amüsierte Darek. Trotzdem zog er es vor, sie nicht weiter zu necken, um sie nicht noch mehr in Verlegenheit zu bringen. »Du kannst gerne bleiben, ich freue mich«, antwortete er.

»Wird es nicht zu eng, wenn wir zu viert in dem kleinen Zimmer schlafen?«, fragte Noah.

»Du kannst bei mir schlafen«, sagte Noelle.

»Und wenn Luigi aufwacht?«, fragte Noah, der das Gezeter von Herrn D´Amore bei der Zimmeraufteilung gehört hatte.

»Minako und ich haben es zu euch geschafft, dann schaffen wir es auch wieder zurück«, sagte Noelle, dann schlich sie sich mit Noah zurück. Minako und Darek beobachteten sie durch einen Türspalt. Kaum waren sie vor dem Zimmer der D'Amores, klackerte die Türklinke und Luigi stand im Flur. Jetzt war alles vorbei! Minako versteckte sich hinter Darek, Noah und Noelle erstarrten.

»Was macht ihr da, Bambini (Kinder)?«, fragte Luigi streng.

Noelle suchte panisch nach einer Ausrede. »Äh, äh, ja, wir wollten gerade auf die Toilette«, stammelte sie. Luigi sah die beiden argwöhnisch an und sagte: »Aber die Toilette ist in der anderen Richtung.« Dabei zeigte er mit dem Finger auf die Tür, an der das WC-Schild hing.

Mist!, dachte Noelle, sie konnte sich für ihre Schusseligkeit selbst ohrfeigen.

Noah ergriff das Wort: »Noelle, das muss dir doch nicht peinlich sein! Also, wir sind uns zufällig auf dem Flur begegnet.

Noelle fragte mich, ob ich sie in ihr Zimmer bringen könnte, weil sie Angst im Dunkeln hat. Sie hatte überlegt, Minako zu wecken, weil sie den Weg nicht alleine gehen wollte, aber sie hat sie nicht wach bekommen.« Er strahlte beim Sprechen so eine Ruhe aus, dass Luigi keine Zweifel mehr hatte. »Ach so, ragazuo bueno (Guter Junge)«, erwiderte er gähnend und schlenderte zurück ins Zimmer. Noah und Noelle atmeten erleichtert aus und huschten dann schnell in ihre Zimmer. Auch bei Minako und Darek fiel die Anspannung ab. Sie schlossen die Tür und sahen sich in die Augen. Dann kicherten sie. Darek nahm ihre Hand und setzte sich mit ihr auf die Bettkante. Er schaute ihr tief in die Augen und sagte heiser: »Du weißt schon, dass es gefährlich ist, sich einfach so in das Bett eines Mannes zu schleichen? Und bei mir ist es besonders gefährlich, denn ich bin ein wildes Tier«, hauchte er ihr verführerisch zu. Er strich ihr über die Wange und küsste ihre Lippen. Sie unterbrach den Kuss und sah ihn an, seine Pupillen weiteten sich. Sie war so sinnlich.

»Ich weiß, in welcher Gefahr ich mich befinde, trotzdem vertraue ich dir und hoffe, dass du standhaft bleibst«, flüsterte sie.

»Na du bist mir ja eine«, sagte Darek und kitzelte sie. Minako quietschte vor Lachen und flehte ihn an, damit aufzuhören. Sie lag auf dem Rücken und er beugte sich über sie.

»Das wird mir bei so einer Hübschen wie dir zwar schwerfallen, aber ich warte, bis du so weit bist«, flüsterte er und strich ihr eine Strähne aus dem Gesicht. Er kam ihr immer näher, sodass sie seinen Atem spüren konnte, dann küsste er sie zärtlich. Eng umschlungen schliefen beide ein.

Aviel machte kein Auge zu. Er hielt Elianas Hand und wich nicht von ihrer Seite. Seine Augen waren vom vielen Weinen verquollen. Mit jeder Sekunde, die verging, wurde seine Qual größer. Diese ekelhafte Machtlosigkeit, nichts tun zu können, war unerträglich. Es liegt an ihrem Willen, schoss es ihm durch den Kopf. Es war, als hätte Gott es ihm selbst gesagt.

»Was wirst du tun? Du kannst mit mir kommen, wenn du willst. Oder du kannst zurückkehren und dein Leben mit deinen Freunden und Aviel verbringen«, sagte Uriel. Eliana senkte den Kopf.

»Aviels Worte haben mich sehr glücklich gemacht. Trotzdem weiß ich nicht, ob es gut ist, wenn ich zurückkehre«, erwiderte sie.

»Warum?«, fragte ihr Bruder.

»Früher oder später werde ich meiner Krankheit erliegen.

Es müsste schon ein Wunder geschehen, damit ich wieder gesund werde. Aber deshalb heißt es ja Wunder, weil es sich nie ereignen wird«, antwortete sie und weinte.

Uriel legte den Arm um ihre Schultern und sah sie fest an, nachdem sie sich beruhigt hatte. »Das Leben ist manchmal hart zu uns, ja, manchmal geraten wir sogar in die schlimmsten Situationen. Und doch geschieht das eine oder andere Wunder, um Menschen zu helfen. Sie sind unerklärlich, dennoch ereignen sie sich.«

Eliana schaute ihren Bruder verwirrt an. Sie wusste nicht, was er meinte. Uriel bemerkte das und sagte: »Komm, ich will dir eine Geschichte erzählen:

Ein Vater und sein Sohn waren auf der Durchreise, und als es dunkel wurde, baten sie einen reichen Kaufmann, bei ihnen übernachten zu dürfen. Anstatt sie in sein Haus zu lassen, ließ er sie nur in seinem Pferdestall übernachten. In der Scheune war ein Loch im Boden, das er reparierte.

»Warum tust du das, wo er uns doch so schlecht behandelt hat?«, fragte sein Sohn

»Die Dinge sind nicht immer so, wie sie scheinen«, antwortete der Vater nur.

In der nächsten Nacht schliefen sie bei der armen, aber sehr großzügigen Müllers Familie. Sie teilten das Essen mit ihnen und schenkten sogar ihren besten Wein aus, den sie eigentlich für besondere Anlässe aufgehoben hatten. Mitten in der Nacht kamen Räuber und stahlen das wenige Mehl, das von der schlechten Ernte übrig geblieben war. Der Sohn wollte hinausgehen und die Räuber stellen, jedoch hielt der Vater ihn zurück.

Der Sohn war über das Verhalten seines Vaters empört. »Warum bist du so ungerecht? Dem ersten Mann reparierst du die Scheune, obwohl er uns total mies behandelt hat, und dem Müller versuchst du nicht einmal zu helfen, obwohl er sogar das, was er nicht hatte, mit uns geteilt hat!«, warf er ihm vor.

»Die Dinge sind nicht immer so, wie sie scheinen«, sagte der Vater und erklärte: »Unter der Scheune war ein Schatz vergraben, den ich versiegelt habe, damit der Kaufmann ihn nie findet. Das Mehl des Bauern war vergiftet, ich hörte durch ein offenes Fenster, wie der Kaufmann es seinem Geschäftspartner erzählte. Es war der Bruder des armen Müllers und es war sein hinterhältiger Plan, die Familie des Müllers zu vergiften, damit er die Mühle erben konnte.«

Das ging Eliana durch Mark und Bein. Uriel erklärte ihr in ruhigem Ton: »Was ich dir mit dieser Geschichte sagen will, ist, dass die Menschen sich viel zu sehr auf das verlassen, was sie kontrollieren und greifen können, anstatt dem Leben zu vertrauen. Gott hat die Zügel in der Hand und lässt dich nie allein.«

»Warum hat Gott dich sterben lassen, wenn er doch die Zügel in der Hand hält?«, fragte Eliana verwundert.

»Wenn die Zeit gekommen ist, wirst du es verstehen. Ich hatte hier eine besondere Aufgabe, die ich durch meine Krankheit erfüllt habe. Mein Tod war dafür notwendig«, erklärte Uriel.

»Ist gut«, erwiderte Eliana und spürte Frieden in sich. Sie schloss die Augen und fragte sich, was sie wirklich wollte. Die Antwort durchströmte sie wie ein sanfter Stromstoß. Sie guckte ihren Bruder entschlossen an und sagte: »Ich will an das Wunder glauben und weiterleben.«

Uriel lächelte sie gütig an. Sofort verspürte sie einen Stich in der Brust. »Aber ich möchte auch bei dir bleiben. Ich will nicht, dass du wieder gehst.« Uriel nahm sie fest in seine Arme. »Aber ich war doch nie weg. Ich werde immer bei euch sein, bis wir uns wirklich wiedersehen.«

Während er diese Worte sprach, spürte Elianas Geist, dass irgendetwas mit ihrem Körper geschah. Es war, als würde sie wieder zum Leben erwachen. Eine heilende Kraft durchströmte ihre Adern. Sie konnte nicht greifen, was da geschah, und sah ihren Bruder fragend an. »Das ist es, was ich dir die ganze Zeit sagen wollte. Du darfst die Hoffnung niemals aufgeben. Die, die dich lieben, haben es nicht getan.

Es ist nicht nur Gottes Kraft, die in dir wirkt, sondern auch dein Wille und dein Glaube sowie die Hoffnung und das Vertrauen derer, die dich nicht aufgegeben haben. Ihnen wurde ein Weg bereitet, dir zu helfen.«

Das Glück überwältigte Eliana, sodass sie erneut Tränen vergoss. Sie umarmte ihren Bruder ein letztes Mal und kehrte ins Leben zurück. Die bunte Wiese entfernte sich immer mehr von ihren Augen, genauso wie Uriel. Sie rief ihrem Bruder zu: »Danke für alles! Ich werde dich trotzdem vermissen!«

Uriel lächelte. »Wir werden uns wiedersehen«, sprach er, dann waren er und die Blumenwiese ganz verschwunden. Eliana wachte auf und öffnete die Augen.

Kapitel 35

»Wo bin ich?«, fragte Eliana und richtete sich auf. Sie konnte nur dunkle Umrisse erkennen. Das Zimmer schien nur aus einer Kommode, einem Schrank und diesem Bett zu bestehen. Es schien ein wenig Licht durch die Vorhänge. Das Zimmer roch angenehm frisch, wie in einem Rosengarten. Eliana spürte, wie jemand ihre Hand hielt. Es war Aviel, der auf der Bettkante eingeschlafen war. Sein Oberkörper lag auf der Kante. Wie es aussah, war er die ganze Nacht über bei ihr gewesen. Ein Schmunzeln huschte über ihre Lippen. Die Infusion war noch in ihrem Arm, jedoch war der Tropf leer. Obwohl sie schlapp war, fühlte sie sich lebendig. Eliana sah Aviel wieder an. Ihr Herz schlug Purzelbäume. Sie beugte sich zu ihm hinunter und küsste seine Stirn.

Aviel blinzelte.

Nur schemenhaft nahm er ihr Gesicht wahr. Es dauerte eine Weile, bis er realisierte, dass sie aufgewacht war, aber als er es tat, stockte ihm der Atem. »Du-du bist tatsächlich am Leben. I-ich bin so froh«, stammelte er. Er rieb sich noch einmal die Augen, in der Hoffnung, dass dies kein Traum war.

Eliana lächelte. Vergessen war die Enttäuschung, die er ihr bereitet hatte, und die Wut, die sie für ihn empfunden hatte. Jetzt fingen sie nochmal ganz von vorne an. Sie küsste ihn wieder auf die Stirn und sagte: »Ja, ich bin hier.« Ihre Stimme klang wie Zuckerwatte. Aviels Augen füllten sich mit Tränen: »Ich hatte Angst, dich für immer zu verlieren. Es tut mir so leid«, sagte er. Auch Elianas Augen füllten sich mit Tränen. »Mir tut es auch leid. Wir hätten miteinander reden müssen und ich hätte dir vertrauen sollen. Dann wäre das alles nicht passiert«, erwiderte sie.

»Willst du mich denn noch?«, fragte Aviel mit einem schüchternen Blick. Eliana lächelte, dabei bahnten sich ein paar Tränen ihren Weg nach draußen. »Ja, natürlich will ich dich noch, deswegen bin ich zurückgekommen«, antwortete sie und fügte hinzu: »Ich möchte wieder gesund werden und an den Weg glauben, der mir bereitet wurde. Aber dafür brauche ich euch an meiner Seite, vor allem dich, Aviel Levi.« Eliana nahm seine Hand und sah ihn an.

»Willst du mich noch?«, fragte sie.

Er drückte sie an sich. »Natürlich, du Dummerchen. Ich hätte nie im Leben etwas mit Lydia angefangen, weil ich nur dich will. Ich liebe dich, Eliana«, flüsterte er zärtlich in ihr Ohr.

»Ich liebe dich auch«, wisperte sie, und dann küssten sie sich innig. Eliana löste sich kurz und sagte: »Ich habe es so vermisst, dich zu küssen.«

»Na und ich erst, von nun an lasse ich dich nicht mehr los«, antwortete er und drückte sie fest an sich.

Minako und Darek wurden durch Schritte auf dem Flur geweckt. Darek beugte sich über sie und schaute sie liebevoll an. »Na, mein Engel, hast du gut geschlafen?«, fragte er und küsste sie auf ihre weichen Lippen. Minako spielte mit seiner Haarsträhne, die ihm über die Schulter gefallen war. »Ja, weil du bei mir warst.« Beide lächelten sich an, doch die romantische Stimmung wurde von Luigis Rufen im Flur unterbrochen. »Dio mio, ein Wunder ist geschehen, Eliana ist aufgewachte«, sprach er mit italienischem Akzent, dann sang er irgendeinen Schlager vor sich hin.

Minakos Augen weiteten sich, sie konnte ihre Freudentränen nicht zurückhalten. Sie flossen aus den Augen und liefen an ihren Wangen hinunter.

»Anscheinend ist euer Gott doch nicht so unfair«, stellte Darek schmunzelnd fest und nahm seine Liebste in den Arm.

»Na ja, meistens ist er sehr hilfsbereit«, erwiderte sie mit einem Grinsen.

»Dann wäre es auch schön, wenn er uns mit seiner Hilfsbereitschaft segnen würde und zeigt, wie wir hier unbemerkt rauskommen. Wenn dein Vater uns erwischt, vergeht ihm das Singen. Noah und Noelle darf er auch nicht zusammen sehen«, äußerte Darek.

Minako schluckte, das hatte sie völlig verdrängt! Panik machte sich auf ihrem Gesicht breit. Sie hatte keine Lust, sich von ihrem Vater eine stundenlange Standpauke anhören zu müssen. Darek öffnete vorsichtig die Tür, dann winkte er seine Freundin heran und zeigte ihr mit einer Handbewegung, dass sie noch hinter der Tür bleiben sollte. Zögerlich schob er seinen Kopf heraus und checkte die Lage. Er beobachtete, wie Luigi zu Elianas Eltern tänzelte. Neben den Avas standen Noelles Eltern. Es war ein Kommen und Gehen in Elianas Zimmer. Darek sah den Trubel als Chance. Er griff Minakos Handgelenk und stellte sich einfach zu den Leuten. Seine Rechnung ging auf: Niemand hatte bemerkt, dass sie zu zweit aus dem Zimmer gekommen waren.

In Elianas Zimmer herrschte ausgelassene Stimmung. Darek erzählte, wie er in der vierten Klasse der Lehrerin einen Frosch ins Lehrerpult gesteckt hatte und sie daraufhin schreiend aus dem Raum gerannt war.

»Daran kann ich mich noch gut erinnern«, sagte Aviel.

Plötzlich piepte sein Handy. Die Nachricht war von Lydia:

Hey Hübscher, wann wollen wir uns heute treffen, um für das Referat zu proben? Ich bringe auch gleich Schlafsachen mit.

»Häh, was soll denn das? Ich dachte, sie hat heute ein Fotoshooting«, empörte er sich.

»Was meinst du damit?«, fragte Eliana, die immer noch im Bett lag. Wortlos zeigte er ihr die Nachricht, sie schaute ihn nur an. Dann erklärte er ihr die ganze Situation. »Ihr ist wirklich jedes Mittel recht«, fluchte Eliana und spürte einen Kloß im Hals.

»Keine Sorge, ich sage ihr ab«, äußerte Aviel, dann tippte er auf seinem Handy herum.

Darek nahm es ihm weg und grinste ihn verschwörerisch an. »Nee, lass mal. Lad sie mal ein. Ich habe eine Idee, ich brauche nur deine Wohnungsschlüssel.« Er fand, dass Lydia einen kleinen Denkzettel verdient hatte. Ein misstrauischer Blick seitens Aviel folgte, doch er überreichte ihm die Schlüssel mit den Worten: »Was hast du nun wieder vor?«

»Das bleibt mein Geheimnis.« Darek zwinkerte.

Lydia stöckelte selbstzufrieden zu Aviels Wohnung. Ihr rotes Sommerkleid bedeckte nur das Nötigste und zeigte ein freizügiges Dekolleté.

Sie konnte es kaum erwarten, dass seine braungrünen Augen über ihren Körper wanderten. Mit ihren perfekt lackierten Fingernägeln drückte das Model auf den Klingelknopf, woraufhin der Summer ihr Einlass gewährte. Sie wunderte sich, dass Aviel nicht durch den Lautsprecher sprach. »Der kann mich wohl kaum erwarten«, sagte sie zu sich. Ein selbstgefälliges Grinsen schlich sich über ihre rot getuschten Lippen.

Nachdem Lydia den Fahrstuhl betreten

hatte, kontrollierte sie im Spiegel noch einmal ihr verruchtes Make-up und ihren hochgesteckten Bob. Die Tür zu Aviels Wohnung stand bereits offen. Es irritierte sie, dass keiner am Eingang stand, um sie zu begrüßen.

»Hallo?«, rief sie.

»Komm rein, Püppi, ich bin schon im Wohnzimmer. Machst du bitte die Tür noch hinter dir zu?«, hörte sie jemanden sprechen.

Lydia zog eine verwunderte Grimasse. Püppi hat er noch nie zu mir gesagt, dachte sie. Trotzdem klackerte sie auf ihren roten Highheel-Sandaletten ins Wohnzimmer. Kreischend wich sie zurück, statt Aviel hatte sich Darek in den Sessel gelümmelt. Seine Füße lagen auf dem Couchtisch, die Arme waren vor der Brust verschränkt. Er trug seine Pilotensonnenbrille im Gesicht.

»Was, was ...?«, stammelte Lydia hysterisch und zeigte mit zitterndem Finger auf den Leadsänger. Dareks Mundwinkel verzogen sich zu einem überheblichen Grinsen.

»Na, damit hast du wohl nicht gerechnet, was Puppenschnute?«, fragte er. Spott triefte aus seiner Stimme. Dieser Spitzname kam ihm gleich in den Sinn, nachdem er ihr übertriebenes Doll-Face-Makeup gesehen hatte. Selbstgefällig fuhr er fort: »Aviel ist leider verhindert, da er sich um seine FREUNDIN kümmern muss, deshalb hat er mich gebeten, dir das mitzuteilen.

Ich habe zwar kein Bock auf dich, jedoch konnte ich es nicht übers Herz bringen, dich vor verschlossener Tür stehen zu lassen. Du solltest mir dankbar sein, Püppchen.«

Lydia klappte nur der Mund auf, weswegen Darek einfach weiterredete: »Netter Aufzug.« Er schob seine Sonnenbrille leicht nach unten und musterte sie wie ein Stück Fleisch. Sein Blick endete an ihren Füßen. »Oh, lackierte Zehen haben wir auch noch«, sagte er mit gerümpfter Nase.

Lydia erwachte aus ihrer Schockstarre und erwiderte: »Tja, man muss ja das Beste aus sich herausholen. Aber sei nicht zu enttäuscht, dass ich das nicht für dich angezogen habe, sondern für Aviel. Also genieße meinen Anblick so lange du noch kannst, du Primat!«

Darek erhob belustigend die Mundwinkel. »Danke für dein Mitgefühl, aber ich bin nicht enttäuscht. Ist sowieso nicht mein Ding. Aber glaubst du wirklich, dass du mit dem Aufzug bei Aviel gelandet wärst?«, sagte er und nahm seine Sonnenbrille ab.

»Lass das mal meine Sorge sein! Ich weiß, worauf Männer stehen«, erwiderte Lydia.

Kopfschüttelnd erhob sich der Sänger von seinem Sessel und kam auf sie zu. »Oje, oje, da kennst du ihn aber schlecht«, sprach er und wedelte mit dem Zeigefinger hin und her. Plötzlich machte er ein angewidertes Gesicht.

»Und was heißt hier, worauf die Männer stehen? Ich jedenfalls finde deinen Billig-Tussi-Aufzug zum Kotzen«, spuckte er ihr entgegen und fuhr fort: »Ach ja, wo wir schon in so trauter Zweisamkeit sind, mich wundert's, was du bei deiner Einstellung auf der Sankt Engels Schule zu suchen hast«, hakte er nach. »Oder war es der letzte klägliche Versuch deiner Eltern, deinen hässlichen Charakter ausbessern zu lassen!? Na, das ging dann wohl nach hinten los«, spottete er.

»Meine Anwesenheit an der Sankt-Engel-Schule geht so jemanden wie dich einen Scheißdreck an«, zischte sie und fügte hinzu: »Doch wenn wir schon dabei sind, wie kommt es, dass so ein Barbar wie du ausgerechnet Minako datet? Du weißt schon, dass sie dich nicht so schnell ranlassen wird? Wenn du Pech hast, musst du sogar bis zur Hochzeit warten. Ich glaube kaum, dass so ein Aufreißer wie du das lange durchhält. Ich würde mir das an deiner Stelle noch mal überlegen, wenn du das mit deinem Erbsenhirn überhaupt kannst.« Sie verzog die Lippen zu einem spöttischen Grinsen und kam mit ihrem Gesicht ganz nah an seins heran. »Oder ist das ein Versuch, dein Ego zu pushen, um zu sehen, ob du den süßen, unschuldigen Engel schnell herumbekommst?«, hauchte sie ihm fies entgegen.

Darek sah ihr fest in ihre kalten Eiskristallaugen. »Nein, dafür ist Minako viel zu schade. Na ja, vielleicht läuft es ja zwischen uns so gut, dass ich sie gleich heiraten werde. Aber mach dir mal über mein Sexualleben keine Sorgen, ich glaube, du hast genug eigene«, sagte er und tätschelte ihr den Kopf. Eine Zornesfalte bildete sich auf Lydias Stirn, es ärgerte sie, dass Darek sie nur abblockte. Sie schnaubte verächtlich. »Pah! Wie dem auch sei, ich gehe. Ich habe Besseres zu tun, als meine Zeit mit so einem Primitivling wie dir zu verbringen«, sagte sie und drehte sich zur Tür. »Aber das wird ein Nachspiel haben, besonders für Aviel! Schließlich hängt seine Note von mir ab«, fügte sie hinzu.

Lydia wollte gehen, doch Darek lief ihr hinterher und packte sie am Handgelenk, sodass sie aufjaulte. Er presste sie gegen die Eingangstür und bölkte: »Jetzt pass mal auf, Püppchen, wenn du Aviels Referat versauen willst, bekommst du richtig Ärger mit mir! Ist das klar?!«

Lydia war so eingeschüchtert, dass sie nichts erwiderte.

»Wie ich sehe, hast du mich verstanden«, sprach er etwas ruhiger. Er öffnete die Tür und schubste sie aus Aviels Wohnung. Dass sie wegen der hohen Absätze fast das Gleichgewicht verloren hatte, war ihm egal.

Darek schloss die Tür wieder und ließ Lydia

draußen vor sich hin schimpfen, was für ein grober, ungehobelter Rowdy er doch sei. Bald gab sie auf und stöckelte davon.

Am späten Nachmittag versammelten sich alle in Elianas Zimmer, um ihr Gesellschaft zu leisten. Sie hatte inzwischen geduscht und ließ ihr noch nasses Haar an der Luft trocknen. Darek erheiterte sie, indem er ihr alle Einzelheiten über Lydias Rauswurf aus Aviels Wohnung erzählte.

Giuseppe D'Angelo betrat den Raum und alles verstummte. Er schaute in Elianas Krankenakte, dann guckte er sie an. »Du hast das Gröbste überstanden, jedoch war es verdammt knapp«, begann er zu sprechen und fügte hinzu: »Die Blutwerte sehen gut aus, dein Körper nimmt die Heilkräuter an.« Ihre Eltern und Minako atmeten erleichtert auf. Aviel griff nach ihrer Hand und strich mit dem Finger drüber.

Eliana spürte, wie das Glück sie umarmte. Es drückte sie fest an sich und flüsterte ihr ins Ohr: »Ich habe die ganze Zeit an dich gedacht, weil ich wollte, dass du es schaffst.«

»Ich freue mich so«, sagte sie zu Giuseppe, »ich wünschte, mein Bruder könnte das noch miterleben.«

»Als der Chefarzt mir die Proben deines Bruders verweigert hatte, wollte ich aufgeben. Ich hatte nicht den Mut, zu widersprechen. Doch dann ist mir ein Engel im Traum erschienen. Er sagte mir, dass ich die Proben entnehmen soll, denn es wird jemand kommen, der meine Medizin dringend brauchen wird. Beim Anblick von Uriels Körper stockte mir der Atem. Er leuchtete für einen kurzen Moment auf und sah genauso aus, wie der Engel aus meinem Traum«, erklärte er.

»Auch ich bin Uriel begegnet«, sagte Aviel und fuhr fort: »Als ich dich suchte, erschien er mir im Geiste und tadelte mich für mein Fehlverhalten. Er sagte mir, ich solle bei Minako anrufen, dann würde ich dich finden.«

Minako weitete ihre Augen. »Was, ihr seid ihm auch begegnet? Ich habe ihn damals im Traum getroffen. Er hat mir wieder die Kraft gegeben, mit dem Sport weiterzumachen«, sagte sie. »Jetzt verstehe ich«, äußerte sie plötzlich. Alle schauten sie gebannt an. »Ich glaube, Uriel war nicht nur ein Mensch, sondern ein Engel. Das würde auch erklären, warum er auf dem Ultraschallbild deiner Mutter nicht zu sehen war.« Beim letzten Satz sah sie Eliana ernst an.

Das Mädchen runzelte die Stirn. »Was meinst du damit?«

»Wir Menschen können die Engel nicht sehen. Ich glaube, Uriel war im Bauch deiner

Mutter, wurde jedoch nicht entdeckt, weil er ein Engel war«, antwortete Minako.

Aviel nickte, für ihn machte alles Sinn. Noah und Darek hingegen sahen das Mädchen skeptisch an. Es entzückte Darek, dass Minako an so etwas glaubte, doch das war ihm zu weit hergeholt.

»Ich erinnere mich, dass Aviel Noah und mir die Geschichte erzählt hatte, als wir zusammen Pizza gegessen haben, und ich muss zugeben, dass mich das Phänomen auch beeindruckt hat. Aber wie erklärst du dir, dass Uriel bei seiner Geburt plötzlich sichtbar wurde?«, fragte er.

»Im Mutterleib sind wir vor Umwelteinflüssen gut geschützt, weil sie gefiltert werden. Erst bei der Geburt bekommen wir alles ungefiltert ab, das hat Uriel wahrscheinlich zum Menschen gemacht. Nur seine Seele ist die eines Engels geblieben. Das würde auch erklären, warum er so schnell an der Krankheit gestorben ist und Eliana nicht.«

»Aber Engel sind doch viel stärker als Menschen«, äußerte Noelle verwundert.

»Ja, doch Uriels Geist musste mit dem menschlichen Körper zurechtkommen. Er war ein Engel in Menschengestalt und den gleichen Einflüssen ausgesetzt wie wir. Alles, was wir fühlen, fühlt ein Engel um ein Vielfaches mehr. Negativität hat ihm wahrscheinlich mehr zugesetzt als uns. Engel verweilen in der Regel nicht lange auf der Erde. Sie zeigen sich den Menschen nur kurz, um ihnen eine Botschaft zu überbringen. Danach kehren sie unverzüglich in ihr Reich zurück. Uriel konnte das wegen seines menschlichen Körpers nicht, er war gezwungen, sich ihm anzupassen. Es muss ihm alles abverlangt haben, seine wahren Kräfte zu unterdrücken, deswegen hatte ihn die Krankheit schneller dahinraffen können«, erklärte Minako ihre Theorie.

»Wahrscheinlich hat Gott ihn in die Welt gesandt, um die Menschen ein Gegenmittel für deine Krankheit finden zu lassen. Es gibt bestimmt noch mehr Leute, die darunter leiden«, sagte Noelle.

»Es wird noch ein harter Weg bis zu deiner vollständigen Genesung. Du wirst dich erst mal von Schonkost ernähren müssen und darfst nichts zu dir nehmen, was deinen Darm reizen könnte, bis er vollständig geheilt ist«, äußerte Giuseppe.

Aviel nahm Eliana in den Arm. »Wir schaffen das, von nun an werde ich dich immer unterstützen«, sagte Aviel und küsste sie zärtlich.

Lea saß vor dem Spiegel und kämmte sich die

Haare. Ihr Gesicht war von Selbstverliebtheit durchtränkt.

»Spieglein, Spieglein an der Wand, wer bekommt Darek in die Hand?«, fragte sie.
»Ihr seid es, Lea, doch was sehe ich? Er knüpft mit Minako, dem schönen Kind, ein zartes Band«, antwortete sie für den Spiegel und stellte ihre Stimme tiefer.

»Oh nein, mein Spiegel, was soll ich tun? Wie bekomme ich den ganzen Ruhm?«, fragte sie mit gespielt schockierter Pose.

»Bescher ihr eine harte Zeit, dann ist das Ziel nicht mehr weit«, antwortete sie.

Ein leises, hässliches Kichern erhellte den Raum.

»Ich werde dir eine harte Zeit bescheren, darauf kannst du dich verlassen, Mina-Herzchen.«

Fortsetzung folgt ...

Infokapitel über die Speisegebote

Was ist der Unterschied zwischen reinen und unreinen Tieren?

Ob ein Tier rein oder unrein ist, hängt zum Teil von seiner Ernährung ab.

Welche Tiere sind reine Tiere?

Alle Tiere, die gespaltene Klauen haben, Paarhufer sind und wiederkäuen. Dazu gehören Rind, Lamm, Ziege, Kalb, Damhirsch, Gazelle, Reh, Wildziege, Wisent, Wildschaf und Steinbock.

Alle Fische mit Flossen und Schuppen. Dazu gehören zum Beispiel der Dorsch, der Heilbutt, die Forelle, der Kabeljau, der Karpfen,

der Lachs, der Rotbarsch, der Zander, der
Hecht, der Hering und der Thunfisch.

Von den geflügelten Tieren gelten nur die
Ente, der Erpel, die Gans, der Ganter, die
Wachtel, das Huhn, der Hahn, der Schwan, die
Pute, der Truthahn, die Taube und der Täuber
als rein.

Von den Insekten gelten nur diejenigen als
rein, die Flügel haben und auf vier Füßen gehen.
Oberhalb der Füße müssen sie zwei Beine haben, mit denen sie auf der Erde hüpfen. Dazu
gehören die Wanderheuschrecke (Arbe) und die
Heuschrecken Solam, Hargol und Hagab.

Warum sind diese Tiere rein?

Sie ernähren sich von Gräsern, Blättern, Samen
und Getreide.

Auf ihren Schuppen befindet sich eine
dünne Schleimhaut, die sie vor dem Eindringen
von Bakterien schützt und sie vor mechani-
schen Verletzungen bewahrt.

Zusammengefasst bedeutet dies, dass diese
Tiere wenig mit Schadstoffen belastet sind.

Welche Tiere gelten als unreine Tiere?

Alle Tiere mit gespaltenen Klauen, die keine
Paarhufer sind und nicht wiederkäuen.

Dazu gehören zum Beispiel das Kamel, der

Hase, der Klippdachs und das Schwein.

Alle Meerestiere ohne Flossen und Schuppen. Dazu gehören unter anderem Haie, Schnecken, Krebse, Hummer, Schlangen, Langusten, Garnelen und Frösche.

Zu den unreinen Vögeln und Luftbewohnern gehören der Aasgeier, der Schwarzgeier, der Bartgeier Milan und die verschiedenen Bussardarten. Alle Arten von Rabenvögeln: Adlereule, Kurzohreule, Langohreule und die verschiedenen Falkenarten. Der Kauz, der Bienenfresser, die Weißeule, der Waldkauz, der Fischadler, die Fischeule sowie der Storch und die verschiedenen Reiherarten, der Wiedehopf und die Fledermaus.

Alle Insekten, Reptilien und alle Würmer.

Alle Vierbeiner, die auf Pfoten gehen, wie Hunde und Katzen, Pferde, Zebras, Eichhörnchen, Elefantenbären, Maulwürfe, Esel und die Maus.

Alle Eidechsenarten, der Gecko, die Koach- und die Letaa-Eidechse, der Salamander und das Chamäleon.

Warum sind diese Tiere unrein?

Das Kamel hat keine gespaltenen Hufe. Es schwitzt kaum, deshalb kann es sich nicht gut entgiften. Seine Körpertemperatur schwankt. Giftstoffe werden daher nicht ausgeschieden und bleiben im Körper des Tieres. Da das Kamel in der Wüste lebt und tagelang nicht trinken kann, speichert es Wasser und Urin lange im Körper.

Der Hase, das Kaninchen, der Klippdachs und das Pferd sind Wiederkäuer, haben aber keine gespaltenen Klauen. Sie fressen ihre eigenen Exkremente, die für den menschlichen Organismus giftig sind.

Das Wildschwein und das Hausschwein haben gespaltene Klauen, sind aber keine Wiederkäuer. Das Fleisch ist für den menschlichen Organismus sehr giftig. Es hat einen hohen Fettgehalt und neigt aufgrund seiner Struktur zur schnellen Zersetzung. Außerdem schwächt es das Bindegewebe des Menschen. Rheuma, Arthritis und Bandscheibenvorfälle werden stark begünstigt. Schweinefleisch verschlimmert Allergien wie Nesselsucht und Hautausschläge, aber auch das Risiko, an Heuschnupfen und Asthma zu erkranken, steigt. Die Toxine im Schweinefleisch belasten das Nervensystem des Menschen. Es ist der höchste Überbringer von Krankheiten. Es kann zum Beispiel den Trichinenwurm enthalten, der die Krankheit Trichinose überträgt, die tödlich enden kann. Schweinefleisch hemmt die Entgiftung des Körpers. Außerdem sind Schweine Allesfresser, die auch Aas fressen.

Meerestiere, die keine Flossen oder

Schuppen haben. Man hat herausgefunden, dass alle Fische, die keine Schuppen haben, giftig sind. Sie produzieren Toxine und ernähren sich vom Boden und von Aas. Frösche zum Beispiel fressen Malariamücken und helfen dadurch bei der Bekämpfung von Malaria. Da die Frösche zum Verzehr exportiert werden, kann sich die Krankheit dort weiter ausbreiten.

Die unreinen Vögel und Luftbewohner ernähren sich von Ratten, Mäusen, Insekten und Fröschen. Da sie auch Aas fressen, helfen sie gegen die Pest.

Kurz zusammengefasst sind unreine Tiere lebende Staubsauger und Mülleimer im Ökosystem. Sie haben andere Aufgaben, als gegessen zu werden. Gott hat diese Tiere nie für rein erklärt, denn sie haben sich damals von Ungeziefer ernährt und tun es auch heute noch.

Aber was hat es dann mit dem Vers in Apostelgeschichte 10,15 »Wenn Gott etwas für rein erklärt hat, dann nenne du es nicht unrein.« auf sich?

Im Kontext ging es nicht darum, dass Gott diese Tiere für rein erklären wollte. Damals waren die Grenzen für Israel und andere Völker unüberwindbar. Gott gab die Gebote über reine und unreine Tiere nur dem Volk Israel. Wer ein unreines Tier oder Aas berührt oder gar isst, wird unrein. Er muss für eine Zeit lang in Quarantäne, darf nicht am Gottesdienst teilnehmen und keinen Kontakt zu reinen Menschen haben. Geschieht dies doch, so ist die reine Person für diesen Tag selbst verunreinigt. Erst nach der Quarantänezeit und nach einem Reinigungsritual darf die verunreinigte Person wieder an den Aktivitäten teilnehmen. Die anderen Völker kannten diese Gebote nicht und galten daher als unrein. Die Israeliten mieden den Kontakt mit ihnen, um sich nicht zu verunreinigen. Auch der Apostel Petrus lebte nach diesen Geboten. Erst nach dem Tod von Jesus Christus wurde deutlich, dass Gottes Liebe allen Menschen gilt. Der römische Hauptmann Kornelius lebte nicht nach den Speisegeboten, aber er verehrte Gott. Kornelius betete Gott und seine Engel an und erhielt den Auftrag, Petrus von Joppe nach Cäsarea zu geleiten. Gott schickte Petrus ein Tuch, auf dem allerlei unreines Getier zu sehen war. Er gebot Petrus, davon zu essen, aber der Apostel weigerte sich. Da sprach der Herr: »Wenn Gott etwas für rein erklärt hat, dann nenne du es nicht unrein.«

Petrus verstand nicht, dass Gott ihm damit sagen wollte, dass die Unterschiede zwischen den Völkern aufgehoben waren. Das Heil, das er in Jesus Christus schenkt, gilt allen Menschen — egal woher sie kommen und was sie bisher geprägt hat.

In Apostelgeschichte 19-20 bestätigt Gott, dass er Kornelius gesandt hat und dass er mit ihnen gehen soll:

»Während, aber Petrus nachsann über die Erscheinung, sprach der Geist Gottes zu ihm: Siehe, drei Männer suchen dich, so steh auf, steig hinab und geh mit ihnen und zweifle nicht, denn ich habe sie gesandt.«

Die Menschen, die die Predigten des Petrus hörten, gehörten nicht zum Volk Israel. Nach Meinung mancher Juden gehörten sie deshalb ausgeschlossen. Doch mitten in der Predigt des Petrus geschah das Wunder. Gottes Geist kam auf alle Menschen und sie lobten und priesen ihn.

Auch der Apostel Paulus predigte in den Gemeinden, dass es keinen Unterschied mehr geben solle zwischen Juden und Nichtjuden und dass die Speisegebote niemandem aufgezwungen werden sollten. Denn weder bringt uns das Einhalten näher zu Gott, noch entfernt uns das nicht einhalten von ihm.

Gott liebt alle Menschen so wie sie sind. Das heißt aber nicht, dass es gut für uns und unseren Körper ist, unreine Tiere zu essen.

Der Prophet Daniel hat in der Gefangenschaft Nebukadnezars keine unreinen Tiere gegessen, er hat sich nur von Gemüse ernährt und war gesünder als Nebukadnezar und sein Gefolge.

Ist es unbedenklich, unreine Tiere als Haustiere zu halten?

Unreine Tiere dürfen als Haustiere gehalten werden, da sie zu dem Zeitpunkt leben und dem Menschen hauptsächlich als Speise schaden.

Welche anderen Speisegebote gibt es?

Die Bibel rät uns im 3. Buch Mose, keine blutigen Speisen zu essen, da dies barbarisch ist und Grausamkeit hervorruft. Der regelmäßige Verzehr von blutigen Speisen geht auf den Geist des Menschen über. Die Bakterien im Fleisch sind nicht abgetötet und machen krank. Deshalb sollte das Fleisch vor der Zubereitung gewaschen werden, um den Blutanteil möglichst gering zu halten.

Ein weiteres Speisegebot ist die Trennung von fleischigen und milchigen Speisen, das sich aus 3. Mose 14,21 ableiten lässt: Du sollst das Böcklein nicht kochen in der Milch seiner Mutter.

Alle Produkte von reinen Tieren gelten ebenfalls als erlaubte Lebensmittel. So ist die Milch eines reinen Tieres wie der Kuh oder der Ziege selbst rein, während die Milch eines unreinen Tieres wie des Pferdes nicht erlaubt ist. Eine Ausnahme bildet der Honig, der als rein gilt, obwohl er von einem unreinen Tier der Biene hervorgebracht wird.

Eier von reinen Tieren wie Hühnern gelten als essbar. Beim Verzehr von rohen Eiern ist darauf zu achten, dass keine Blutspuren vorhanden sind. Ist dies der Fall, darf das Ei nicht verzehrt werden.

Warum milchige und fleischige Speisen nicht zusammen verzehrt werden sollten, entzieht sich dem menschlichen Verständnis. Daher wird er als Chok bezeichnet – ein Gebot, das nur deshalb befolgt wird, weil es dem Willen Gottes entspricht, auch wenn wir ihn nicht verstehen.

Welchen spirituellen Sinn haben die Speisegebote?

Die gespaltenen Hufen helfen, in unwegsamem Gelände voranzukommen, und das Wiederkäuen führt dazu, dass die Mahlzeit gut verdaut wird. Dies weist auf zwei wichtige Eigenschaften der Gläubigen hin: das Leben nach dem Wort Gottes und das Nachdenken über das Wort Gottes.

Mit Flossen kann sich ein Fisch zielgerichtet fortbewegen und gegen die Strömung schwimmen. Schuppen schützen ihn vor Verunreinigungen. Gläubige brauchen Energie, sie dürfen nicht mit der Masse treiben; gleichzeitig müssen wir uns bewusst sein, dass wir in einer sündigen Welt leben.

Die Heuschrecken unterscheiden sich von dem geflügelten Gewimmel darin, dass sie nicht über den Boden krabbeln, sondern sich mit Sprüngen durch die Luft bewegen. So hat der Gläubige zwar irdische Beschäftigungen und viele Berührungspunkte mit der Erde, aber er betrachtet alles im Licht der Ewigkeit und sinnt nicht nach dem Irdischen.

Bringen uns die Speisegebote Gott näher?

Nein, wie schon gesagt, bringen uns die Speisegebote weder näher zu Gott, noch entfernt uns das Nichtbeachten von ihm. Das Einhalten der Speisegebote macht uns auch nicht zu einem besseren Menschen. Es ist eine persönliche Entscheidung, ob wir sie befolgen wollen oder nicht.

Danksagung

Hallo mein Engel,

vielen Dank das du Guardian Angel gelesen hast. Ich hoffe, du hattest Spaß daran, Eliana bis hierhin zu begleiten. Sie und ihre Freunde freuen sich, dich im zweiten Teil wiederzusehen.

Ganz herzlich möchte ich auch meiner Coverdesignerin Lea Böttcher von LAB Buchdesign danken. Sie hat mir mit Engelsgeduld ein schönes Buchcover gezaubert und alle Wünsche umgesetzt.

Ich danke meinem Mann, dass er mich unterstützt hat, an den diversen Lektoratsschulungen teilzunehmen und meinen Traum zu leben.

Bis bald deine Michaya Angel